새로운 단어를 찾습니다

JISHO NI NATTA OTOKO
Kenbo Sensei to Yamada Sensei
by SASAKI Kenichi

새로운 단어를 찾습니다

4천만 부가 팔린 사전을 만든 사람들

사사키 겐이치
佐々木健一
지음

송태욱
옮김

mu**j**intree
뮤진트리

▪ 일러두기

 - 이 책은 사사키 겐이치(佐々木健一)의 『辞書になった男 ケンボー先生と山田先生』(2016)를 번역한 것이다.
 - 책 제목은 『 』, 기고문·기사 제목은 「 」, 강연·신문·잡지·방송 프로그램 제목은 〈 〉로 표기했다.
 - 옮긴이 주는 본문 하단에 번호를 붙여 각주로 달았다.

차례

'빛'과 '그림자'

세상에는 '말'이 흘러넘친다. 그러나 말 자체에는 형체도 그림자도 없다. 보이지 않는 말에 사람은 심하게 흔들리기도 하고 때로 크게 상처받기도 한다. 사전에 인생을 바친 '두 남자'도 말과 함께 살았고 말에 상처받았으며 누구보다 말을 사랑했다.

두 남자는 말이 지닌 신기한 힘에 매료되어 광대한 '말의 사막'에 발을 들여놓았다. 그리고 사막 깊숙한 곳으로 걸어 들어가 모습을 감췄다. 두 남자의 인생이 사전에 삼켜졌다.

지금 나는 이 '두 사전 편찬자'의 족적을 따라가는 취재를 마치려 하고 있다. 취재를 진행하다가 정신을 차리고 보면 나도 말의 드넓은 사막 한가운데에 서 있었다. 시시각각 모습을 바꾸는 사막에는 두 사람이 걸었던 '흔적'이 이제 아무것도 남아 있지 않은 것처럼 보였다.

그러나 소식을 끊은 두 사람이 남긴 '유품'이 남아 있었다. 두 사람이 편찬한 '국어사전'[1] 두 권이다. 사실 이 두 사전이야말로 이번 취재에서 두 사람의 족적을 따라가는 중요한 '실마리'가 되었다. 남아 있는 사전에 실린 **세상**이라는 '단어'의 뜻풀이에는 마치 시 같은 한 문장이 쓰여 있었다.

세상(世の中)

서로 사랑하는 사람과 서로 미워하는 사람,

성공한 사람과 실의에 빠지고 불우한 사람이 구조상 동거하고,

항상 모순에 차 있지만,

한편으로는 서로 도움을 주고받는 관계에 있는 사회.

－『신메이카이 국어사전』 제3판

사전에서 **세상**을 찾아보면 보통은, "사람들이 서로 관련을 맺으며 살고 있는 곳" "세상 사람들 사이. 또한 사회의

8

인간관계"라고 쓰여 있다. 우리가 국어사전에 기대하는 객관적이고 무미건조한 뜻이다.

그러나 이 사전에 실린 **세상**의 의미는 뭔가 다르다. 우리가 알고 싶었던 의미 이상의 뭔가를 호소하고 있다. 다른 데는 없는 독특한 문장으로 말하는 이 사전은 평범한 사전이 아니다. 지금 일본에서 가장 잘 팔리는 국어사전인 『신메이카이 국어사전(新明解国語辞典)』이다. 수많은 국어사전 중에서도 새빨간 장정이 유달리 시선을 끈다.

'일본에서 가장 잘 팔린다'고 하면 이와나미쇼텐(岩波書店)에서 나온 국어사전 『고지엔(広辞苑)』을 떠올리는 사람도 있을 것이다. 하지만 『고지엔』이 누계 약 1200만 부가 팔린 데 비해 『신메이카이 국어사전』은 누계 약 2000만 부가 팔렸다. 『신메이카이 국어사전』의 발행부수가 무려 두 배 가까이나 된다. 이 사실을 알고 있는 사람이 과연 얼마나 될까. 아니, 애초에 국어사전이 10만 부나 100만 부 정도가 아니라 1000만 부 이상의 발행부수를 자랑하는 '숨은 대형 베스트셀러'라는 사실을 아는 사람이 과연 얼마나 될까.

국어사전은 어느 집에나 있다. 그러나 우리는 국어사전을 잘 모른다. 가까이에 있지만 어딘가 냉랭한 관계다. 그것이 우리와 국어사전이 맺고 있는 일반적인 관계다. 무리도 아니다. 국어사전은 단어의 의미를 알기 위해 찾는 '도구'이고 실용서이기 때문이다. 최근에는 인터넷이나 스마트폰으로 간단히 단어의 의미를 찾아볼 수도 있다. 국어사전은 이제 더욱 희미한 존재가 되어가고 있다.

"사전이야 뭐 다 거기서거기지. 어차피 다 똑같은 게 쓰여 있는 거 아냐?"

"'올바른 의미'가 쓰여 있는 게 사전이야. 그러니 사전에 '개성'이나 '차이' 같은 게 있을 리 없잖아."

많은 사람이 이렇게 믿고 있다. 굳이 입에 담을 필요도 없이 무의식적으로. 나도 그중 한 사람이었다. 어느 두 권의 사전과 두 사람의 인생을 취재하기 시작할 때까지 국어사전이 어떻게 만들어져왔는지, 사전을 만든 사람의 생각이나 인생을 생각해본 적이 없었다. 국어사전은 늘 옆에 있지만 특별히 의식하지 않는 '그림자' 같은 존재였던 것이다.

"글은 곧 그 사람이다"라는 말이 있다. 글에서는 내용뿐만 아니라 쓰는 사람의 인품이나 인생 경험이 저절로 배어나온다는 의미로 쓰는 말이다. 하지만 그 말은 국어사전에서 접하는 문장에는 들어맞지 않는다고 믿어 의심치 않았다. 어느 날 문득 『신메이카이 국어사전』에 실린 '기묘한 기술'의 의미를 알아챌 때까지는.

이 책은 일본을 대표하는 두 사전의 탄생과 신화를 둘러싼 두 사람의 정열과 상극의 이야기다. 한 사람은 『신메이카이 국어사전』의 편찬자 야마다 다다오(山田忠雄, 1916~1997)다. 그때까지의 상식을 뒤집는 독특한 뜻풀이와 용례를 담은 '사전계의 혁명아' '야마다 선생'이다.

첫머리에 쓴 **세상**의 뜻풀이도 야마다 선생이 쓴 것이다. 야마다 다다오라는 국어학자의 이름은 몰라도 1996년에 아카세가와 겐페이(赤瀬川原平)가 간행하여 베스트셀러가 된 『신카이 씨의 수수께끼』[2]라는 책을 아는 사람은 많을 것이다. 『신메이카이 국어사전』의 독특한 뜻풀이를 다루며 사전에서 '인격'을 발견하여 마치 사람처럼 '신카이 씨'라고 불러 화제가 되었다. 아카세가와 겐페이는 잡지 인터뷰에서 다음과 같이 말했다.

여러 가지 단어의 뜻풀이와 용례를 조사했더니 이 사전에 숨어 있는 인격 같은 것이 떠올라 그 사람을 '신카이 씨'라고 부르게 되었습니다. 신카이 씨는 여성에게 엄격하고 가난하며 많은 고생을 겪어 세상 물정에 훤하고 생선을 좋아하는 사람이었습니다. 그리고 장난기도 있었

---

2) 赤瀬川原平, 『新解さんの謎』, 文藝春秋, 1996.

습니다.

－〈with〉1997년 1월호

또 한 사람은 누계 약 1000만 부의 판매고를 자랑하는
『산세이도 국어사전(三省堂国語辞典)』의 편찬자 겐보 히데토
시(見坊豪紀, 1914~1992), 즉 '겐보 선생'이다. 한자만 보면 읽
을 수도 없는 진기한 이름이다. 아마 대부분의 사람이 지금
까지 겐보 히데토시라는 이름을 들어본 적이 없을 것이다.

하지만 겐보 선생이 편찬한 『산세이도 국어사전』은 중학
생용 국어사전으로서 한때 압도적인 시장점유율을 자랑했
다. 사전계에서는 '산코쿠(三国)'라는 애칭으로 친숙했고, 다
른 사전 편찬자나 편집자로부터도 높은 평가를 받아 칭송이
자자했다.

그것은 오로지 겐보 선생이 '145만 개의 용례'라는 엄청
난 수의 단어 용례를 모은 '전후 최대의 사전 편찬자'라는
데서 기인한다. 아마 한 편찬자가 모은 용례의 수에서 보면
전후(戦後)는 물론이고 인류 역사상 아무도 도달할 수 없는
전무후무한 위업일 것이다.

『신메이카이 국어사전』과 『산세이도 국어사전』은 전후
에 태어난 국민적 국어사전이다. 이 두 사전을 세상에 내보

낸 '야마다 선생'과 '겐보 선생'은 사전계의 양대 거성이었다. 기묘하게도 두 사람은 도쿄 대학 동기생이고, 원래는 힘을 합쳐 국어사전 한 권을 만들어낸 좋은 친구 사이였다. 하지만 '어떤 시점'을 경계로 결별했다. 그리고 같은 출판사에서 성격이 완전히 다른 국어사전 두 권이 탄생했다.

두 사람의 관계는 '빛'과 '그림자' 그 자체였다. 한쪽에 '빛'이 비치면 다른 한쪽은 '그림자'가 된다. '빛'이 눈부시게 빛날수록 '그림자'는 더욱 깊은 칠흑의 어둠이 된다. 그리고 '빛'과 '그림자'는 시간을 두고 서로 바뀐다. 이율배반이자 표리일체. 서로 모순되면서도 사이가 좋지도 나쁘지도 않은 관계. 이것이 '겐보 선생'과 '야마다 선생'이었다.

사전이 '그림자' 같은 존재라면 그것을 만든 편찬자는 더욱 어두운 '그림자' 같은 존재다. 두 사람은 지금까지 거의 무명의 존재였다. 하지만 다들 알았으면 한다. 이 두 사람이 세상에 내놓은 국어사전이 합쳐서 누계 약 4000만 부에 이르는 경이적인 발행부수를 기록했고, 모든 세대가 두 사람의 사전을 접해왔다는 사실을. 그리고 태평양 전쟁 전부터 전후의 고도 성장기, 거품 경제기, 그리고 헤이세이(平成)[3]

---

3) 1989년 1월 8일 이후 지금까지 이어지는 일본의 연호.

에 이르는 시대의 변화와 함께 변천하는 '말'과 마주하고 '말'의 본질을 파악하려고 한 두 남자가 있었다는 사실을 말이다.

이 책은 2013년 4월 29일에 방송된 NHK-BS 프리미엄의 특별 프로그램 〈겐보 선생과 야마다 선생 - 사전에 인생을 바친 두 남자〉라는 다큐멘터리 프로그램의 기획과 제작 과정에서 취재한 내용에 새로운 증언과 검증을 더해 구성한 것이다.

"사실은 소설보다 기이하다"[4]고 하는데, 이번 취재는 '사전이 소설보다 기이'한 일의 연속이었다. 오랫동안 '그림자' 같은 존재였던 국어사전과 그 탄생을 둘러싼 두 사람의 이야기에 '빛'을 비추기로 하자.

---

4) 현실 세계에서 실제로 일어나는 사건은 공상으로 쓰인 소설보다 오히려 기이하다는 말이다. 이 말은 영국의 시인 바이런의 작품 『돈 주앙』(1824)의 한 구절(Fact is stranger than fiction.)에서 나온 표현이다.

『산세이도 국어사전』과 『신메이카이 국어사전』

야마다의 『신메이카이 국어사전』과 겐보의 『산세이도 국어사전』

어느 국어사전에나 '개성'이 있다. 이렇게 말한다고 갑자기 믿을 수는 없을 것이다. 많은 사람들이 "사전이야 다 거기서거기고 무미건조한 뜻풀이가 쓰여 있을 뿐이지" 하고 믿고 있기 때문이다.

국어사전의 '개성'이란 필자의 '인격'이라고 바꿔 말할 수도 있다. 그중에서도 일본을 대표하는 두 권의 국어사전 『신메이카이 국어사전』과 『산세이도 국어사전』의 개성과 인격은 두드러진다. 이 두 권의 편찬자인 야마다 다다오와 겐보 히데토시는 모두 거의 혼자 사전 한 권을 엮은 흔치 않은 존재이자 '초인'이었다. 두 사전에 새겨진 '말'에는 두 사람의 강렬한 개성과 인격이 깃들어 있다.

먼저 야마다 선생의 독특한 뜻풀이로 유명한 『신메이카이 국어사전』에서 가장 유명한 뜻풀이라면 제3판에 등장한 **연애**를 들 수 있을 것이다.

연애(恋愛) 특정한 이성에게 특별한 애정을 품고 둘만이 함께 있고 싶으며 가능하다면 합체하고 싶은 생각을 갖지만 평소에는 그것이 이루어지지 않아 무척 마음이 괴로운 (또는 가끔 이루어져 환희하는) 상태.

-『신메이카이 국어사전』 제3판

"합체하고 싶다." 일본을 대표하는 국어사전에 정말 이렇게 쓰여 있다.

『신메이카이 국어사전』이 어떤 사전인지 아는 사람에게는 무척 잘 알려진 뜻풀이다. 그러나 실제로 지금은 입수하기조차 힘든 『신메이카이 국어사전』 제3판(1981년 간행)을 들고 자신의 손으로 '연애'라는 단어를 찾아 사전에 정말 그렇게 쓰여 있다는 것을 확인한다면 놀라움을 감출 수 없을 것이다. '올바른 의미'를 담담하게 가르쳐줄 것이라고 생각한 국어사전이 느닷없이 '연애=합체론'을 말하고 있다.

난폭한 의견이라고 해야 할 그 설명을 몇 번이나 눈으로 쫓는다. 잠시 후 취할 행동은 대체로 정해져 있다. 만약 주변에 속속들이 아는 친한 사람이 있다면 잠자코 『신메이카이 국어사전』을 꺼내 연애 항목을 찾아보게 할 것이다. 몇 분 전의 자신과 마찬가지로 상대도 틀림없이 휘둥그레진 눈으로 그 뜻풀이를 볼 것이다. 이는 틀림없이 우리가 평소 국어사전에 대해 어떤 공통된 '보수적 이미지'를 갖고 있다는 사실을 말해준다.

『신메이카이 국어사전』과 대극에 있는 국어사전이 겐보 선생이 엮은 『산세이도 국어사전』이다. 그렇다면 『산세이도 국어사전』의 **연애**의 뜻풀이는 어떻게 쓰여 있을까. 『신메이카이 국어사전』제3판과 비슷한 시기에 간행된 『산세이도 국어사전』제3판을 찾아본다.

> **연애(恋愛)** 남녀 사이의 그리워하는 애정(남녀 사이에 그리워하는 애정이 작용하는 것). 사랑(恋).
>
> —『산세이도 국어사전』, 제3판

이것이 바로 우리가 흔히 봐온 안심할 수 있는 연애의 뜻풀이가 아닐까. 인정머리 없다고 느낄 정도로 간명하고 과부족이 없는 뜻풀이다. 무색투명하고 무미건조하다. 바로 우리가 사전에서 기대하는 흔들림 없는 '올바른 의미'일 것이다.

여기까지 보고 두 국어사전에서 어떤 인상을 받았을까. 장난기가 있고 개성이 강한『신메이카이 국어사전』에 비해『산세이도 국어사전』은 모범적인 우등생 같지만 뭔가 좀 재미가 없을 것 같다는 인상 정도가 아닐까.

그러나 그 인상은 금방 뒤집어진다.『산세이도 국어사전』도 알 만한 사람은 다 아는 강렬한 개성의 소유자이기 때문이다. 그것은『산세이도 국어사전』제3판에 실린 다음과 같은 단어의 뜻풀이에 여실히 드러난다.

에이(A) 키스. [이하, B (=페팅), C (=성교), D (=임신), I (=중절)로 이어진다]

-『산세이도 국어사전』 제3판

1970년대, 1980년대를 아는 독자라면 틀림없이 그때가 생각나 반가운 마음이 들 것이다. 당시의 젊은이가 썼던 남녀 교제의 단계를 나타내는 은어 'ABC'다. 『산세이도 국어사전』은 원래 중학생용 학습사전으로 발족했다. 그 사전이 'A는 키스'라고 일부러 가르쳐준다. 게다가 A뿐만 아니라 이후의 B나 C 등의 항목도 다른 페이지에 게재하는 친절함을 베푼다.

과연 당시의 중학생이 친구들 사이에 썼던 은어의 의미를 알아보려고 이런 알파벳을 찾아보는 일이 있었을까. D나 I 등은 당시 성인들조차 별로 들어본 적이 없지 않았을까. 중학생 무렵에는 다들 흥미 본위로 국어사전에서 성에 관한 단어를 찾아보고는 했다. 그러나 그런 중학생이라도 이 항목과 맞닥뜨렸다면 정말이지 눈을 의심했을 것이다.

『신메이카이 국어사전』에는 ABC가 실려 있지 않다. 단지 재미있는 뜻풀이를 소개하고자 한 것은 아니다. 지금까지 언급한 두 가지 예에서 두 사전의 개성이 어떻게 다른지 확실히 드러나 있다는 것을 알리고 싶었을 뿐이다. 국어사전은 모두 대동소이하다고 생각하기 십상이지만, 어떤 단어를 실을지는 각 사전에 따라 기준이 다르다. 또한 하나의 단어를 어떻게 설명하는지, 어떤 용례를 실을지도 사전에 따라 상당히 다르다.

『산세이도 국어사전』의 특징은 한마디로 '현대적'이다. 수많은 국어사전 중에서도 '현대에 가장 밀착한 사전'이라 여겨지며 '현대어'를 적극적으로 게재하는 것으로 유명하다. 당대의 사회에서 유통되고 많은 사람에게 인지되고 있는 단어에 민감하게 반응하여 아직 다른 사전에는 실려 있지 않은 새로운 단어도 적극적으로 채택하는 방침으로 엮은 것이다. 그러므로『산세이도 국어사전』에는 ABC도 실려 있다.

한편『신메이카이 국어사전』은 게재하는 단어의 선택에는 보수적으로 보인다. 연애같은 독특한 뜻풀이가 너무 유명하기 때문에 얼핏『신메이카이 국어사전』이 신조어나 현대어에도 적극적인 '현대풍'의 국어사전이라고 생각하기 십상이지만, 어떤 단어를 게재할까 하는 점에서는 어디까지나 전통을 중시하는 신중파이고 '규범적'이며 우직한 국어사전이다. 또한 **연애** 항목에서 말한 것처럼 단어의 뜻을 설명하는 방식에서도 양자의 차이가 여실히 드러난다.

『신메이카이 국어사전』은 '주관적'이고 때로는 '장문의 상세한' 뜻풀이를 보인다. 『산세이도 국어사전』은 '객관적'이고 '단문의 간결한' 뜻풀이로 일관한다. 사실 두 사전의 이런 차이는 나중에 자세히 서술할 야마다 다다오와 겐보 히데토시라는 사전 편찬자의 언어관이나 세계관 등 '개성'의 차이와 그대로 겹친다. 국어사전은 사람의 손으로 만들어진다. 따라서 그 사람의 '인격'이 저절로 사전의 문면에 떠오르는 것이다.

"겐보 선생님?"

'겐보 히데토시'라는 귀에 익지 않은 이름을 처음 들었을 때의 일을 지금도 또렷이 기억한다. 2009년 여름, NHK에서 방송하는 일본어 관련 새 프로그램의 취재를 위해 현재 『산세이도 국어사전』의 편자(編者)인 이마 히로아키(飯間浩明) 씨를 세이부신주쿠 선(西武新宿線) 구메가와(久米川) 역 근처의 패밀리레스토랑에서 처음으로 만났을 때의 일이다. '사전 편찬자'라는 직업을 가진 사람을 만나는 것은 그때가 처음이었다. 매일 말과 마주하는 일본어 전문가이기 때문에, '취재 내용은 둘째 치고 우선 내가 말하는 일본어가 틀렸다고 지적당하지나 않을까'하는 불안감을 안고 만나러 나갔다.

이마 씨는 당시 마흔한 살로 와세다 대학에서 강의를 하며 『산세이도 국어사전』 제6판 개정부터 편자를 맡고 있었다. 사전 편찬자라는 이미지에서 상상하고 있던 겉모습보다는 아주 젊었고 유머를 섞어 일본어의 재미에 대해 즐겁게 말하는 이마 씨의 이야기에 단숨에 빨려들었다.

사전 편찬이라는 일에 대해 묻자, "학생들한테 '이런 일이나 생활 방식을 어떻게 생각하느냐'고 자주 묻습니다. 그러면 처음에는 학생들도 '조금 재미있을지도 모르겠네요'라는 반응을 보이지만, 실제로 제가 하는 일의 내용을 이야기하면, 그러니까 거의 하루 종일 오직 말을 모으고 말의 의미를 생각하는 일이 매일 끝없이 반복된다고 이야기하면 한 사람도 사전 만드는 세계에 들어가고 싶다는 말을 하지 않게 됩니다. 뭐, 그런 일이지요" 하고 대답했다. 이런 이야기를 자조적이기보다는 어딘가 자랑스러운 듯이 이야기한 것이 인상적이었다.

그는 이야기를 나누다가 별안간, "『산세이도 국어사전』은 어떤 일본어가 옳다거나 틀렸다는 생각을 갖고 있지 않습니다. '○○는 잘못이다'라는 식으로 쓰는 일은 거의 하지 않지요. 그게 『산세이도 국어사전』의 전통입니다"라고 말했다.

사전에는 '올바른 의미'가 실려 있다고 생각하고 있던 나는 대체 그 말이 무슨 뜻인지 알 수 없었다. 일본어 전문가인 사전 편찬자가 내가 잘못 사용하고 있는 일본어를 지적하지나 않을까 하고 생각하고 있었는데 이마 씨는 애초부터

"그 일본어가 옳다거나 틀렸다는 식으로 파악하지는 않습니다" 하고 말했던 것이다.

그리고 『산세이도 국어사전』 이외의 국어사전을 몇 권 꺼내서 '미레루(見れる)'[5], '다베레루(食べれる)'라는 이른바 '라(ら)를 생략한 말'[6]이 어떻게 쓰이고 있는지를 비교하기 시작했다. 명확하게 '라'를 생략한 말은 틀린 것이다"라고 쓴 사전도 있었다.

한편 『산세이도 국어사전』은 '틀렸다'는 식으로 쓰지 않았다. 이마 씨에 따르면 『산세이도 국어사전』은 다른 어떤 사전보다 일찍 '라를 생략한 말'에 대해 언급했다고 한다. '라를 생략한 말'이라고 하면 한때는 '일본어를 혼란'시키는 대표적인 예로 이야기되었는데, 1982년에 출판된 『산세이도 국어사전』 제3판을 보면 이를 분명히 다루고 있었다.

れる [흔히 상1단·하1단 활용 동사에 붙여 '見れる', '出れる' 등으로 말한다]

－『산세이도 국어사전』, 제3판

---

5) 동사 見(み)る(보다)의 가능형은 원래 みられる(볼 수 있다)인데 みられる에서 ら를 생략한 형태.
6) 동사의 가능형 食べられる(먹을 수 있다), 出られる(나갈 수 있다), 見られる(볼 수 있다)를 食べれる, 出れる, 見れる 등과 같이 ら를 생략해서 하는 표현.

국어사전은 모두 대동소이하다고 생각하고 있던 나는 이 이야기를 듣고 몹시 곤혹스러웠다. 말을 어떻게 써야 할지 헷갈릴 때 이정표가 되는 국어사전이 이렇게 다르다면 말을 사용하는 우리는 더욱 혼란스럽지 않을까, 하는 생각을 했던 것이다. 이 화제가 마음에 걸렸지만, '이번에는 깊이 파고들기보다는 좀 더 즐겁게 웃으며 일본어의 심오함을 맛볼 수 있는 기획이나 이야깃거리에 대해 의논하는 게 낫겠지' 하며 눈앞의 프로그램 기획을 우선하는 텔레비전 방송인의 감각이 작동했다. 결국 그때의 만남에서는 그 외에도 눈이 확 트이는 일본어에 관한 화제를 충분히 듣고 취재를 끝냈다.

이제 슬슬 자리에서 일어서려고 생각하던 때 이마 씨가 다소 송구스럽다는 듯한 말투로 묘한 이름의 인물에 대해 이야기하기 시작했다.

"저기…, 제가 생각하기에는 언젠가 겐보 선생님을 프로그램에서 다뤄주면 어떨까 싶습니다."

— 겐보 선생님요?

성인지 이름인지 애칭 같은 닉네임인지 도무지 짐작할 수가 없었다.

"겐보 히데토시라는 사람입니다. 『산세이도 국어사전』을 만든 사람인데, 저에게는 '신' 같은 존재입니다."

이마 씨는 다른 어떤 화제를 말할 때보다 열기를 띤 어조로 그 사람에 대한 이야기를 하기 시작했다. 하지만 내게는 난생 처음 듣는 이름이었다. 그때는 이름이라기보다는 소리로서 '겐보'라는 가타카나가 머리에 떠올랐다.

내가 '見坊(겐보)' 선생을 'ケンボ-(겐보)' 선생이라고 굳이 가타카나로 표기하는 이유는 이름을 처음 들었을 때의 감각에 따른 것이다. 아울러 나중에 알게 된 겐보 히데토시라는 인물의 성격이나 특징을 표현하는 데도 한자보다 가타카나로 적는 게 어울린다고 느꼈기 때문이다.

─이마 선생님, 그분의 성함은 한자로 어떻게 쓰죠?

"볼 견(見)에 스님(お坊さん)의 방(坊), 호족이라고 할 때의 호(豪), 몇 세기라고 할 때의 기(紀)입니다. 이렇게 쓰고 겐보 히데토시(見坊豪紀)라고 읽습니다."

─아하, 이건 제가 읽을 수 없었겠네요.

이름을 묻는 것만으로도 이런 식의 말이 오갔다. 그리고 이마 씨는 이어서 이렇게 말했다.

"겐보 선생님은 평생 145만 개의 용례를 모은 사람입니다!"

─145만 개의 용례… 라고요? 굉장하네요.

그때는 '145만 개의 용례'라는 숫자를 어떻게 받아들여야 할지 몰랐고 실감할 수도 없었다. 사전은 수십 명, 수백 명의 사람들이 컨베이어 시스템 작업 같은 방식으로 만들

테니까, 많은 사람들이 분담하면 그 정도의 말을 모았다고 해도 이상하지 않겠지, 하는 느낌으로 들었던 것이다.

그런데 그 생각은 완전히 빗나갔다. 그때는 국어사전이 어떻게 만들어지는지 생각해본 적도 없었고, 다른 예와 비교도 할 수 없었다. '145만 개의 용례'라는 숫자가 얼마나 경이적인 숫자인지, 또 그것들을 거의 혼자 수집한 사실이 얼마나 대단한 일인지 깊이 생각하게 된 것은 그날로부터 꽤 시간이 흐른 후의 일이었다.

그 후 프로그램 협의나 로케이션으로 이마 씨와 여러 번 만나게 되었다. 일본을 대표하는 국어사전의 현역 편찬자인데도 전혀 딱딱하지 않고 천성적인 싹싹함과 유머 감각을 갖춘 이마 씨는 프로그램 출연자로서도 최적이었다.

당시 내가 제작하고 있던 프로그램은 〈다함께 니혼GO!〉라는, 일본어를 소재로 삼은 NHK의 예능 프로그램이었는데, 조금이라도 많은 사람에게 말이나 국어사전에 흥미를 갖게 할 수 있으면 좋겠다는 마음으로 내가 부탁한 예능스러운 연출에도 그는 적극적으로 응해주었다. 오히려 프로그램을 재미있게 하기 위해서라면 어릿광대 노릇도 마다하지 않고 온 힘을 다하는 이마 씨에게 내가 "죄송하지만 조금만 더 차분한 느낌으로…" "그렇게까지 하시면 선생님의 권위가 실추되지 않겠습니까?" 하고 자제를 부탁하는 일까지 있었다.

그런 이마 씨가 취재나 로케이션에서 만날 때마다 겐보 선생에 대한 이야기를 꺼냈다. 세상에 알려지지 않은 겐보 히데토시라는 대단한 사람을 어떻게든 다뤄줄 수 없겠느냐, 협조할 수 있는 일이라면 뭐든지 하겠다고 진지하게 말하는 그의 열의가 내게도 전해졌다. 겐보 선생에 대한 이야기를 자꾸 듣다보니 내 머리에도 겐보 히데토시라는 존재가 점차 각인되었다. 언젠가 다룰 수 있다면, 하고 막연히 생각하고 있었는데 불과 반년 만에 그 프로그램이 종료되고 말았다.

그로부터 3년 후인 2012년 가을, 오랜만에 이마 씨를 만났다. 그해에 사전 만드는 일을 그린 미우라 시온(三浦しをん)의 소설 『배를 엮다』[7](고분샤)가 '서점 대상'[8]을 수상하며 큰 화제가 되었다. 그 이듬해에는 이 소설을 원작으로 한 영화의 개봉을 앞두고 국어사전의 세계에 빛이 비춰지기 시작했다. 겐보 히데토시라는 불세출의 사전 편찬자를 다룬다면 바로 지금이라는 기운이 무르익고 있었다.

---

7) 『배를 엮다』, 미우라 시온, 권남희 옮김, 은행나무, 2013.
8) 2004년 제정된 일본의 문학상. 신간을 판매하는 서점 직원의 투표로 후보와 수상 작품을 결정한다.

두 사람의 육성 테이프

다시 만난 이마 씨가 겐보 선생을 알려면 반드시 읽어두어야 한다며 책 한 권을 소개했다. 2001년에 출판된 『메이카이 이야기(明解物語)』[9]였다. 이 책을 계기로 또 한 사람의 불세출의 편찬자 야마다 다다오라는 존재를 알게 되었다.

『메이카이 이야기』는 『산세이도 국어사전』의 편찬자인 겐보 히데토시와 『신메이카이 국어사전』의 편찬자인 야마다 다다오의 관계에 대해 언급하고 있는 얼마 안 되는 자료 가운데 하나였다. 두 사람의 관계를 기록한 자료가 적은 것은 겐보 선생도 야마다 선생도 만년에 서로에 대해 거의 언급하지 않았기 때문이다.

사전이나 국어학 관계자 사이에서는 어느 시점부터 두 사람 사이에 '절연'에 이를 만큼의 알력이 생겼다는 소문이 자자했다. 두 사람이 왜 결별하게 되었을까. 『메이카이 이야기』는 사전계의 그 금기에 발을 들여놓는 내용이었다.

이 책을 정리한 사람은 『신카이 씨의 수수께끼』보다 먼저 『신메이카이 국어사전』의 뜻풀이의 특이함에 주목하고 다양한 매체에서 이야기했던 평론가 무토 야스시(武藤康史)였다. 게이오 대학 대학원 국문과 출신인 무토 야스시는 원래

---

9) 柴田武(監修), 武藤康史(編集), 『明解物語』, 三省堂, 2001.

국어사전에 조예가 깊어 일찍부터 『신메이카이 국어사전』의 기술이 당시까지의 사전에는 없는 독창적이고 참신한 것이라며 주목하고 있었다. 아마 일반 독자로서 처음으로 『신메이카이 국어사전』을 '통독'한 사람도 무토 야스시가 아니었을까 싶다. 통독이라는 것은 문자 그대로 사전을 처음부터 끝까지 한 글자도 빠뜨리지 않고 읽는다는 뜻이다. 『신카이 씨의 수수께끼』가 출판되기 6년 전에 무토 야스시는 잡지에 이런 글을 실었다.

이전에 나는 이 사전(『신메이카이 국어사전』)의 제3판을 통독하고 훌륭한 뜻풀이 베스트 10을 멋대로 선정했다. 그것은 독서·연애·필요악·범인(凡人)·속인·분하다·삐걱거리다·정신·실사회·세지(世智)다. '연애'의 뜻풀이는 특히 길지만 감동한 나머지 다 외우고 말았다. 사실 그걸 암송하는 것이 술자리에서의 내 개인기 가운데 하나가 되기도 했다.

　　　　－무토 야스시, 「당신은 국어사전의 즐거움을 모른다」, 〈크리크〉,

　　　　　　　　　　　　　　　　　1990년 9월 20일자[10]

---

10) 武藤康史「国語辞典の楽しさを´あなたは知らない。」, 「クリーク」, 1990年 9月 20日号.

일찌감치 『신메이카이 국어사전』의 매력을 알아차리고 이를 많은 사람에게 알리려고 했던 무토 야스시가 12년의 세월에 걸쳐 정리한 것이 『메이카이 이야기』였다. 겐보 선생의 귀중한 인터뷰나 두 선생과 인연이 있는 관계자를 인터뷰한 내용이 게재되었다. 특히 관계자의 증언에서는 각각의 입장이나 견해에 따라 사전이 둘로 분열했던 당시의 상황이나 경위가 미묘하게 다른 모습으로 전해졌다. 일부러 증언을 나란히 게재하고 저자의 작위를 개입시키지 않으며 있는 그대로를 싣고 있어 독자에게 해석이나 검증을 맡기고 싶다는 의도가 느껴졌다. 『메이카이 이야기』의 표지에는 '무토 야스시 엮음(編)'이라고 표기했다. '무토 야스시 지음(著)'이라고 하지 않은 것도 그런 마음에서였을 것이다.

『메이카이 이야기』를 입수하고 나서 곧장 지금 무사시노 음악대학에서 일본문학·일본어 분야의 교수로 있는 무토 야스시 씨에게 연락을 취해 시부야 역 건물의 카페에서 만났다. 만나자마자 무토 씨는, "20년 전에 겐보 선생님과 야마다 선생님을 인터뷰했을 때의 테이프가 아마 지금도 남아 있을 겁니다" 하고 말했다. 틀림없이 귀중한 육성 테이프였다.

야마다 선생은 생전에 취재를 받는 일이 거의 없었다. 겐보 선생과의 인터뷰도 당시 '당장은 발표할 가망이 없지만 기록으로 남겨두고 싶다, 언젠가 책으로 만들 수 있다면…'

하는 생각에 녹음한 것이었다.

　무토 씨는 서로에 대한 이야기를 거의 하지 않았던 만년의 겐보 선생과 야마다 선생으로부터 각각 시간을 두고『신메이카이 국어사전』의 탄생에 얽힌 증언을 들을 수 있었다. 사전계의 금기로 여겨지는 화제에도 불구하고 무토 씨는 어떻게 두 선생에게 이야기를 들을 수 있었을까. 그것은 바로 만년에 전혀 교류가 없었던 두 사람 모두 우연히도 젊은 무토 씨를 높이 평가해서였을 것이다.

　1989년 야마다 선생은『신메이카이 국어사전』제4판의 간행에 즈음하여 산세이도(三省堂) 출판사의 홍보지에 실릴 인터뷰의 인터뷰어로 당시 서른한 살이었던 무토 씨를 지명했다. 그 이전에 산세이도 출판사에서는 인터뷰어 후보자 몇 명을 천거했으나, 야마다 선생은 모두 거절하고 국어사전에 대한 서평 몇 편을 기고하기 시작하던 젊은 무토 씨를 선택했던 것이다.

　그 2년쯤 전에 겐보 선생은 무토 씨가 쓴 어느 국어사전 서평을 보고 일부러 출판사에 전화를 걸어 "그 필자는 누굽니까?"라고 물으며 훌륭한 서평이라는 평을 전해주었다. 나중에 내가 겐보 선생의 집으로 취재를 갔을 때도 생전의 겐보 선생이 무토 씨를 무척 칭찬했다고 그의 아들이 얘기해주었다. 이런 인연으로 그 후 겐보 선생이 당시 자신이 모은 말을 소개하고 있던 연재기사 「말의 휴지통」(《언어생활》에 연재)의 편집을 무토 씨가 맡게 되었다.

그리고 먼저 1989년 9월 14일 야마다 선생에 대한 산세이도 출판사의 홍보지 인터뷰가 이루어졌다. 그 이듬해에 무토 씨는 발표할 가망이 없는 상태에서 겐보 선생도 인터뷰했다. 그 인터뷰는 1990년 1월 25일과 4월 9일 이렇게 두 번에 걸쳐 이루어졌는데 그 후 겐보 선생은 몸 상태가 안 좋아져 인터뷰를 계속할 수 없게 되었고, 그대로 세상을 떠나고 말았다.

녹음된 테이프는 교제가 전혀 없었던 말년의 두 사람이 기묘하게도 동일한 한 젊은 평론가를 발견하고 거의 같은 시기에 서로의 생각을 이야기한 우연의 연쇄에 의해 남은 것이었다. 무토 씨는 사전계를 견인하는 양대 거성과 마주했던 20년 전의 심경을 그립다는 듯이 이야기했다.

"국어사전에 관련된 사람의 마음이 세상에 전혀 전해지지 않은 것에 의분 같은 걸 느꼈던 것은 분명합니다."

국어사전 중에서 『신메이카이 국어사전』과 『산세이도 국어사전』은 압도적인 판매고를 자랑했지만, 그것이 얼마나 많은 노력과 연구에 의해 만들어졌는지를 돌아보는 일은 없었다. 누구나 손에 든 적이 있는 익숙한 사전의 표지에는

'겐보 히데토시'나 '야마다 다다오'라는 편찬자의 이름이 있었다. 하지만 이름이 시야에 들어와도 그 인물을 마음에 두는 사람은 거의 없었다. 일본어에 관한 에세이를 많이 남긴 작가 이노우에 히사시(井上ひさし, 1934~2010)는 '사전이란 무엇인가'라는 정의에 대해 다음과 같은 말을 남겼다.

비범한 사람이 평범하지 않은 생활을 해서야 비로소 이루어지는 것이 사전이다.

– 이노우에 히사시, 『책의 마쿠라조시』[11]

이 말은 국어사전과 편찬자에 대한 최상의 경의이자 위로일 것이다. 그러나 세상에는 사전에 인생을 바치고 말년을 맞이한 두 편찬자의 생각 따위는 전혀 전해지지 않았다.

당시 무토 씨가 끌린 것은 '쇼와 사전사(辭典史)의 수수께끼'라고 해야 할 두 사전에 얽힌 미스터리한 역사였다.

"하나의 사전이 둘로 나뉘었다는 데에 신선한 충격을 느꼈습니다."

『산세이도 국어사전』과 『신메이카이 국어사전』, 겐보 히데토시와 야마다 다다오의 관계를 거슬러 올라가면 전쟁 중

---

11) 井上ひさし, 『本の枕草紙』, 文藝春秋, 1982.

에 간행된 국어사전 한 권에 당도한다.

1943년에 탄생한 『메이카이 국어사전(明解国語辞典)』이다. 그 후 겐보 선생을 중심으로 1960년에 『산세이도 국어사전』이 새롭게 만들어졌다. 그리고 『메이카이 국어사전』은 야마다 선생에 의해 1972년에 『신메이카이 국어사전』으로 다시 태어났다.

"원래는 한 사전(『메이카이 국어사전』)을 둘이서 만들었습니다. 그것이 점차 갈라졌습니다. 야마다 선생님과 겐보 선생님, 이 두 분의 이야기를 들었는데 두 분 다 곧 돌아가셨기 때문에 이분들의 이야기를 후세에 남기고 싶다, 국어사전 관계자의 증언을 남겨야 한다고 생각했습니다."

두 사람의 위대한 편찬자는 그때까지 공개적으로 말하지 않았던 자신의 생각을 젊은 평론가에게 의탁했다. 훗날 무토 씨의 자택에서 육성 테이프가 발견되었다. 20년 만에 두 사람의 목소리가 되살아났다. (이후 두 사람의 발언에서 출전이 없는 것은 무토 씨의 인터뷰다.)

'맛있다'고 말하는 사전

야마다 다다오라는 편찬자의 강한 '개성'은 자신이 엮은 『신메이카이 국어사전』의 기술에 흘러넘친다. 지금은 일본에서 가장 많이 팔리는 국어사전이 된 『신메이카이 국어사전』의 뜻풀이에는 다음과 같은 것들이 실려 있다.

백도(白桃) 과즙이 많고 맛있다.

—『신메이카이 국어사전』제4판

대합(蛤) 먹는 조개로서 가장 평범하고 맛있다.

—『신메이카이 국어사전』제3판

붉돔(あこう鯛) 얼굴은 붉은 도깨비 같지만 맛있다.

—『신메이카이 국어사전』제3판

쑤기미(鰧) 꼴이 흉한 머리를 하고 있지만 맛있다.

—『신메이카이 국어사전』제3판

이렇게 늘어놓고 보니 마치 미식 프로그램의 논평 같다. 입맛이 까다로운 초로의 남자가 못마땅한 얼굴을 하고 각지를 누비고 다니며 그 지역 비장의 음식을 맛보고는 살짝 고개를 끄덕이며 "맛있군", "좋아" 하고 중얼거리는 광경이 떠오르는 것 같지만 이것은 어엿한 국어사전의 뜻풀이다.

그건 그렇다 치더라도 대합이 "먹는 조개로서 가장 평범"한 것일까. 평범한 조개는 오히려 '바지락'이나 '재첩'이 아니냐고 딴지를 걸고 싶어진다. "얼굴은 붉은 도깨비 같지만", "꼴이 흉한 머리를 하고 있지만"이라는 설명은 '외관은 흉하지만 맛은 최고다'라고 일부러 가르쳐주는 것 같다.

그 외에도 『신메이카이 국어사전』에는 **전복**-맛있다, **가리비**-두툼한 관자가 맛있다, **개량조개**-조갯살을 '아오야기'라고 하며 관자가 맛있다, **오리**-종류가 많고 살이 맛있다, **돗돔**-여름철에 제일 맛있다, **피조개**-살이 붉고 맛있다, **자라**-장국으로도 만드는데 맛있다(모두 『신메이카이 국어사전』 제3판) 등 흡사 미식가의 보고서 같은 주관적 설명이 적혀 있다.

한편 '객관적'이라 여겨지는 겐보 선생의 『산세이도 국어사전』에는 다음과 같이 쓰여 있다.

> **백도(白桃)** 과실의 살이 연노랑색의 복숭아. 흰 복숭아.
>
> -『산세이도 국어사전』 제3판
>
> **붉돔(あこう鯛)** 도미와 비슷한, 몸체가 가늘고 긴 생선.
>
> -『산세이도 국어사전』 제3판

사전의 설명이라고 하면 원래 이런 것일 테지만, 야마다 선생의 『신메이카이 국어사전』을 본 후에는 뭔가 좀 부족한 것처럼 느껴진다. 주관적'이라 여겨지는 『신메이카이 국어사전』의 독특한 기술은 음식물에 관한 항목에 그치지 않는다.

> **바퀴벌레** 부엌을 비롯한 주택의 모든 부분에서 사는 불그스름한 누

런빛의 납작한 해충. 만지면 냄새가 고약하다.

－『신메이카이 국어사전』 제3판

"만지면 냄새가 고약하다." 바퀴벌레를 실제로 손으로 만져본 사람만이 쓸 수 있는 뜻풀이다. 그러나 바퀴벌레라는 단어의 의미를 알고 싶은 독자가 이렇게까지 현실감 있는 설명을 원하는 것일까. 이처럼 『신메이카이 국어사전』에서는 때로 편찬자의 '실감'까지 토로하고 있다.

'자기주장의 화신' 같은 『신메이카이 국어사전』

지금 이 책을 들고 눈으로 활자를 쫓고 있는 당신의 행위는 『산세이도 국어사전』에 따르면,

독서(読書) 책을 읽는 일.

－『산세이도 국어사전』 제2판

임이 틀림없다. 그렇다면 '어떤 기분으로' 또는 '어떤 자세'로 이 책을 읽고 있을까. 『신메이카이 국어사전』에 따르면 경우에 따라 당신은 지금 독서를 하는 것이 아니다.

독서(読書) '연구나 조사 때문이거나 흥미 본위가 아니라' 교양을 위

해 책을 읽는 일. '드러누워 읽거나 잡지·주간지를 읽는 일은 본래의 독서에 포함되지 않는다'.

―『신메이카이 국어사전』 제2판

흥미 본위로 이 책을 들고 있거나 소파나 침대에 나뒹굴며 읽고 있는 사람은『신메이카이 국어사전』으로부터 "그건 본래의 독서가 아니다"라는 일갈을 듣고 마는 것이다. 『신메이카이 국어사전』의 편찬자는 어디까지나 자신의 주장으로서 독서의 의미를 적었다. 거기에서는 "사전은 객관성을 갖추고 있어야 한다"라는 우리의 상식을 가볍게 뛰어넘은 편찬자의 강한 의지가 느껴진다. 다시 말해 필자인 야마다 다다오의 '인격'까지 떠오르는 것이다.

다음으로 소개할 **범인(凡人)**도『신메이카이 국어사전』의 뜻풀이로 아직도 계속 회자되는 유명한 문장이다.

범인(凡人) 스스로를 향상시키려는 노력을 게을리 하거나 공명심을 갖고 있지 않거나 해서 다른 것에 대한 영향력이 전무한 채 일생을 마치는 사람. 가정 제일주의에서 벗어날 수 없는 대다수 서민이라는 뜻으로도 쓰인다.

―『신메이카이 국어사전』 제3판

너무 노골적이라 인정미가 없고 끽소리도 할 수 없는 '범인론'이다. 흔히 스스로를 '범인'이라고 말하는 '대다수 서민'은 이 설명을 어떤 마음으로 받아들여야 할까. 그리고 뜬금없이 말하는 '가정 제일주의'를 둘러싼 서민의 심리적 갈등이라니. 왜 범인의 구체적인 예가 '가정 제일주의'일까. 아울러 '객관적'인 입장을 취하는 『산세이도 국어사전』에서는 범인을 이렇게 설명하고 있다.

범인(凡人) ① 보통 사람. ② 하찮은 사람.

－『산세이도 국어사전』 제2판

『산세이도 국어사전』의 설명은 이렇게 '단문이고 간결'하다. 한편 『신메이카이 국어사전』은 다른 사전에 비해 설명이 '장문이고 상세'한 경우가 많다.

구시렁거리는 듯한 용례

'주관적'으로 쓰인 『신메이카이 국어사전』의 독특한 기술은 단어의 뜻풀이에만 그치지 않는다. 뜻풀이를 보완하는 '용례'에도 다른 사전에서는 볼 수 없는, 눈을 의심하게 하는 기술이 등장한다.

절절히(熟) "A 신문은 어렸을 때부터 우리 집에서 애독하는 신문이 었는데 십 몇 년 전부터 절절히[=어떤 사정이 계기가 되어 완전히] 싫어져 구독을 끊었다."

－『신메이카이 국어사전』 제4판

'절절히'라는 단어의 용례라는 것을 말끔히 잊게 되는 '일기' 같은 문장이다. 다음에 소개하는 용례도 이미 단순한 용례로 보기가 힘들다.

힘들다(苦しい) "힘든 가운데 아이를 세 명이나 대학에 보낸다."

－『신메이카이 국어사전』 제3판

실리다(乗る) "국어사전에 일상어가 실려[=수록되어] 있지 않은 것은 놀랍다."

－『신메이카이 국어사전』 제3판

애당초(土台) "애당초 나는 원고료를 수입이라고 생각해본 적이 없다."

－『신메이카이 국어사전』 제4판

지금으로 말하면 마치 트위터에 올라오는 '구시렁거림' 같은 마음의 외침이 적혀 있다. 가장 정평이 난 것은 **단숨에** 의 용례다.

단숨에(一気に) "종래의 사전에서는 아무래도 딱 맞은 뜻풀이를 볼 수 없었던 난해한 말도 이 사전에서는 단숨에 해결."

－『신메이카이 국어사전』 제4판

거짓말을 몹시 싫어하고 아주 정직하게 살며 때로 '장난기'도 발휘한다. 그런 필자의 인물상이 사전에서 저절로 배어나온다. 이는『신메이카이 국어사전』의 편찬자인 야마다 다다오의 캐릭터 그 자체이기도 하다. 이런 독특한 뜻풀이와 용례가『신메이카이 국어사전』이라는 국어사전의 매력이고 수많은 팬을 가진 이유이기도 하다.

쇼와 사전사의 수수께끼

겐보 선생과 야마다 선생의 관계에 대해 언급한 거의 유일한 자료인『메이카이 이야기』의 작자인 평론가 무토 야스시 씨가『신메이카이 국어사전』의 뜻풀이에 흥미를 갖게 된 계기는 지금 우리가 갖고 있는『신메이카이 국어사전』의 이미지와는 동떨어진 것이었다.

"1980년 전후 무렵 저를 비롯한 국문학계의 학생들은 다들 '이상하다'고 말했어요. 그 대단한 야마다 다다오가 왜 '그 사전'을 만들었을까 하고요."

그 사전이란 물론『신메이카이 국어사전』을 말한다.

"고전 연구를 하는 국어학자로서 모르는 사람이 없을 만큼 대가였던 야마다 다다오 선생님이 그런 국어사전을 만들었다는 데 흥미를 느꼈습니다."

지금이야 '야마다 다다오'라는 이름이 『신메이카이 국어사전』의 편찬자'로 소개되는 일이 압도적으로 많지만 그의 본업은 사전 편찬자가 아니었다. 야마다 선생은 일찍이 니혼(日本) 대학 문리학부의 교수로 있으면서 『쇼와 교주 다케토리 이야기』[12] 등을 저술한 고전 문헌 연구자로 알려진 저명한 국어학자였다. 또한 학회 등에서는 그 유명한 '무서운 얼굴'로 통하며 젊은 연구자나 국문학계의 학생들이 두려워하는 존재였다.

훗날 이야기를 들려준 전(前) 산세이도 출판사의 사전출판 부장으로 다이쇼(大正) 대학 문학부 교수로도 재직했던 구라시마 도키히사(倉島節尙) 씨도, "야마다 선생님은 국어학자로서 다양한 연구를 했습니다. 고전 문헌을 기초로 일본어 연구를 했고 그 일본어 연구의 일환으로 어떤 일부분을 사전 편찬에 할애했지요"라고 이야기했다. 만년에 깊이 교류했던 구라시마 씨도 야마다 선생은 국어학자가 본업이고, 그 한편으로 사전 편찬에도 종사했다는 견해였다.

---

12) 山田忠雄, 山田孝雄, 山田俊雄共編, 『昭和校註竹取物語』, 武藏野書院, 1953.

'현대적'이라고 여겨지는 『산세이도 국어사전』에 비해 『신메이카이 국어사전』은 '규범성이 높다'고들 말한다. 이는 야마다 선생이 현대어가 아니라 고전 연구의 일인자였던 데서 기인한다. 원래 국어사전이 아니라 고어사전을 엮는 것이 어울릴 것 같은 연구자가 『신메이카이 국어사전』을 만들었던 것이다. 다른 국어사전에 비해 『신메이카이 국어사전』의 뜻풀이에 난해한 표현이 많은 것도 고어를 연구 기반으로 삼았던 야마다 선생의 특성에서 기인하는 바가 크다. 그 저명한 국어학자가 **"연애** – 가능하다면 합체하고 싶다"로 대표되는 독특한 기술의 『신메이카이 국어사전』을 만들었다는 사실에 국문과 출신의 무토 씨는 충격을 받았다. 동시에 이는 '커다란 수수께끼'이기도 했다.

또한 당시부터 야마다 다다오가 『신메이카이 국어사전』을 낳은 배경에는 『산세이도 국어사전』의 편찬자 겐보 히데토시라는 존재가 있었다는 소문이 자자했다. 겐보 선생은 예전에 국립국어연구소에서 근대어를 연구하는 부문의 부장을 역임했다. 이 사람은 이른바 '현대어' 전문가였던 것이다.

이 두 사람이 기이하게도 도쿄제국대학 문학부 국문과에서 국어학을 전공한 동기생이었다는 우연도 쇼와 사전사에 감추어진 '커다란 수수께끼'였다. 그리고 무토 씨는 『신메이카이 국어사전』이 탄생한 경위를 물은 인터뷰에서 야마다 선생으로부터 생각지도 못한 증언을 듣는다.

"겐보가 싫어하는 표현을 쓰자면 시작 당시 나는 겐보의 '조수'였습니다."

만년의 야마다 선생은 국어학 분야에서 수많은 업적을 남겨 확고한 지위를 구축하고 있었다. '무서운 얼굴'로도 통했던 야마다 선생의 입에서 나온 '조수'라는 말은 의외였다.

"나는 '조수'였습니다, 하는 말을 야마다 선생님이 했습니다. 스스로 '조수'였다는 표현을 쓴 것은 신선했지요."

두 사람은 원래 '동기생'이고, 이전에는 서로 협력해서 『메이카이 국어사전』이라는 사전 한 권을 만들어낸 '공저자'였다는 사실에서 봐도 이해할 수 없는 발언이었다.

"야마다 선생님이 '조수'라는 발언을 했기 때문에 겐보 선생님께도 이야기를 들어봐야겠다고 생각했지요. 뭐랄까, 역사의 전체상이 조금씩 보이기 시작했습니다."

하나의 사전(『메이카이 국어사전』)에서 두 개의 사전(『산세이도 국어사전』과 『신메이카이 국어사전』)으로 분리되었다는 사실 속에 감춰진 두 편찬자의 초상이 조금씩 보이기 시작했다. 무토 씨의 이야기를 듣고 나도 두 편찬자를 둘러싼 '쇼와 사전사의 수수께끼'의 강력한 인력에 끌려들고 있었다. 두 사람에게 대체 무슨 일이 있었을까. 그 진상에 다가가고 싶은 마음이 강해졌다.

원래 겐보 히데토시라는 편찬자가 남긴 위업과 그 인생에 초점을 맞춘 프로그램을 기획하려고 했는데, 겐보 히데토시를 말한다면 야마다 다다오를 말하지 않을 수 없고 야마다 다다오를 말한다면 겐보 히데토시를 말하지 않을 수 없게 되었다. 두 사람의 관계는 두 사람의 인생과 두 권의 사전을 말할 때 떼어놓을 수 없는 것이었다.

20년 전에 녹음된 육성 테이프의 존재. 거기에 새로운 관계자의 증언과 검증을 더해 두 권의 사전이 탄생한 이야기에 나 자신의 시점으로 다가가고 싶었다. 그래서 〈겐보 선생과 신카이 씨〉라는 제목의 프로그램 기획을 정리하여 무토 씨에게 협조를 구했다. "제가 할 수 있는 일이라면", 하며 흔쾌히 협조해준 무토 씨가 걱정 한마디를 건넸다.

"산세이도 출판사는 이 기획에 대해 뭐라고 합니까?"

'신카이 씨'를 둘러싼 오해와 파문

『신메이카이 국어사전』과 『산세이도 국어사전』이라는 성격이 전혀 다른 두 국어사전은 모두 같은 출판사인 '산세이도'에서 간행되었다. 산세이도 출판사는 '사전계의 노포(老

鋪)'라고 할 만한 긴 역사를 가진 회사다. 1881년 창업 당시부터 사전(辭典)이나 사전(事典)류를 출판하고 이후에도 국어사전이나 '콘사이스', '크라운' 등의 영일사전, 백과사전 등을 중심으로 교과서, 참고서, 일반서 출판도 하고 있다. 석유 파동의 여파로 1974년에 도산하는 쓰라림도 겪었지만 경영 체제를 쇄신하고 다시 일어서 지금은 출판업계에서 확고한 지위를 구축하고 있다.

이번 기획을 하기 수년 전부터 취재나 로케이션과 관련하여 여러 번 산세이도 출판사의 협조를 받았다. 앞에서 말한 NHK의 일본어 관련 예능 프로그램 〈다함께 니혼GO!〉를 할 때도, 산세이도 출판사는 취재나 로케이션과 관련한 우리의 무리한 부탁에 늘 친절하게 응해주었다. 바쁜 가운데서도 "말이나 사전에 관심을 가져줄 수 있다면 좋은 일이지요. 기꺼이 도와드리겠습니다." 하며 틈틈이 협조해주는 등 프로그램 제작에도 깊은 이해력을 보인 출판사다. 하지만 그날만은 평소와 분위기가 달랐다.

JR 스이도바시 역(水道橋駅) 철도교를 따라 나란히 있는 산세이도 본사 건물 옥상에는 '사전은 산세이도'라고 크게 쓰인 간판이 서 있다. 쇼와 시대의 정겨운 분위기를 느끼게 하는 그 간판은 산세이도라는 출판사가 걸어온 긴 역사와 전통을 실감하게 해주었다. 또 국어사전이 산세이도라는 출판사의 뼈대를 받쳐주고 있다는 사실도 보여주는 것 같았다. 익숙한 산세이도 건물로 향하는 발걸음이 그날만은 어쩐지 무겁게 느껴졌다. 크게 한 번 심호흡을 하고 건물 안으로 발을 들여놓았다.

현재 사전출판 부장을 맡고 있는 야마모토 고이치(山本康一) 씨에게 사전에 이번 기획의 협조를 부탁해두었는데, "사전은 사람이 만든다는 점에서 보면 편찬자의 인간적인 면을 살피는 일이 필요하다는 것은 저희도 잘 이해할 수 있습니다. 그렇다고 남부끄러운 내용일 경우 편찬자의 가족이나 사전을 이용하는 독자의 이미지를 생각할 때 저희로서는 협조하기가 쉽지 않습니다. 그런 부분을 아무쪼록 이해해주시기 바랍니다" 하는 답변을 들었다. 그래도 야마모토 씨는 우리의 열의에 응해 사내 각처와 교섭해주었다. 야마모토 씨 자신은 중형 국어사전인 『다이지린(大辭林)』의 편집 담당자이기 때문에 『신메이카이 국어사전』과 『산세이도 국어사전』의 각 편집 담당자에게 내가 프로그램 취지를 설명할 수 있도록 자리를 마련해주었다.

그 협의에서는 산세이도 사내에서도 『메이카이 이야기』에 대해 상당히 복잡한 감정이 소용돌이치고 있다는 점을 알 수 있었다. 이 책은 산세이도 출판사에서 직접 출판한 것이라 다양한 우여곡절이 있었지만, 두 사전이 탄생한 역사를 후세에 남기기 위해 출판사가 총력을 기울여 간행한 것이라고 생각하고 있었다. 책의 띠지에 "산세이도 창업 120년 기념"이라는 문구가 쓰여 있었기 때문이다. 하지만 당시부터 내부에서는 출판에 대한 이견도 있었는데, 그런 내용은 공개해서는 안 된다는 의견도 있었다고 한다.

사전에 인생을 바친 두 편찬자를 일반에 널리 알리고 싶다고 호소하는 내 이야기를 듣고 『신메이카이 국어사전』의 편집 담당자로부터 즉각 대답이 돌아왔다.

"애초에 사전이 만들어진 과정이나 경위를 일반 사람들이 알 필요가 없다고 생각합니다."

사전을 만드는 일이 얼마나 고생스러운지를 잘 아는 담당자는 단호하게 이렇게 말했다. 겐보 선생과 야마다 선생의 관계에 대해 언급하기도 전에 사전 편찬의 이면을 세상에 알려주지 않아도 된다고 단언한 것이다.

그 무렵은 소설 『배를 엮다』로 인해 사전을 만드는 현장에 주목하던 시기였다. 그런 움직임은 사전에 관련된 사람들에게 당연히 경사스러운 일이라고 생각하고 있던 나로서는 할 말이 없었다. 그 발언은 매일 사전과 마주하고 있는 사람들의 긍지도 포함하고 있었다.

"사전은 어디까지나 '공기(公器)'입니다."

사전은 '공기', 즉 도로나 다리라는 공공 건축물 같은 '사회의 인프라'라는 생각이었다. 사전이란 우리가 '말'이라는 커뮤니케이션 수단을 사용하기 위한 인프라이기 때문에 사전을 만들고 있는 '개인'을 표면에 내세워서는 안 된다, 겐보 선생과 야마다 선생이라는 '개인'에게 초점을 맞추는 것은 승복할 수 없다는 것이었다.

협의는 평행선을 달렸다. 그래도 충분히 설명하여 우리의 의도를 이해시킬 수 있었고, 나도 이야기를 들으면서 실제로 사전 만드는 일에 관련된 사람들의 생각이나 마음을 조금씩 이해해나갔다. 협의에서 특히 제일 난색을 표했던 것이 〈겐보 선생과 신카이 씨〉라는 프로그램의 제목이었다. 베스트셀러 『신카이 씨의 수수께끼』 이래 '신카이 씨'라는 호칭은 일반에 널리 알려져 있어 인상적이기도 했다. 『신메이카이 국어사전』이라는 사전에 흘러넘치는 야마다 선생의 개성도 '신카이 씨'라는 제목에 담음으로써 잘 느껴지게 할 수 있지 않을까 하는 생각을 하고 있었다. 그러나 『신메이카이 국어사전』의 편집 담당자는, "저희는 사전을 '인격화' 해서 보지 않습니다. 국어사전은 '인격'을 내세우려고 만드는 게 아니거든요. 그래서 '신카이 씨'라 불리는 것은 정말 달갑지 않습니다" 하고 강한 어조로 말했다. 솔직히 말해서 그 순간까지 '신카이 씨'라는 호칭을 쓰는 것을 현장 사람들이 그렇게까지 불쾌하게 생각할 줄은 미처 깨닫지 못했다. 광고에서는 '신메이카이'를 의인화해서 선전했는데 그것은 어디까지나 영업부의 전략일뿐 사전을 만들고 있는 출판부의 의향이 아닌 모양이었다.

"'신카이 씨'라 부를 때의 이야기는 국어사전으로서의 평가가 아니잖아요. 재미있는 게 쓰여 있다는 평가 아닌가요? 그래서 저희는 지금까지 『신메이카이 국어사전』을 '신카이 씨'라는 이름으로 부른 적이 없습니다."

— 하지만 『신카이 씨의 수수께끼』가 있어서 '신카이 씨'라는 호칭으로 일반 사람들에게 친숙해졌고, 그래서 일본에서 가장 많이 팔리는 사전이 된 측면도 있는 거 아닌가요?"

무심코 내가 이렇게 말하자 잠시 침묵이 흘렀다.

"…정말 그렇게 생각하십니까? 전혀 그렇지 않습니다. 흔히 착각하시는데 '신카이 씨 붐'이 일기 전부터 잘 팔리고 있었습니다. 첫해에 이미 100만 부 가까이 팔렸으니까요."

사실 그대로였다. '재미있는 게 쓰여 있는 사전'으로서 화제가 된 것은 1990년대 후반의 '신카이 씨 붐'이었지만, 『신카이 씨의 수수께끼』가 출판되기 전, 초판(1972)부터 제4판(1989)까지 이미 누계 1700만 부라는 압도적인 판매부수를 달성했던 것이다.

"발간 당시부터 『신메이카이 국어사전』은 개성적인 소형 국어사전이었습니다."

이 말에서는 '신카이 씨'라 불리게 되고 나서 퍼진 갖가지 오해와 파문에 대한 안타까움이 배어나왔다. 결국 프로그램 제목은 〈겐보 선생과 야마다 선생, 사전에 인생을 바친 두 남자〉로 하기로 했다.

어느 출판사의 사전 편집부도 독자로부터 매일 수 통에서 십 수 통의 문의 전화를 받는다고 한다. 그 대부분이 사전의 기술에 대한 항의다. 『신메이카이 국어사전』은 화제가 된 사전이고, 반면에 문제가 될 수 있는 불씨도 많이 안고 있는 사전이라고 할 수 있다. 지금까지도 다양한 문제의 대응에 쫓기고 있고 많이 시달리기도 했다. 지금은 일본 제일의 발행부수를 자랑하는 『신메이카이 국어사전』인 만큼 영향력도 커서 이번 기획을 대하는 경계심이 강하게 느껴졌다.

"야마다 선생님과 겐보 선생님 사이에 있었던 일을 겉으로 드러내는 것이 과연 어떨지, 선생님들의 명예에 상처를 입히지 않을지, 그런 점들이 무척 걱정됩니다."

대면한 편집 담당자는 내가 산세이도 출판사로 사전에 보낸 프로그램 기획서를 보고 난 후 협의를 한 그날까지 잠 못 드는 나날이 계속되었다고 털어놓았다. 가능하다면 가만히 내버려두면 좋겠다는 마음이 강하게 전해졌다. 그래도 내가 물러서지 않기 때문에 거의 체념한 듯이 떨떠름하게 협의가 끝나고 자리에서 일어서려고 할 때 다시 말을 꺼냈다.

"기어이 이 프로그램을 만드실 겁니까?"

『산세이도 국어사전』의 편집 담당자의 반응도 마찬가지였다.

"아무래도 야마다 선생님과의 일은 다루지 않았으면 합니다."

네 시간이 넘는 협의가 끝나고 산세이도 본사를 나서자 해가 완전히 저물어 있었다. 국어사전에 대해 안이한 생각을 품고 있었음을 통감하며 몸을 뒤로 젖히면서 무심코 하늘을 올려다보았다. 겨울이 가까이 다가온 차가운 하늘에 "사전은 산세이도"라는 네온 간판이 휘황하게 빛나고 있었다.

'울트라맨'이 실린 국어사전

『산세이도 국어사전』을 편찬한 겐보 선생의 '개성'을 사전에 쓰인 기술에서 탐색해보자.

사전에서 인간다움이 배어나오는『신메이카이 국어사전』에 비해 겐보 선생의『산세이도 국어사전』의 개성은 아직 다 파악되지 않았는지도 모른다.

『산세이도 국어사전』의 특징은 '객관적'이며 중학생이 읽어도 이해할 수 있는 '단문이고 간결'한 뜻풀이, 그리고 사전계에서 가장 '현대적'인 사전이라는 점이다. 그런데 '객관성'이나 '단문이고 간결'하다는 것은 일반적인 사전에도 해당되기 때문에 두드러진 개성이라고 하기는 힘들다.

『산세이도 국어사전』을 『산세이도 국어사전』답게 하는 가장 알기 쉬운 개성은 어떤 단어를 사전에 실을까 하는 기준이나 판단이 가장 '현대적'이라는 점이다. 바꿔 말하면 『산세이도 국어사전』은 "그 시대에 널리 정착한 새로운 말이나 표현을 적극적으로 사전에 싣는다".

국어사전은 몇 년마다 개정 작업을 한다. 새롭게 게재되는 단어도 있고, 시대에 맞지 않아 찾아보는 사람이 거의 없다고 판단되어 사라지는 단어도 있다. 그 판단은 각 사전에 따라 다르고, 그 차이가 사전의 개성이 되기도 한다.

『산세이도 국어사전』은 어떤 단어를 게재하는가 하는 판단이 가장 급진적이어서 '지금'이라는 시대의 분위기를 민감하게 받아들인다. 실제로 다른 사전에는 실려 있지 않은 단어가 『산세이도 국어사전』에는 수록되어 있는 예가 수없이 많다. 예를 들어 『산세이도 국어사전』 제4판에는 아이들에게 인기가 있는 영웅의 이름이 게재되었다.

> **울트라맨** SF 텔레비전 영화 〈울트라맨〉의 주인공. 우주에서 지구로 와서 정의를 위해 괴수들과 싸운다.
>
> -『산세이도 국어사전』 제4판

『산세이도 국어사전』 제4판이 간행된 것은 1992년이다. 〈울트라맨〉의 첫 회가 텔레비전에 방영된 것은 1966년이어서 『산세이도 국어사전』에 게재되기까지 26년이라는 세월이 걸렸다. 대체 과정의 어느 부분이 '현대적'이란 말인가 하는 의문이 들겠지만 국어사전 세계에서 이러한 채택 판단은 극히 짧은 시간에 이루어진 편에 속한다.

애초에 국어사전에는 원칙적으로 '고유명사'가 게재되지 않는다. 고유명사까지 게재하면 너무나도 방대한 양이 되어 달리 실어야 할 일반명사 등의 게재까지 소홀해질 염려가 있기 때문이다. 국어사전은 어디까지나 일반적으로 자주 쓰이는 단어나 표현을 수록하는 것을 목표로 한다. 그러나 예외도 있다. 고유명사가 세상에 널리 알려지고 '신조어·유행어'라기보다는 '현대어'로 부를 만한 상태가 되어 일반명사화한 경우가 그렇다. 어떤 단계에서 '현대어'로 취급할지는 각 사전에 따라 판단 기준이 다르다.

손바닥 크기의 『산세이도 국어사전』과 『신메이카이 국어사전』은 '소형 국어사전'이라는 장르로 분류되고 있다. 그렇지만 수록한 어휘 수는 약 6만에서 8만에 이른다. 몇 년 걸러 개정판을 낼 때마다 수록하는 단어를 대폭 교체하고 새로운 단어를 싣기 위해서는 상당한 시간과 노력이 필요하다.

겐보 선생은 생애 마지막 개정 작업이 된 『산세이도 국어사전』제4판에서 일찌감치 '울트라맨'을 사전에 올렸다. 울트라맨은 그 후 2008년 『고지엔(広辞苑)』제6판에도 게재되었다. 이와나미쇼텐이 간행하는 『고지엔』은 약 24만 개의 어휘를 수록하여 '중형 국어사전'으로 분류된다. 일반인들에게는 그다지 알려져 있지 않지만 『고지엔』은 고유명사를 포함하는 '백과 항목'이 충실하다. 국어사전이면서 고유명사도 풍부하게 게재하는 『고지엔』에도 울트라맨은 프로그램이 방송된 지 42년이 지나고서야 게재되었다.

『고지엔』은 '현대'보다는 '과거'에 중점을 두는 사전이라고 말할 수 있다. 백과 항목이 풍부하고 과거의 저작물이나 고전 작품 등을 읽을 때 모르는 말이 나오면 찾아보는 사전으로 적당하다. 또한 예를 들어 하나의 단어가 여러 가지 의미를 가지는 경우 『고지엔』에서는 먼저 '과거'에 사용되었던 의미나 용법을 싣고 그 뒤 차례로 '현대'의 의미를 싣는다('중형 국어사전'으로 『고지엔』과 쌍벽을 이루는 산세이도 출판사의 『다이지린』은 반대로 '현대'에 중점을 두고 지금 널리 쓰이고 있는 의미나 용법부터 싣는다). 『고지엔』은 새로운 말을 적극적으로 게재하기보다는 신중하게 사회에 말이 침투한 정도를 확인하고 나서 판단하는, 규범성이 높은 성격을 갖고 있다. 그러므로 울트라맨을 게재하기까지 약 반세기가 필요했던 것이다.

한편 『산세이도 국어사전』은 '지금'을 중시하고 현대의 작품을 읽을 때나 글을 쓸 때 찾아보는 것을 상정하고 만들었다. 실제로 겐보 선생은 자신의 저작에서 다음과 같이 말했다.

> 『산세이도 국어사전』은 철저하게 현대에 입각한 사전을 목표로 하고 있습니다.
>
> — 겐보 히데토시, 『말 – 다양한 만남』[13]

이런 편집 방침에서 『산세이도 국어사전』 제4판이 간행된 1992년 당시 77세였던 겐보 선생은 울트라맨을 아주 기뻐하며 실었을 것이다(겐보 선생이 돌아가신 후인 2008년의 『산세이도 국어사전』 제6판에서는 울트라맨 항목의 역할이 끝났다고 판단하여 삭제했다). 아울러 야마다 선생의 『신메이카이 국어사전』에는 울트라맨이 실리지 않았다.

『신메이카이 국어사전』이 '뜻풀이'에 중점을 두고 있는 데 비해 『산세이도 국어사전』은 어떤 말을 사전에 올릴까 하는 '표제어 선정'에 중점을 두었다.

---

13) 見坊豪紀, 『ことば　さまざまな出会い』, 三省堂, 1983.

고고한 '현대어' 사전, 『산세이도 국어사전』

'철저하게 현대에 입각한 사전'을 지향하는 『산세이도 국어사전』에는 '국어사전=딱딱함'이라는 이미지를 배반하는 말도 수록되어 있다.

> **엣치** [H ← Hentai(変態, 변태)] 징그럽고 역겨운 (짓을 하는) 모습.
>
> ─『산세이도 국어사전』 제2판

이런 속어까지 국어사전에 실을 필요가 있을까, 하고 눈살을 찌푸리는 사람도 있겠지만 '엣치'는 1974년에 간행된 『산세이도 국어사전』 제2판에 일찌감치 게재되었다. 당시 젊은 세대를 중심으로 널리 엣치라는 말이 쓰이는 상황에 입각해 『산세이도 국어사전』의 새로운 항목으로 추가한 것이다. 게다가 'Hentai(変態, 변태)'의 머리글자에서 만들어진 말이라는 것까지 설명하고 있다. 외설적인 의미를 포함한다거나 주로 젊은이가 쓰는 속어라고 해서 단어를 구별하지 않는 것이 겐보 선생이 사전을 만드는 자세였다. 여기에는 '국어사전이란 '현대'를 반영하는 것이어야 한다'는 강한 신념이 있었다.

『산세이도 국어사전』은 원래 1960년에 중학생용 국어사전으로 나왔다. 이렇게 말하면 어른이 쓰는 사전으로는 적합하지 않은 게 아닐까 하고 생각할지도 모른다. 하지만 다양한 사전 관계자를 취재하면서 『산세이도 국어사전』은 사전계에서 한 수 위로 보는 존재라는 사실을 알 수 있었다. 각 사전마다 다른 편집 방침이나 각각의 입장을 넘어 많은 사람들이 『산세이도 국어사전』을 높이 평가했고, 비판적인 의견은 거의 들어보지 못했다. 항상 『산세이도 국어사전』을 옆에 두고 뭔가 궁금한 말이 있으면 '『산세이도 국어사전』에서는 어떻게 설명하고 있을까' 하며 참조한다고 말해준 사람도 있었다.

〈요미우리신문〉의 교열자였던 가네타케 노부야(金武伸弥)는 『'고지엔'은 신뢰할 수 있을까』[14]라는 책에서 100개에 이르는 평가 항목을 기초로 독자적인 관점에서 다양한 국어사전을 비교하고 검증했다. 이 책이 출판된 2000년 시점에서 가장 평가가 높았던 국어사전은 『산세이도 국어사전』이었다.[15]

전통적인 사전에 요구되어온 객관성이나 간결하게 정리된 뜻풀이에 더해 방대한 조사를 통해 다른 사전의 동향에

---

14) 金武伸弥, 『「広辞苑」は信頼できるか－国語辞典100項目チェックランキング』, 講談社, 2000.

15) 1위는 『신세이도 국어사전』 61.5점, 2위는 『다이지린』(三省堂) 59점, 3위는 『다이지센』(小学館), 4위는 『고지엔』 52.5점, 참고로 『신메이카이 국어사전』은 46.5점이었다.

좌우되지 않고 독자적인 판단 기준으로 '현대어'도 재빨리 도입한다. 이런 자세가 『산세이도 국어사전』에 대한 높은 평가로 이어졌다. 말에 관한 전문가일수록 인정하지 않을 수 없는 존재. 그것이 겐보 선생이 키워낸 『산세이도 국어사전』이다.

사전을 혼자 엮는 '초인'

국어사전 편찬 사업은 대부분 많은 사람이 담당한다. 말을 모으고 그 뜻을 쓰고 원고를 검토하는 등의 방대한 작업을 많은 사람이 분담한다. 사전에 이름이 실리는 편찬자를 중심으로 외부 인력인 대학 교수나 언어연구기관에 근무하는 연구자, 출판사의 편집 담당자, 교열자나 도판 제작자 등 많은 사람이 관여하여 국어사전 한 권이 완성된다. 사전에 싣는 말의 뜻이나 용례도 편찬자가 모두 집필하는 것은 아니다. 대학 교수나 언어연구기관의 연구자 등 다양한 전문가에게 협조를 구하고 원고 집필을 의뢰하는 경우가 많다.

국어사전은 흔히 '직업적인 사전 편찬자'라는 전문직에 있는 사람이 매일 편찬 작업을 하는 듯한 이미지가 있지만, 매일 모든 시간을 사전 편찬에만 쏟으며 이를 생업으로 하는 사람은 극히 드물다. 그중에는 사전 편찬에 주안점을 두고 있는 사람도 있지만, 대학이나 연구소에서 교수나 강사를 하고 있는 국어학자나 언어학자가 사전을 편찬하는 일도 맡아 하는 경우가 대부분이다.

사전 편찬자는 출판사의 사전 편집부에서 의뢰를 받는 형태로 편찬을 맡아 편집 방침을 정하고 말의 선정이나 뜻풀이의 집필에 종사한다. 이를테면 출판사의 편집부와 작가 같은 관계라고도 할 수 있다. 그 때문인지 편찬 사업의 중심을 담당하는 사전 편찬자는 출판사의 사전 편집부로부터 '○○ 씨'가 아니라 '○○ 선생님'이라 불리는 일이 많았다. 내가 '겐보 선생'·'야마다 선생'이라고 표기하는 것은 두 선생에 대한 경의에서지만 실제로 취재를 할 때도 많은 사람들이 그렇게 불렀다.

출판사에 따라서는 사전 편집부의 직원이 말을 모으고 단어 뜻을 쓰는 경우도 있다. 그러나 어디까지나 편찬 작업의 중심을 담당하는 사람은 일반적으로 외부의 사전 편찬자다. 편집부원의 주된 일은 프로듀서 같은 관리 업무다. 전체 스케줄 관리, 편찬자나 원고 집필을 의뢰한 분들과의 연락 등 사전 편찬에 관련된 다양한 사람들의 가교 역할을 하는 것이다.

사전 편찬 과정을 그려 2012년에 서점 대상을 수상함으로써 큰 화제가 된 소설 『배를 엮다』에는 주인공인 사전 편집부원 마지메 미쓰야(馬締光也)가 말을 모으거나 뜻풀이를 생각하는 작업까지 중심적으로 맡고 있는 것으로 그려졌다. 그 이유는 아마 저자인 미우라 시온이 소설을 쓰려고 취재한 출판사가 『고지엔』을 간행한 이와나미쇼텐이었기 때문일 것이다. 이와나미쇼텐은 사전계에서는 예외적으로 편집부원이 직접 적극적으로 단어 뜻을 생각하고 집필하는 전통이 있다. 『고지엔』의 현 편집 담당자인 이와나미쇼텐 사전 편집부의 히라키 야스나리(平木靖成) 씨를 만났을 때 사전 편집부에 배속되어 가장 놀란 점이 무엇이었느냐고 물었더니, "저 같은 보통 직원이 태연히 단어 뜻을 쓴다는 사실에 깜짝 놀랐습니다" 하고 말했다. 아울러 히라키 씨는 『배를 엮다』의 주인공 마지메 미쓰야의 모델이 아닐까 하는 의문이 항간에 나돌던 사람이다.

산세이도의 『산세이도 국어사전』이나 『신메이카이 국어사전』은 어디까지나 외부의 사전 편찬자가 편찬 작업의 중심을 담당한다.

앞에서 사전 편찬에는 방대한 사람들의 일손이 가세한다고 말했는데, 아주 드물게 초인적인 단 한 사람의 편찬자가 거의 모든 일을 떠맡아 실질적인 편찬 작업을 하는 경우가 있다. 예를 들어 일본의 '근대 국어사전의 시조'라 불리는 메이지 시대의 『겐카이(言海)』(1889~1891)를 편찬한 오쓰키 후미히코(大槻文彦, 1847~1928)와 '하루에 33단어, 20년'이라는 편찬 계획을 완수하여 『대일본국어사전(大日本国語辞典)』(1915~1918)[16]을 완성한 마쓰이 간지(松井簡治, 1863~1945)의 경우가 그렇다. 그리고 쇼와 시대의 초인적 편찬자는 『산세이도 국어사전』의 겐보 히데토시와 『신메이카이 국어사전』의 야마다 다다오를 들 수 있다.

실제로 나중에 언급할 여러 관계자의 증언에서 겐보 선생과 야마다 선생은 둘 다 아주 독선적으로 혼자서 모든 항목을 훑어보고 대부분의 단어 뜻도 직접 써서 국어사전 한 권에 대한 책임을 다한 편찬자라는 사실을 확인할 수 있었다. 두 사전에 나타나는 '개성'의 차이는 바로 겐보 히데토시와 야마다 다다오라는 두 편집자의 인물상이 다른 데서 비롯한 것이었다.

수수께끼의 날짜 '1월 9일'

지금까지 봐온 것처럼 『산세이도 국어사전』과 『신메이카이 국어사전』은 수록된 어휘 수가 거의 같은 정도인 소형

---

16) 이 사전에는 우에다 가즈토시(上田萬年)와 공저로 되어 있지만 우에다는 이름만 빌려줬을 뿐 실제는 거의 혼자 편찬했다.

국어사전이지만 개성은 정반대다. '객관'과 '주관', '단문'과 '장문', '현대적'과 '규범적'. 편집 방침에서부터 기술 방식, 사전 편찬의 철학에 이르기까지 성격이 전혀 다르다.

그러나 이미 말한 것처럼, 이 두 사전의 기원을 거슬러 올라가면 놀랍게도 산세이도 출판사에서 예전에 간행한 사전 한 권에 도달한다. 두 사전의 원류는 전쟁 중이던 1943년에 출판된 『메이카이 국어사전』이다. 전혀 닮지 않은 자매 사전이 같은 부모에게서 태어난 셈이다. 이 『메이카이 국어사전』을 만들어낸 것은 1939년에 도쿄 대학을 갓 졸업한 두 명의 젊은 국어학자였다. 그 두 사람은 바로 겐보 히데토시와 야마다 다다오다. 두 사람은 이상적인 국어사전을 목표로 협력하는 좋은 벗이었다. 그러나 하나의 큰 원류는 '어떤 시점'에 둘로 갈라졌고 서서히 흐름이 빨라져 그 후 다시는 만나는 일이 없었다.

겐보 선생과 야마다 선생, 이 두 편찬자에게 대체 무슨 일이 있었던 것일까. 나는 이 '쇼와 사전사의 수수께끼'에 빨려들고 말았다. 사소한 실마리에 의지하여 40년 전에 일어난 일의 진상에 다가가려고 걸음을 재촉했다. 하지만 어둠이 깊어 좀처럼 빛을 발견하지 못하고 있었다. 육성 테이프가 남아 있었지만 이미 두 사람은 많은 말을 남기지 않고 세상을 떠나고 말았다. 이제는 더이상 두 사람의 심정을 살펴

볼 수단이 남아 있지 않은 것 같았다.

그러던 어느 날 갑자기 생각지도 못한 중요한 증거에 맞닥뜨렸다. 그것은 두 사람이 만든 사전 기술에 새겨진 '말'이었다. '쇼와 사전사의 수수께끼'를 풀 열쇠는 바로 **시점**이라는 말의 용례에 숨어 있었다.

> **시점(時点)** "1월 9일이라는 시점에서는 그 사실이 판명되지 않았다."
> ―『신메이카이 국어사전』 제4판

'1월 9일'. 묘하게 구체적인 '수수께끼 같은 날짜'가 쓰여 있었다. 이는 야마다 선생이 만년에 간행한 『신메이카이 국어사전』 제4판에 새롭게 더해진 용례였다. 여기에 쓰여 있는, 판명되지 않았던 '그 사실'이란 대체 무엇일까. 의미심장한 기술이고, 다른 것과 비교해 봐도 어딘가 이질적인, 기묘한 인상을 주는 용례였다.

『신메이카이 국어사전』의 독특한 뜻풀이와 용례를 다룬 『신카이 씨의 수수께끼』에서도 이 기술에서 '1월 9일'이라고 묘하게 구체적으로 쓰인 날짜에 대해 언급하고 있었다.

1월 9일이다. 날짜는 확실하다. 하지만 그 사실이 무엇을 말하는지는 전혀 알 수 없다. 1월 10일에는 판명되었을까. 사전인데도 마치 신문 같다.

- 아카세가와 겐페이, 『신카이 씨의 수수께끼』

이렇게 날카롭게 파고들어 독자의 웃음을 유발한다. 하지만 이렇게도 말하고 있다.

제1·2·3판에는 이 용례가 없고 제4판에서 처음으로 나온다. 어쩐지 사소설 같은 느낌이다.

- 아카세가와 겐페이, 『신카이 씨의 수수께끼』

확실히 '1월 9일'은 『신메이카이 국어사전』 제4판에서 갑자기 등장한 것으로 보아 아마다 다다오의 인생과 깊은 관련이 있는 특별한 날짜 같은 분위기를 감돌게 한다. 『신메이카이 국어사전』 초판에서 제3판까지의 시점은 이렇게만 쓰여 있었다.

시점(時点) 시간의 흐름 위의 어느 한 점.

- 『신메이카이 국어사전』 초판~제3판

마치 『산세이도 국어사전』의 뜻풀이처럼 간결하고 냉정하다. 마음에 걸려 『산세이도 국어사전』 초판의 시점도 찾아봤다.

시점(時点) 시간의 흐름 위의 어느 한 점.

─『산세이도 국어사전』 초판

　『신메이카이 국어사전』의 초판에서 제3판까지의 **시점**과 한 글자도 다르지 않은 기술이었다.

　『산세이도 국어사전』과 『신메이카이 국어사전』에 게재되어 있는 **시점**은 '어느 시점'까지는 완전히 같은 기술이었던 것이다. 이 '1월 9일'이 모든 것의 시작이었다. 이 기술에 감춰진 '의미'를 계기로 복잡하게 뒤얽힌 두 사람의 인간관계가 해명되기 시작했다.

　수수께끼의 날짜 '1월 9일'의 감춰진 '의미'를 알게 된 것은 취재를 시작한 지 한참 지나서였다. 그때까지는 뭔가 '묘한 느낌'이 들기는 했지만 국어사전에 싣는 약 6만에서 8만 어휘에 이르는 광대한 말의 사막에 있는 모래 한 알에 지나지 않았다. 특별히 마음에 두지도 않고 『신카이 씨의 수수께끼』에 쓰인 것처럼, '1월 10일에는 판명되었을까. 사전인데도 마치 신문 같다' 하며 한 번 웃고는 지나쳤다.

　그런데 어느 날 어떤 증언 기록을 보고 있을 때 지금까지 아무도 알아채지 못했던 '1월 9일'의 중대한 의미를 깨닫고 나는 충격에 휩싸였다. 설마 '1월 9일'이 두 사람의 감춰진 관계의 수수께끼를 푸는 놀랄 만한 발견을 가져다줄 줄은 상상도 하지 못했다. '1월 9일'은 평범한 1월 9일이 아니었다. 겐보 선생과 야마다 선생에게 그날은 평생 잊을 수 없는 1월 9일이었다.

사전에 감춰진 편찬자의 생각

야마다 선생이 세상에 내놓은 『신메이카이 국어사전』은 이제 누계 2000만 부를 넘는 일본 최대의 발행부수를 자랑하며 수많은 국어사전의 정상에 군림하고 있다. 그러나 이토록 유력한 존재인데도 『신메이카이 국어사전』은 지금까지 '어떤 관점'에 따라 이야기되는 일이 거의 없었다. 그것은 '왜 『신메이카이 국어사전』(야마다 다다오)은 이런 뜻풀이와 용례를 실었을까' 하는 관점이다. 바꿔 말하면 사전을 만드는 사람의 동기나 의지까지 생각한 관점이 없었던 것이다.

『신메이카이 국어사전』은 1972년 간행 당시에는 분명히 사전계의 아웃사이더였다. 필자 자신의 감정이나 의견, 개인적인 경험이나 호오의 감정까지 뜻풀이와 용례에 담아 처음에는 다양한 비판을 받았으며 '일시적인 유행을 노린 사전'이라는 취급을 받기도 했었다. 한편 종래의 사전에 만족하지 않는 사전에 정통한 사람으로부터 열렬한 지지를 받는, 알 만한 사람은 그 진가를 다 아는 일품이기도 했다.

그로부터 약 40년이 지난 지금『신메이카이 국어사전』은 다른 사전은 얼씬도 하지 못하는 '브랜드 사전'으로서 높은 위치에 올라 있다. 큰 화제가 된 베스트셀러『신카이 씨의 수수께끼』가 나온 이후『신메이카이 국어사전』은 일반 독자에게도 널리 의식되는 존재가 되었다. 독특한 뜻풀이나 용례는 "사전을 '찾는' 것에서 '읽는' 것으로 바꿔놓았다"라는 칭찬을 받으며 많은 매체에도 심심찮게 소개되었다.

1990년대 후반의 '신카이 씨 붐'은 일본 사전사에서 큰 이야깃거리였다. 지금까지 주목을 받은 일이 없었던 국어사전이라는 존재가 각광을 받은 것이다. 하지만 그 결과『신메이카이 국어사전』에는 지금도 뿌리 깊이 남아 있는 '부작용'도 생겼다. 단적으로 말하자면『신메이카이 국어사전』은 재미있는 것이 쓰여 있는 사전'이라는 이미지가 굳어진 것이다.

사실 처음으로『신메이카이 국어사전』의 기술을 봤을 때 '편찬자가 일부러 재미있게 쓴 게 아닐까?' 하고 생각하지 않았을까. 그리고 '신카이 씨 붐' 덕분에 일본에서 제일 잘 팔리는 국어사전이 되었을 것이라고 받아들이지 않았을까.

나 자신도 이번 취재를 시작할 때까지『신메이카이 국어

사전』이라고 하면 '독특한 뜻풀이를 전면에 내세운 사전', '신카이 씨 붐에 편승하여 일약 정상으로 뛰어오른 사전'이라는 생각을 갖고 있었다. 독특한 뜻풀이를 처음으로 보았을 때의 인상과 선입견에서, 『신메이카이 국어사전』을 편찬한 사람인 야마다 선생은 다양한 비판이나 반발을 각오한 상태에서 과격하다고도 할 수 있는 그런 뜻풀이를 적은 것이 아닐까' 하는 관점으로 생각하는 데까지는 이르지 못했다.

되풀이하지만 문제는 '왜 그런 뜻풀이와 용례를 썼는가'다. 나를 밀어붙여 움직이게 한 것은 야마다 선생이 『신메이카이 국어사전』에 적은 수수께끼의 날짜 '1월 9일'이었다. 다양한 우연이 겹쳐 '1월 9일'의 '중요한 의미'를 깨닫고 나서 나는 사전에 쓰인 기술을 단순한 뜻풀이만이 아니라 전혀 다른 관점에서 다시 파악할 수는 없을까, 하는 생각을 하게 되었다. 그것은 '두 사람이 기록한 뜻풀이와 용례를 야마다 다다오와 겐보 히데토시의 인생 발자취와 대조하며 검증하고 사전에 쓰인 기술을 기초로 감춰진 두 사람의 심정에 다가가려 하는' 시도였다.

그러나 무미건조한 사전에서 두 사람의 관계와 심정을 추측한다는 것은 틀림없이 전대미문의 시도일 것이다. 너무나 위험하고 사리에 맞지 않으며 무모한 길에 발을 들여놓은 것이다. '주관적'이라 여겨지는 『신메이카이 국어사전』의 기술에서라면 편찬자의 인생과 심정을 더듬어가는 것도 어느 정도는 가능할지도 모른다. 하지만 '객관적'이라 여겨지는 겐보 선생이 편찬한 『산세이도 국어사전』에서는 어려울 거라고 나 자신도 생각하고 있었다. 객관적인 사전의 기술에 필자의 심정이 나타날 리 없다고.

그런데 조사를 진행하자 『산세이도 국어사전』에서도 눈을 의심할 만한 기술이 차례로 발견되었다. 단순히 일시적인 생각으로 치부할 수 없는 불가사의한 '의미'를 가진 기술이 발견된 것이다. 그저 놀라울 뿐이었다.

인생을 걸고 사전 편찬에 몸을 바친 두 사람의 생각은 확실히 국어사전 안에 남아 있었다. 겐보 선생의 뒤를 이어 현재 『산세이도 국어사전』의 편자로 일하고 있는 이마 히로아키 씨가 사전의 기술과 편찬자의 관계에 대한 인터뷰 촬영 중에 이런 이야기를 해주었다.

"이 사실은 강조해두고 싶습니다. 객관적인 기술을 유념한다고 해도 편찬자의 인생 경험이나 사상, 생각 등이 저절로 배어 나오는 법입니다. 주관적인 기술이라서 드러나는 게 아니라는 겁니다. 객관적인 기술을 시도한다고 해도 나오고 마는 것이지요."

사전이라고 어느 것이나 다 같은 건 아니다. 무색무취한 사전 같은 건 있을 수 없다. '객관성'을 취지로 삼는 『산세이도 국어사전』의 계승자가 강력히 호소했다.

고고학자는 유적이나 유물에서 먼 옛날에 생활했던 사람들의 삶이나 인생을 추찰한다. 이번에 나는 많은 말을 남기지 않고 세상을 떠난 두 편찬자의 감추어진 심정이나 갈등을 그들이 엮은 국어사전에 남아 있는 '말'을 실마리로 삼아 탐색하려고 했다. 두 사람의 인생과 서로에 대한 시선을 드러내는 '흔적'을 광활한 말의 사막에서 주워 올리는 것이다. 그리고 쇼와 사전사의 두 거성이 은밀히 국어사전에 새긴 '말'에 의지하여 두 사전이 탄생한 이야기를 바라보려 한다.

젊은 천재, 겐보 히데토시

두 사전을 둘러싼 이야기는 1939년 9월에 시작된다. 유럽에서는 나치 독일이 폴란드를 침공하여 제2차 세계대전이 발발한 무렵이었다. 장소는 당시 도쿄 진보초에 있던 산세이도 본사의 응접실. 그곳에 가냘픈 몸집에 학생복을 입고 동그란 안경에 머리를 빡빡 깎은 모습의 한 젊은이가 긴장한 얼굴로 나타났다. 그해 봄 도쿄제국대학 문학부 국문과를 졸업하고 대학원에 적을 두고 있던 스물네 살의 청년 겐보 히데토시다.

응접실에서는 산세이도의 출판 부장과 사전 과장, 교정 담당자 등이 겐보를 기다리고 있었다. 새로이 출판을 예정하고 있는 국어사전의 편자로서 이 여윈 몸의 청년이 적합한지를 확인하는 '면접'이 바로 시작되려 하고 있었다.

'이번 학생은 괜찮을까?'

산세이도 출판사 직원들의 뇌리에는 저번 면접 때의 기억이 되살아났음이 틀림없다. 이날에 앞서 겐보와 같은 도쿄제국대학 국문과의 동기생 하나도 면접을 했다. 그러나 그때는 편찬자로 부적합하다고 판단하고 사전 편찬 의뢰를 보류했다. 무토 야스시 씨가 한 인터뷰에서 겐보 선생은 그날의 면접 상황을 이렇게 말했다.

"그쪽에서 설명하는 틈틈이 이런저런 상세한 질문을 하

더군요. 토끼(ウサギ)라는 글자는 쓰는 방법[17]이 세 가지가 있는데 그중 어느 것을 쓰겠습니까, 하는 식으로 말입니다."

설명하는 틈틈이 나온 질문은 분명히 편찬자로서의 자질을 확인하는 내용이었다.

"문자 지식에 대한 테스트였지요. 그래서 교정 담당자가 동석한 거고요."

겐보는 자신을 시험하고 있다고 느꼈다. 한동안 말이 오간 후 면접관인 산세이도 직원은 편찬자로서의 재능을 확신했는지 겐보에게 작은 사전 한 권을 건넸다. 당시 산세이도가 발행하고 있던 『쇼지린(小辭林)』이라는 국어사전이었다.

"이 사전(『쇼지린』)은 뜻풀이가 문어문으로 쓰여 있으니 구어문으로 바꿔달라고 하더군요. 신규로 넣을 만한 항목이 있으면 넣어도 좋다는 아주 막연한 의뢰였습니다."

문어문이란 전쟁 전까지 쓰이던 옛날 말로 쓰인 문장을 말하고, 구어문은 일상적으로 쓰이는 구어체 문장을 말한다.

『쇼지린』은 역시 산세이도 출판사가 출판하고 있던 『고지린(広辭林)』을 소형화해 1928년에 간행한 사전이었다. 『쇼지린』의 뜻풀이는 문어문으로 쓰여 있었는데, 당시 다른 출판사에서 간행되고 있던 『지엔(辭苑)』[18], 『겐엔(言苑)』[19]은

---

17) 토(兎), 토(兔), 참(龜), 이 세 가지가 있는데 첫 번째가 가장 일반적으로 쓰인다.

뜻풀이가 구어문으로 쓰여 있어 알기 쉽고 잘 팔렸기 때문에 산세이도 출판사의 『쇼지린』이나 『고지린』을 위협하는 존재가 되고 있었다. 그래서 산세이도 출판사는 『쇼지린』을 구어문으로 바꾼 사전을 출판함으로써 반격을 노렸던 것이다. 막연한 의뢰를 받은 겐보는 거기서 생각지도 못한 발언을 한다.

"그렇다면 좀 연구해보고 나서 답을 드리겠다고 하고 그 자리에서 일단 돌아왔습니다."

면접을 하던 산세이도 출판사의 직원들도 그 반응에는 한결같이 놀랐을 것이다. 쾌히 승낙해도 이상하지 않을 중대한 임무를 의뢰했는데 젊은 겐보는 연구해보고 나서 답을 드리겠다고 대답하고는 그대로 돌아갔던 것이다. 하지만 그것은 바로 '사전 편찬의 귀재'라 불리기에 어울리는 행동이었다.

"2주일 동안 우선 사전(『쇼지린』)의 서문을 읽고 그 사전이 방침대로 만들어졌는지, 그 방침 자체가 얼마나 타당한지, 그 양쪽 측면에서 여러 가지 단어를 생각해내서 찾아봤지요. 신문이나 잡지에 있는 말을 찾아보고 실려 있는지 어

---

18) 新村出, 『辞苑』, 博文館, 1943.
19) 新村出, 『言苑』, 博文館, 1949.

떤지 확인해보기도 했습니다."

그는 무슨 일이든 억측으로 판단하지 않고 객관적인 눈으로 확인하고 나서 일을 진행한다. 아직 무명인 스물네 살의 대학원생은 이미 '전후(戰後) 최고의 사전 편찬자'가 될 조짐을 보이고 있었다.

겐보 히데토시는 1914년 11월 20일 도쿄에서 태어났다. 내무성의 지방관이었던 아버지가 남만주철도주식회사의 직원이 되었기 때문에 초등학교 3학년 때 만주로 이주했다. 그 후 야마구치 현의 야마구치 고등학교를 거쳐 1936년에 도쿄제국대학 문학부 국문과에 입학했다. 도쿄대에서는 『국어학 개론』 등을 저술하고 일본어 역사 연구와 문법 연구에 힘을 쓴 하시모토 신키치(橋本進吉) 교수의 강의를 3년간 들으며 국어학을 전공했다. 국문학이 아니라 국어학을 택한 것은 하시모토 교수에게 감화를 받아서였다.

"하시모토 선생님은 출결·예습·예비 조사 등에 무척 엄한 분이셨습니다. 게다가 미리 지명하는 게 아니라 그 자리에서 느닷없이 지명하니까 예비 조사를 하지 않고 가면 불편해서 앉아 있을 수가 없었지요. '모르겠습니다' 라든가 '조사하지 못했습니다' 라고 말하면 아주 언짢은 표정을 지으셨거든요. 아주 노골적일 정도로 험악한 표정이었지요.

처음 한두 번의 상황에서 그런 사실을 알고 큰일이구나 싶어 예비 조사를 열심히 하게 되었습니다."

평생 145만 개의 용례를 모은 겐보 선생의 꼼꼼함의 원점에는 예비 조사의 중요성을 강조했던 하시모토 신키치 교수의 방법론이나 엄격한 지도의 영향이 있었다. 졸업 후 대학원에 적을 두고 있던 젊은 겐보와 산세이도 출판사를 연결해준 사람은 또 한 사람의 은사인 언어학자 긴다이치 교스케(金田一京助)였다.

긴다이치 교스케라고 하면 일찍이 세대를 불문하고 '사전의 긴다이치 선생님'이라 불리는 존재였다. 산세이도 출판사의 『메이카이 국어사전』이나 『지카이(辞海)』[20], 쇼가쿠칸(小学館)의 『신센(新選) 국어사전』이라는 사전에 그 이름이 감수자나 공저자로 크게 실려 있는 인물이다. 하지만 실제로는 사전 편찬이 본업이 아니라 아이누어[21] 연구가 전문이었다. 고쿠가쿠인(国学院) 대학 교수와 도쿄제국대학 교수 등을 역임했고 전후인 1954년에는 문화훈장도 받았다.

---

20) 金田一京助, 『辞海』, 三省堂, 1952.
21) 전에는 일본의 홋카이도나 사할린, 쿠릴 열도에 거주하였으나 현재는 주로 홋카이도에 거주하는 아이누 민족의 언어. 아이누 민족은 근세 이후 일본인과의 접촉, 특히 메이지 정부의 개척과 동화 정책으로 고유 습속이나 문화가 많이 사라졌다.

겐보는 언어학과 긴다이치 교스케 교수의 아이누어 강의
도 3년간 들었다. 사실 겐보의 아버지 겐보 다즈오(見坊麤雄)
는 긴다이치 교스케의 모리오카 고등소학교와 모리오카 중
학교 2년 후배여서 서로 아는 사이였다. 아울러 겐보 다즈
오는 그 무렵인 1939년부터 1943년까지 모리오카 시의 시
장을 역임한 인물이다.

"대학을 졸업했기 때문에 아버지가 나를 데리고 교스케
선생님 댁으로 찾아가 졸업 인사와 '아직 취직을 하지 않았
으니 일이 있으면 소개해주십시오'라는 부탁을 드리고 돌아
온 적이 있지요. 졸업하고 얼마 안 되었을 때였습니다. 그랬
더니 반년쯤 지나 '산세이도 출판사에서 사전을 낸다는데
해보지 않겠나' 하는 이야기를 하셨지요."

긴다이치 교스케는 대학원에 다니던 겐보를 자신이 감수
하는 산세이도 출판사의 새로운 국어사전의 실질적인 편찬
자로 추천한 것이다. 겐보는 긴다이치 교스케의 강의를 들
었을 뿐 개인적인 접촉은 없었지만, 3년간 계속해서 강의를
들은 학생은 자신밖에 없었을 거라고 회상했다.

긴다이치 교스케의 장남으로 그 후 겐보 등과 함께 사전
편찬에 관여한 언어학자 긴다이치 하루히코(金田一春彦) 역
시 도쿄제국대학 문학부 국문과 출신으로 겐보의 2년 선배
다. 긴다이치 하루히코는 "아버지는 겐보를 아꼈습니다. (겐

보는) 성실했으니까요"라며 아버지 긴다이치 교스케가 젊은 겐보의 소질을 간파하고 주목하고 있었다는 사실을 나중에 무토 야스시 씨와의 인터뷰에서 말했다. 아직 아무런 실적도 없는 젊은 겐보의 재능을 발견하고 사전 편찬의 길로 나아갈 계기를 마련해준 것은 틀림없이 긴다이치 교스케였다.

"아직 어떻게 될지 알 수 없는 한 학생한테 용케 그런 일을 맡겨주신 거지요" 하고 겐보는 술회했다.

첫 면접이 있고 2주일 후, 겐보가 다시 산세이도 본사에 나타났다. 그때 겐보는 지금까지 아무도 본 적이 없는 혁신적인 국어사전에 대해 제안했다.

"세 가지 편집 방침을 생각해서 설명하러 다시 한 번 찾아간 겁니다."

겐보가 주장한 편집 방침은 '찾기 편할 것', '이해하기 쉬울 것', '현대적일 것'이라는 세 가지로 집약되었다. 우선 깜짝 놀랐던 것은 '찾기 편할 것'에 대한 구체적인 제안이었다. 당시의 국어사전은 '역사적 가나 표기법'을 사용한 표제어가 실려 있는 것이 통례였다. 겐보 자신도 『대일본국어사전』이나 『대언해(大言海)』 등 여러 사전을 썼지만 역사적 가나 표기법이 복잡하고 찾기 힘들어서 늘 맥이 풀렸습니다. 구와우(鑛)인지 고후(劫)인지 가우(校)인지 가후(甲)인지 전혀 알 수 없었으니까요" 하고 당시의 사전을 찾는 것이 힘들어 얼마나 애를 먹었는지 고백했다. 찾고 싶은 단어가 어떤 표기로 실려 있는지를 모르면 찾기 힘든 것은 더 말할 필요도 없다. 도쿄제국대학 국문과를 졸업한 수재가 이렇게 느낀다면 일반 대중은 어땠을지 가히 짐작할 수 있다. 그래서 겐보는 표제어를 전례가 없는 '표음식'이라는 형식으로 싣는다는 아이디어를 제시했다.

"기존 사전에서는 '영양(榮養)'을 '에이야우'라거나 '에이요우'라고 표기했는데 이 사전에서는 '에에요오'라고 발음 그대로 표기한 것입니다."

요컨대 '표음식'이란 우리가 평소 발음하는 그대로의 '소리'로 표기하는 형식을 말한다. 어떤 의미에서 이것은 현재의 '현대 가나 표기법'으로 쓰이는 표제어보다 더 나아간 생각처럼 보인다. 예를 들어 지금 사전에서는 노동(勞働)을 '로우도우'라고 표기하는데 표음식으로 하면 '로오도오'가 된다.

"발음만 알면 찾을 수 있으니까 '역사적 가나 표기법'을 몰라도 찾을 수 있습니다. 이걸 가장 큰 특색으로 삼자고 생각한 것이지요."

산세이도 출판사에서 뜻풀이를 문어문에서 구어문으로 바꾸라는 지시를 받았지만 겐보는 그에 만족하지 않고 표제어 배열도 '역사적 가나 표기법'에서 과감히 표음식으로 바꾸고 싶다고 제안한 것이다. 이는 지금까지 일반 대중의 것이 아니었던 국어사전을 단숨에 대중의 것으로 바꾸는 '혁명'이기도 했다. 누구나 알고 싶은 말에 직접 접근할 수 있는 신시대 국어사전의 개막을 알리는 획기적인 발상이었다.

예상을 훨씬 뛰어넘은 구체적인 제안이었지만, 당시 표음식은 전례가 없는 방식이었다. 겐보 자신도 "받아들일지 어떨지 굉장히 의문이었습니다" 하고 말했다. 그런데 제안을 들은 산세이도 출판사의 직원은 "아주 좋은 생각입니다" 하고 적극적으로 찬성해주었다.

그 밖에도 겐보는 동물이나 식물 등 백과 항목의 설명에 대해 "도감을 통째로 베낀 듯한 설명은 하지 않을 겁니다. 전문적인 말을 일반 용어의 입장에서 모든 사람들이 알 수 있도록 해설하겠습니다" 하고 '이해하기 쉬울 것'을 중시하는 방침을 내세웠다.

더욱 놀랍게도, 전시중이어서 외국어 배척 운동이 고양되는 상황이었는데도 "신규 항목에는 외래어를 적극적으로 도입하겠습니다" 하는 제안도 했다. 그 시대에 널리 쓰이는 말을 싣고, 특정한 주의 주장에 좌우되지 않으며, 설령 외래어라고 해도 실어야 한다는 '현대적일 것'의 방침에 따른 것이었다.

"그 기본 정신은 오늘날에도 『산세이도 국어사전』에 살아 있다고 생각합니다."

만년의 경지에 이르는 생각이 태평양 전쟁 전야라는 시기에 이미 싹튼 것이다. '찾기 쉽고' '이해하기 쉽고' '현대적일 것', 이 세 가지 방침을 아주 상세하게 설명하는 가운데 면담은 어느새 겐보의 독무대가 되는 양상을 띠었다.

"2, 30분이면 끝날 줄 알았는데 대충 설명하는 데만 두 시간 넘게 걸렸습니다. 겐보 선생도 상당히 지쳤을 겁니다."

겐보 선생은 스스로 '허약한 체질'이라고 말한 대로 몸의 선이 가늘었다. 젊은 시절의 사진을 보고 왠지 모르게 가늘고 새된 목소리일 거라는 생각을 갖고 있었는데 생전의 목소리를 들어보니 상상했던 것과 너무 달라 깜짝 놀랐다. 겐보 선생의 목소리는 상당히 저음이었는데 차분하고 위엄 있는 인상을 주었다. 스물네 살의 학생복 차림의 청년이 나이가 훨씬 많은 산세이도 출판사의 직원들 앞에서 차분한 저음으로 논리 정연한 논지를 펼쳐 압도해가는 모습이 떠올랐다.

"스탠딩 칼라의 학생복에 사각모를 쓰고 나타나 일장 연설을 한 것이지요."

공기 같은 존재, 야마다 다다오

젠보의 국문과 동기는 30명이다. 그중에 국어학을 전공으로 선택한 학생은 젠보를 포함해 세 명밖에 없었다. 한 사람은 와타나베 쓰나야(渡辺綱也)라는 인물로, 젠보와는 외견과 성격이 정반대인 넉살좋은 학생이었다. 두 사람은 마음이 맞아 사이가 좋았다.

국어학을 전공한 나머지 한 사람은 마치 '공기 같은 존재'였다. 그는 도쿄제국대학 시절의 야마다 다다오였다. 학창 시절 야마다의 인상에 대해 젠보는 이렇게 말했다,

"야마다는 눈에 띄지 않는 사람이었지요. 굉장히 말수가 적었는데, 거의 누구하고도 말을 하지 않는 느낌이었습니다. '국어학 연습'을 3년간 같이 들은 것 같은데, 그때도 거의 발언을 하지 않고 전혀 눈에 띄지 않았습니다."

'3년간 같이 들은 것 같은데'라는 발언에서도 당시의 젠보가 야마다라는 존재를 거의 의식하지 않았다는 것을 엿볼 수 있다. 야마다도 인터뷰에서 자신의 대학 시절을 묻는 질문에 이렇게 대답한다.

— 동기인데 접촉할 기회가 없었습니까?

"정말 담박한 것이었지요. 친구보다는 도서관과 함께, 책과 함께했다는 느낌입니다."

야마다는 학내에서 이렇다 할 친구도 없이 늘 도서관에

서 책을 읽는 고독한 사람이었다. 야마다 다다오는 1916년 8월 10일에 태어났다. 겐보가 2년 먼저 태어났는데 고등학생 때 결핵을 앓는 바람에 요양하느라 휴학을 했기 때문에 도쿄제국대학에는 야마다와 같은 해에 입학했다.

야마다의 아버지는 저명한 국어학자로 알려진 야마다 요시오(山田孝雄, 1873~1958)다. 전쟁 전에는 니혼 대학 강사와 도호쿠제국대학 교수, 진구코가쿠칸(神宮皇学館) 대학 학장 등을 역임하고 귀족원 의원도 한 인물이다. 전후에는 공직 추방이라는 쓰라린 일을 당했지만 추방 해제 후인 1957년에는 문화훈장을 받았다. 야마다 요시오는 명저 『오시(櫻史)』(1941)나 『헤이케모노가타리고(平家物語考)』(1911) 등을 저술하고 국어학과 국문학 분야에서 후대에 다대한 영향을 끼쳤다. 그의 장남이 야마다 다다오다. 하지만 겐보 선생에 따르면 학내에서 야마다의 내력을 아는 사람은 거의 없었다.

"야마다 요시오 박사의 아들이라는 것도 별로 알려져 있지 않았을 정도니까요."

저명한 국어학자를 아버지로 두었으면서도 야마다는 대학에서 자신에 대해 말하는 일이 거의 없었다.

취재를 시작하고 나서 난감한 일이 있었다. 야마다 선생은 사진을 싫어했기 때문에, 그의 사진을 입수하는 데도 상당한 시간이 걸렸다. 야마다 선생의 얼굴도 알지 못한 채 한동안 취재를 계속했다. 처음으로 야마다 선생의 사진을 본 것은 겐보 선생의 집으로 취재를 갔을 때였다. 겐보 선생이 보관하던 사진 중에 40대 무렵의 겐보 선생과 긴다이치 하루히코 선생 등과 함께 찍은 야마다 선생이 있었다. 동그란 얼굴에 동그란 안경을 썼으며 자못 위엄 있고 듬직한 풍모였다. '무서운 얼굴'로 통했다는 사실을 생생히 떠오르게 하는 분위기가 있었다.

겐보 선생의 집에는 또 한 장의 젊은 야마다 선생이 찍힌 사진이 있었다. 아버지인 야마다 요시오를 중심으로 스물다섯 살의 야마다 다다오를 포함한 아이들이 정렬하여 찍은 야마다 가의 가족사진이었다. 머리를 7대3으로 가른 야마다 선생은 늠름하고 산뜻한 모습의 멋진 청년이었다. 앞에서 본 약 20년 후의 사진과는 인상이 상당히 달랐다.

겐보 선생이 왜 야마다 가의 가족사진을 갖고 있었는지는 수수께끼였다. 나중에 야마다 다다오의 조카인 세이센(淸泉) 여자대학의 곤노 신지(今野真二) 교수를 통해 야마다 요시오의 셋째 딸 곤노 사나에(今野さなへ) 씨가 갖고 있던 사진을 몇 장 봤는데 그중에도 그때 본 가족사진이 있었다. 젊은 시절, 겐보 선생이 야마다 선생으로부터 맡아둔 것일까. 돌려주려고 했으나 돌려주지 못한 채 그대로 갖고 있었

던 것일까. 아무튼 겐보 선생은 평생 그 사진을 보관했다.

야마다 가는 학계의 명문가였다. 일본 사학(史學)의 길로 나아간 둘째 아들 야마다 히데오(山田英雄)는 나중에 니가타(新潟) 대학의 교수가 되었고, 셋째 아들 야마다 도시오(山田俊雄)는 다다오와 마찬가지로 국어학자가 되어 세이조(成城) 대학 교수와 학장 등을 역임하며 『신초(新潮) 국어사전』을 편찬했다. 그리고 둘째 딸 야마다 미즈에(山田みづゑ)는 하이쿠 시인, 셋째 딸 곤노 사나에는 가인(歌人)이 되었다.

야마다 가는 명문가로서 유복한 환경이었을 거라고 생각했는데 사실은 가난한 살림에 힘든 생활을 했다. 특히 야마다 요시오가 전후에 공직에서 추방되었을 무렵에는 곤궁하기 짝이 없었다. 훗날 문화훈장을 받았을 때 라디오 대담에서 야마다 요시오는 "원고 의뢰가 뚝 끊겨 수입원이 없어졌습니다. 그때까지 기증받은 잡지 같은 걸 팔아 생활해야 했지요. 마치 염소 같았습니다"라고 술회했다. 나중에 야마다가 쓴 『신메이카이 국어사전』의 용례에는 아버지의 모습을 떠올리며 썼다고 여겨지는 기술도 있다.

~면서(ながら) "박봉이면서 일곱 명의 자식을 대학까지 보냈다."

ー『신메이카이 국어사전』 초판

야마다는 겐보와 마찬가지로 1939년 봄에 도쿄제국대학을 졸업했다. 그 후 도쿄를 떠나 11월에 교사로서 이와테 현 사범학교에 부임했다. 이듬해에 이와테에 있는 스물세 살의 야마다 다다오에게 대학 시절에는 교류다운 교류가 거의 없었던 겐보 히데토시로부터 갑자기 편지가 왔다. 거기에는 생각지도 못한 권유가 쓰여 있었다.

사전 엮는 일에 몰두하다

산세이도 출판사의 면접시험을 무사히 통과하고 정식으로 사전 편찬을 맡게 된 겐보는 곧바로 말과 격투하는 나날을 보내게 되었다. 산세이도 출판사에서는 불과 1년 만에 원고를 완성해달라고 의뢰했다.

"대학원에는 하루도 간 적이 없었지요. 그래서 내가 행방불명되었다는 소문이 났다고 합니다(웃음)."

스스로 이렇게 말한 것처럼, 전혀 경험이 없는 사전 편찬의 세계에 뛰어든 겐보는 사전 제작 방법을 모색하며 정신없이 일에 몰두했다. 그 무렵 겐보는 샤쿠지이(石神井)에서 도준카이 에도가와(同潤会江戸川) 아파트로 이사했다. 도준카이 아파트는 다이쇼(大正) 시대 말기부터 쇼와 시대 초기에 걸쳐 도쿄 각지에 세워졌다. 당시로서는 최첨단 철근콘크리트 구조의 집합주택이었다. 지금 오모테산도(表参道) 힐즈가 된 장소에 있었던 도준카이 아오야마 아파트도 그중 하나였다. 에도가와 아파트는 1934년 현재의 신주쿠 구 신오가와마치(新小川町)에 세워졌다. 엘리베이터와 중앙난방 등 호화로운 설비를 갖춰 유명인도 많이 입주해 있었다. 아파트는 가족용과 독신자용으로 구별되어 있었는데 겐보는 독신자동에 들어갔다. 아이들 소리도 들리지 않는 조용한 환경에서 묵묵히 작업에만 힘썼던 것이다.

우선 겐보가 맨 처음 착수한 것은 사전을 만들기 위한 기초 작업이었다. 산세이도 출판사의 『쇼지린』과 라이벌 사전인 『겐엔』을 비교하며 『겐엔』에는 실려 있지만 『쇼지린』에는 실려 있지 않은 말을 찾아냈다. 그리고 신문이나 잡지 등에서 새로 실어야 할 말을 찾아 더해나갔다. 원래는 『쇼지린』을 구어문으로 만들어달라는 의뢰였지만, 이런 작업을 착실히 하여 사전에 새로이 더할 말이 늘어나 그 수가 약 8000항목에 이르렀다. 어느새 『쇼지린』의 구어판이라는 틀을 넘어 완전히 새로운 사전이 탄생하려 하고 있었다.

"고등학생일 때 폐첨 카타르(폐결핵의 초기 증상)를 앓아 몸이 허약했습니다. 매일 기분이 상쾌할 수는 없고 정신적으로 우울한 기분이 이어졌지만, 그래도 체력은 있었습니다. 아무래도 젊었으니까요. 아침부터 밤까지 작업을 해도 특별히 이렇다 할 일은 없었습니다."

겨우 1년 동안 사전 한 권을 엮는다는 전대미문의 목표를 위해 아파트에 틀어박힌 겐보는 말을 모으고 원고를 집필하는 일에만 몰두했다.

"나는 겐보의 조수였습니다"

대학 시절 겐보와 야마다는 그다지 친교가 없었다. 그런데 졸업하고 나서 야마다가 도준카이 에도가와 아파트로 가끔 겐보를 찾아가게 된 것이다. 그때의 야마다에 대해 겐보는 이렇게 말했다.

"졸업하고 나서 일 관계로 가끔 우리 집에 찾아오는 일이 있었지요. 그래서 내가 야마다한테 '나는 요즘 새벽 5시에 일어난다네'라고 말했더니 '이야, 사람 됐네' 하고 말하고는 (웃음) 기뻐하며 돌아가더군요."

야마다는 사전 편찬에 정열을 쏟고 있는 동기생의 모습에서 크게 자극을 받았다. 혼자 묵묵히 사전 편찬에 힘쓰고 있던 겐보는 1940년 이와테 현 사범학교에 부임해 있던 동기생 야마다 다다오에게 편지 한 통을 보냈다. 긴다이치 교스케 선생으로부터 의뢰받은 사전 편찬 일을 자네가 도와주지 않겠냐며 협력을 부탁하는 편지였다. 야마다에게는 생각지도 못한 일로서 가슴 벅차는 내용이었다.

"나는 세상물정을 모르고 사람이 좋으니까, 그냥 알았어, 하고 받아들인 거지요."

야마다는 당시의 솔직한 심정을 이렇게 말했다. 야마다가 부탁받은 것은 겐보가 쓴 원고를 교열하는 일이었다.

"겐보가 에도가와 아파트에서 쓴 원고를 내가 모리오카에서 매일 심야까지 교열했는데, 그때는 꽤 힘든 작업이었습니다."

흔쾌히 받아들이긴 했지만, 낮에는 교사로서 일하고 밤에는 겐보가 보내오는 대량의 원고를 훑어보는 일은 무척 힘들었다. 젊은 천재 겐보 히데토시가 엮은 국어사전은『메이카이 국어사전』이라는 이름이 붙었다. 사실 이 이름을 지은 것은 겐보가 아니라 야마다 다다오였다. 이는 겐보의 저서에도 쓰여 있다.

『메이카이 국어사전』(1943년 간행, 긴다이치 교스케 감수)이라는 명칭은『메이카이 한일자전(明解漢和字典)』(산세이도 출판사)을 본뜬 것으로, 제창자는『메이카이 국어사전』의 공저자인 야마다 다다오였다.

– 겐보 히데토시,『말 – 다양한 만남』[22]

---

22) 見坊豪紀,『ことば さまざまな出会い』, 三省堂, 1983.

한편 야마다가 『메이카이 국어사전』 초판을 편찬할 때 특별히 언급할 만한 큰 공헌을 했다는 기술은 달리 나오지 않는다. 그때 야마다가 어느 정도 관여했는지에 대해 겐보는 인터뷰에서 이렇게 대답했다.

— 표음식 표제어라든가, 그런 편집 방침에 대한 야마다 선생님의 의견 같은 건 없었습니까?

"그런 의논을 한 적은 없었던 것 같습니다. 모두 내가 정하고, 이러이러한 방침으로 하고 있다고 전달하는 식이었을 겁니다."

뜻풀이에 관해서도 "어쨌든 뜻풀이는 부탁하지 않았을 겁니다" 하고 말한 것처럼 사전 편찬의 중심적 역할을 담당한 것은 겐보였고, 야마다는 어디까지나 보좌하는 입장이었다. 애초에 야마다에게 협력을 의뢰한 일에 대해서도 겐보는 이렇게 대답했다.

— 산세이도 출판사는 조수로 일할 사람을 붙이는 일을 바로 찬성해주었습니까?

"그건 기억나지 않습니다. 아마 내 독단으로 했던 것 같습니다. 나한테는 굉장히 독단적인 경향이 있으니까요(웃음)."

새로 출판되는 『메이카이 국어사전』의 감수자는 긴다이치 교스케가 맡게 되었다. 하지만 편집 방침도 겐보가 독단으로 생각한 것이고, 실질적인 작업도 겐보 혼자 했다. 긴다이치 교스케에게는 연락도 하지 않았다. 겐보는 스스로 그 사실을 밝혔다.

기획·입안·교섭·집필·교정 등 전반적인 일을, 세상물정에 어두운 나는 긴다이치 교스케 선생님께 제대로 보고나 의논도 하지 않고 독단으로 했다. 긴다이치 하루히코 씨에게는 악센트를 붙여달라고 하고, 야마다 다다오에게는 교열과 조언을 부탁하는 등 멋대로 일을 진행하고 말았다.

– 겐보 히데토시, 『사전을 만들다』[23)]

『메이카이 국어사전』은 모든 방면에서 겐보 한 사람의 초인적인 능력과 판단에 의해 추진되어 편찬된 사전이었다.

한편 야마다는 겐보에게 교열이 얼마나 힘든 일인지 하소연한 적도 있었다.

"그(야마다)는 매일 사람들이 모두 잠들어 고요해진 한밤중까지 『메이카이 국어사전』 작업을 하고 있다고 말했습니다."

---

23) 見坊豪紀, 『辞書をつくる─現代の日本語─』, 玉川大学出版部, 1976.

야마다가 겐보에게 전하고 싶었던 메시지는 아마 육체적으로 힘들다는 사실만은 아니었을 것이다. 사전 한 권을 만들기 위해 자신도 힘을 다하고 있다는 사실을 알아주기를 바랐을 것이다. 그런 상황이 야마다 선생의 훗날 '그 발언'으로 이어졌다.

"겐보가 싫어하는 표현을 빌리자면, 시작 당시 나는 겐보의 '조수'였습니다."

사전에 인생을 바친 두 사람은 '천재'와 '조수'로 출발했다.

혁신적인 사전 『메이카이 국어사전』

1941년이 되어 겐보는 완성한 원고를 들고 산세이도 본사를 방문했다. 원고를 집필하기 시작하고 만 1년 2, 3개월이라는 세월이 지나 있었다. 겐보는 약속한 1년이라는 마감 기간을 지키지 못한 것을 그저 죄송하다고 생각했다.

"약속대로 하지 못해 죄송합니다."

빡빡 깎은 머리를 깊숙이 숙이며 사죄하는 겐보에게 의외의 말이 돌아왔다.

"아니요, 아닙니다. 이렇게 단기간에 완성한 것은 산세이도가 시작된 이래의 쾌거입니다!"

사실은 겐보 이외의 누구도 이렇게 빨리 원고를 완성하

리라고는 생각하지 않았다. 최종적으로 『메이카이 국어사전』에는 약 7만 2천 개의 단어가 실렸는데, 원고 단계에는 더욱 많아 8만 단어나 되었다고 한다. 아직 스물여섯 살인 젊은 천재 편찬자는 다른 누구도 할 수 없는 맹렬한 속도로 사전 한 권의 원고를 혼자 완성한 것이다.

마지막 원고를 넘긴 겐보는 대학원을 중퇴하고 그해 4월부터 야마다가 있던 이와테 현 사범학교에 부임해 교단에 서게 되었다. 야마다는 육군 예과 사관학교로 전임하게 되어 자신의 후임으로 겐보를 추천한 것이다. 겐보는 『메이카이 국어사전』의 교정쇄를 모리오카에서 보게 되었다.

그 시기에 겐보와 야마다, 그리고 그 후 오랜 시간에 걸쳐 사전 편찬을 함께하는 또 한 사람의 동료가 가세한다. 긴다이치 교스케의 장남 긴다이치 하루히코다.

"아마 야마다와 내가 의논한 결과, 긴다이치 하루히코 씨한테 이야기했을 겁니다. 긴다이치 씨의 경우는 일의 성격상 교정쇄가 나와 있어야만 하니까 아마 교정 단계에서 부탁했겠지요."

겐보가 이렇게 말한 것처럼 긴다이치 하루히코의 역할은 악센트를 붙이는 일이었다.

긴다이치 하루히코는 1913년 도쿄에서 태어났다. 겐보와 야마다의 도쿄제국대학 국문과 2년 선배이고, 대학을 졸업한 후에는 대학원과 군대를 거쳐 1940년 4월부터 도쿄 부립 제10중학교에서 국어 교사를 하고 있었다.

　나중에 발음과 악센트 연구자로서 일가를 이루는 믿음직한 선배의 힘을 얻어 『메이카이 국어사전』은 한층 더 대중을 위한 사전으로서 완성도를 높였다.

　겐보가 탈고하고 나서 1년도 지나지 않은 1941년 12월 8일, 진주만 공격으로 태평양 전쟁이 시작되었다. 정세는 하루하루 악화되어 다양한 물자 부족을 겪게 되었다. 당연히 사전을 인쇄할 종이도 충분히 공급되지 않는 상황이었다. 당시의 신문에는 심각하게 '사전이 부족'하다는 상황이 드러나 있다.

　"국어사전을 내라."

　"중등학생용 국어사전, 한일사전(漢和辭典)은 4월 이래 거의 모습이 보이지 않는다."

　　　　　　　　　　－1942년 7월 14일자 〈아사히신문〉 석간

　"사전은 공동으로 사용하자. 다음 달쯤부터 조금씩 나온다."

　"사전류가 부족해 지금 학생들을 힘들게 하고 있다."

　　　　　　　　　　－1943년 5월 9일자 〈아사히신문〉 석간

필사적으로 원고를 완성했지만, 겐보에게는 교정쇄가 전혀 오지 않았다.

"교정쇄가 아주 늦어져 몇 달이나 기다려야 했습니다."

전시중이어서 인쇄소에서는 군부에서 일이 들어오면 그 일을 우선해야만 했다. 1943년 5월, 드디어『메이카이 국어사전』이 간행되었다. 겐보가 최종 원고를 보내고 2년 반의 세월이 지나 있었다.

완성된『메이카이 국어사전』은 결과적으로『쇼지린』과는 전혀 비슷하지 않은 사전이었다. 이 사전의 두드러진 특색은 겐보가 제안한 대로 '표음식' 표제어가 채택되었다는 점이다. 그리고 전쟁 중인데도 적성국의 언어로 여겨지던 외래어가 풍부하게 게재되었다는 점에서 놀라웠다. 한 예를 들어보면 다음과 같은 말이 아주 자연스럽게 게재되었다.

녹아웃(knockout) ① [권투에서] 상대를 때려 넘어뜨려 전투력을 잃게 하는 일. ② [야구에서] 투수를 난타하여 교체시키는 일.

프렌치드레싱(French dressing) 식초와 샐러드유를 섞고 소금과 후추를 더한 것. 샐러드에 쓴다.

프롤레타리아(proletariat) 무산계급. 노동계급.

블론드(blond) 금발(의 여자).

-『메이카이 국어사전』초판

『메이카이 국어사전』이 출판된 1943년 5월은 대본영[24]이 연합함대 사령관 야마모토 이소로쿠(山本伍十六)의 전사를 공표한 시기다. 그런 상황에서도 국어사전은 당시 세상에서 쓰이는 말에 충실해야 한다는 자세를 관철했다.

외래어를 적극적으로 싣는 방침에 대해 겐보는 출판사로부터 주의하라는 말을 들었다.

"최근에 군부가 외래어는 적성국 언어라며 눈을 번득이고 있으니까 안이하게 외래어를 싣지 않도록 하세요. 만약 싣는다면 적당한 이유를 붙여주었으면 합니다."

『메이카이 국어사전』의 서문에는 외래어를 풍부하게 게재한 의도가 분명히 표명되었다.

> 요즈음, 시대의 풍조로서 외래어 사용을 폐지하고 또 외래어 대신 그 번역어를 사용하는 경향이 일부 보인다. 그러나 이 사전은 원칙적으로 그러한 현상을 지켜보고 한동안 사태의 추이를 주시하며 사전 편찬 당시의 국어 현실을 충실히 기록하려고 했다.
>
> ─『메이카이 국어사전』 초판 서문

---

24) 전시戰時 중에 설치된 일본 제국 육군 및 해군의 최고 통수 기관.

"국어의 현실을 충실히 기록"한다는 문장에는, 사전이란 '현대'를 반영하는 것이라는 겐보의 사상이 확실히 선언되었다. 이런 자세는 외래어에만 그치지 않았다.

이 사전의 편찬을 완료한 후의 새로운 사태, 그중에서도 특히 대동아(태평양) 전쟁과 관련된 새로운 어휘에 대해서도 가능한 한 추가하고 보정했다.

－『메이카이 국어사전』초판 서문

전시에 새롭게 생겨난 말도 차별을 두지 않고 추가했다고 적었다. 예를 들어 다음과 같은 어휘도 수록되었던 것이다.

항일(抗日) 일본에 반항하는 일.

세균전술(細菌戰術) 음료수 등에 전염병 등의 세균을 혼입하는 전술.

적성(敵性) 적국(의 인간)으로 간주할 만한 성질.

－『메이카이 국어사전』초판

『메이카이 국어사전』은 면접에서 겐보가 제시한 '찾기 쉽고' '이해하기 쉽고' '현대적일 것'이라는 세 가지 편집 방침을 전면적으로 실현시킨 획기적인 사전이었다. 덕택에 손꼽아 기다리던 국어사전으로서 열렬히 받아들여져 누계 61만 부가 팔려나갔다. 뒤를 잇는 『산세이도 국어사전』, 『신메이카이 국어사전』이라는 양대 소형 국어사전의 원점인 『메이카이 국어사전』은 누계 4000만 부에 육박하는, 일본에서 가장 많이 보급되는 사전들의 기초가 되었다. 여기에만 그치지 않고 일본의 현대어 사전의 가능성을 확장하여 그 후 다양하게 발전해가는 기점이 되기도 했다.

"형식상으로는 공저로 되어 있지만"

지금까지 어떤 사전과도 다르게 선진적이며 대중에게도 친숙한 『메이카이 국어사전』이 간행된 당시 겐보는 스물여덟 살, 야마다는 스물여섯 살이었다. 전쟁의 혼란이 이어지는 시기였다고 해도 참신한 국어사전을 편찬하는 대사업을 고작 20대의 젊은이가 완수한 사실은 당시에도 틀림없이 놀랄 만한 위업이었을 것이다. 그런데 두 사람의 이름이 세상에 널리 알려지는 일은 없었다.

나중에 야마다 선생이 쓴 『신메이카이 국어사전』 제3판의 **상**의 용례에는 마음에 걸리는 이런 기술이 있다.

> **상(上)** "형식상으로는 공저로 되어 있지만."
>
> -『신메이카이 국어사전』 제3판

암암리에 '사실은 공저가 아니다'라고 말하는 이 용례를 굳이 사전에 실은 의도는 무엇이었을까. 뭔가에 대한 빈정거림일까, 아니면 뭔가를 한탄하는 것일까. 어떤 심경에서 쓴 것인지 생각하게 하는 의미심장한 울림이 있는 용례였다.

『메이카이 국어사전』의 평판은 실질적인 작업을 담당한 겐보의 귀에도 전혀 들어오지 않았다.

"내 이름이 책등에 쓰여 있는 것도 아니니까요. 어디까지나 '긴다이치 선생님의 사전'이라고 생각하겠지요. 그런 점에서도 평판은 거의 들어본 적이 없습니다."

『메이카이 국어사전』의 표지에도, 책등에도 '겐보 히데토시'라는 이름은 전혀 쓰여 있지 않았다. 그저 '문학박사 긴다이치 교스케 편(編)'이라는 글자만 크게 쓰여 있었다. 생전의 겐보 선생 및 야마다 선생과 인터뷰를 했던 평론가 무토 야스시 씨는 후세를 위해서도 이 문제의 진실을 알려야 한다고 생각했다.

"『메이카이 국어사전』은 '긴다이치 교스케 편'이라고 되어 있지만 사실은 모두 겐보 선생이 쓴 사전이었습니다."

국문과 출신인 무토 씨는 오랫동안 사전계에 만연한 '명의 대여'에 관한 소문을 가끔씩 듣고 있었다.

"일반적으로 국어사전의 감수자나 공저자는 '명복상'인

경우가 많아서 인터뷰에서 그런 사실도 분명히 했습니다."

이 사실에 대해서는 결정적으로 중요한 증언이 녹음된 테이프가 있었다. 무토 씨가 『메이카이 이야기』를 출판할 때 긴다이치 교스케의 장남 긴다이치 하루히코 선생과 인터뷰를 했던 것이다. 긴다이치 하루히코 선생은 겐보·야마다 선생과 함께 『메이카이 국어사전』을 만든 편자의 한 사람인 동시에 아버지가 그 사전의 편찬에 어떤 식으로 관여했는지를 말할 수 있는 가장 신뢰할 만한 증인이기도 했다.

약 10년 전에 이루어진 하루히코 선생과의 인터뷰도 남아 있을 거라고 무토 씨가 말했다. 겐보와 야마다의 육성 테이프는 일부 빠진 것도 있었지만 무사히 발견되었는데 '하루히코의 테이프'는 발견되지 않고 있었다. 결국 사전 취재를 할 때는 발견되지 않은 상태로 촬영에 들어갔다.

촬영이 거의 끝나갈 때까지 중요한 증거가 영영 발견되지 않는 것인가, 하고 거의 포기하고 있었다. 그때 '하루히코의 테이프'가 생각지도 못한 데서 발견되었다. 취재 당일 무토 씨와 동석했던 산세이도의 전(前) 직원 이토 마사아키(伊藤雅昭) 씨가 자택에 보관하고 있었던 것이다.

이토 씨는 산세이도를 퇴직한 이후에도 '미야비출판'이라는 출판사의 대표가 되어 사전 관련 기관지 등을 발행하고 있다. 이번 취재에서는 다양한 취재원과의 접촉을 중개

해주었다. 그리고 약 10년 전 산세이도 사내에 반대 의견이 있는 가운데서도 『메이카이 이야기』를 출판하게 한, 드러나지 않은 중심인물이기도 했다. 그리하여 진상을 밝혀줄 귀중한 육성을 들을 수 있었다. 단도직입적인 질문에 긴다이치 하루히코 선생은 분명한 어조로 대답했다.

— 긴다이치 교스케 선생님은 원고를 한 줄도 쓰지 않았습니까?

"한 줄도 쓰지 않았습니다. 아버지는 그런 일에 맞지 않는 사람입니다. 두세 장 읽으면 벌써 싫증을 내거든요."

긴다이치 교스케는 틀림없는 '명의 대여자'였다. 하루히코 선생의 육성 테이프는 사전을 만든 당사자의 증언이자 아버지에 대한 증언이기도 했다. 이론의 여지가 전혀 없었다. 실상은 분명히 명의 대여였지만 세상에는 '긴다이치 선생의 사전'으로 알려졌다.

'사전이라고 하면 긴다이치'라는 환상은 그 후에도 확대되기만 했다. '긴다이치 교스케'라는 브랜드는 계속해서 다양한 국어사전의 '간판 편찬자'나 '간판 감수자'가 되었다. 그 환상은 『산세이도 국어사전』과 『신메이카이 국어사전』으로도 이어졌다. 20대의 젊은 편자가 70대가 되어도 환상을 완전히 타파할 수는 없었다.

애초에 긴다이치 교스케는 사전 편찬보다는 아이누어를 연구하는 언어학자로서 평가되어야 할 인물이었다. 그러나 1954년에 받은 문화훈장이라는 영예도 일반 사람들에게는 누구나 갖고 있는 국어사전을 만든 업적으로 받아들여졌을 것이다. 하지만 긴다이치 교스케가 편자 일을 하지 않았다는 것은 사전 관계자들 사이에서는 주지의 사실이었다. 한 예를 들자면 쇼가쿠칸의 대형 국어사전 『일본국어대사전』 제2판에서는 **겐보 히데토시** 항목에 "『메이카이 국어사전』, 『산세이도 국어사전』의 편자"라고 되어 있고 **야마다 다다오** 항목에는 "『신메이카이 국어사전』의 편집주간"이라고 쓰여 있지만 **긴다이치 교스케** 항목에는 국어사전과 관련된 일에 대해서는 전혀 기재되어 있지 않다.

겐보 자신도 '긴다이치 교스케'라는 브랜드를 둘러싼 당시의 사전계에 대한 글을 남겼다.

긴다이치 교스케 선생의 이름을 빌려 세상에 나와 있는 국어사전은 열 권이 넘는다. 그 대부분은 선생의 인품에 빌붙어 단지 그 이름을 이용하려고 한 것에 지나지 않는다.

– 겐보 히데토시, 『사전을 만들다』

사실 이 문장 다음에 "그중에서 마지막 한 행까지 실제로 훑어보고 책임을 분담한 것은 『메이카이 국어사전』뿐이다"
라고 썼는데, 이는 긴다이치 교스케 선생에게 입은 은혜 때
문에 쓴 문장으로 '사실'이 아니었다. 실제로 긴다이치 교스
케의 추천이 없었다면 겐보가 사전을 만드는 길로 나아갈
수 없었을 것이다. 겐보는 그 책에서 감사하는 마음을 그렇
게 적었다.

"긴다이치 교스케 선생님은 이를테면 내게 생활의 원천
을 주신 분이다."

세상에서 자신의 실적으로 평가하는 목소리가 들려오지
않은 것에도 지체 없이 대답했다.

— 이렇게 참신한 사전을 만들었는데도 세상의 평판이 떠
들썩하지 않았던 것을 원망스럽게 생각한 일은 없었습니
까?

"그런 적은 전혀 없었습니다."

그런 데에는 신경을 쓴 적이 전혀 없는 듯했다. 나중에
겐보 가로 찾아갔을 때 꼼꼼한 겐보 선생이 보관하고 있던
『메이카이 국어사전』 편찬 당시의 엽서와 편지를 볼 수 있
었다. 그중에는 당시 긴다이치 하루히코가 겐보에게 보낸
엽서가 있었다. 거기에는 겐보가 당초 『메이카이 국어사전』
의 편자로서 자신의 이름이 게재되는 것조차 거절했다는 이
야기가 쓰여 있었다. 긴다이치 하루히코는 "그런 건 신경

쓰지 말게, 아버지도 그렇게 말했네"라는 취지의 말을 썼다.

한편 야마다에게는 복잡한 감정이 소용돌이치고 있었다.

『메이카이 국어사전』의 공저자라고 해도 "시작 당시에 나는 겐보의 조수였다"는 발언에서 알 수 있는 것처럼 실질적인 작업은 동기인 겐보 히데토시가 한 것이었다. 겐보에게는 한 권의 사전을 완성했다는 빛나는 실적이나 자부심이 남았지만 야마다 자신은 그림자 같은 존재일 뿐이었다. 야마다 선생은 당시의 일을 물은 인터뷰에서 자꾸 '조수'라는 말을 입에 담았다.

"그(겐보)는 나(야마다)를 조수로 대하는 의식을 없애지 못했던 것 같습니다. 아마 지금도 없어지지 않았을 것 같은데요."

이 발언은 인터뷰가 게재된 〈산세이도 부클릿〉(83호, 1989년 1월) 지면에서는 "가끔 조수로서의 본분을 잊지 말라는 주의를 받은 적도 있습니다"라고 고쳐 썼다.

일련의 '조수' 발언을 듣고 무토 야스시 씨는 겐보 선생에게도 『메이카이 국어사전』 초판을 간행할 때 야마다 선생이 맡은 역할에 대해 물었다.

— 교정쇄가 나오기 시작하고 나서 야마다 선생님의 일이 시작되어도 이상하지 않을 것 같은데요. 주고받은 말 가운데 혹시 기억나시는 것은 없습니까?

"전혀 기억에 없습니다. 야마다 쪽에서 뭔가 말하지 않았나요?"

― 야마다 선생님을 인터뷰 했을 때는 교정쇄를 봤다는 이야기를 했습니다만…, 어쩌면 편지를 주고받은 일이 있었을지 모른다고도 했습니다.

"아까 말한 대로 내 독단으로 마음대로 했으니까 편지로 의견을 구한다거나 하는 일은 별로 없었을 겁니다. 한두 번은 있었을지도 모르지요. 그래서 '넌 내 조수니까' 하는 말이 나왔을지도 모르겠습니다(웃음). 저 자신은 기억하지 못하지만, 그가 그렇게 말한 거니까 아마 그렇겠지요."

겐보는 야마다를 조수 취급한 기억도 없을 뿐 아니라 야마다와 주고받은 말에 대한 기억조차 모호했다. 그리고 야마다는 나중에 겐보가 자신을 사전 제작에 끌어들인 배경에 '어떤 이유'가 있었다는 것을 알게 되었다. 그 경위에 대해서는 겐보도 증언했다.

"산세이도에서 사전 이야기를 해왔을 때 나는 물론 혼자다 할 생각이었지만 친구가 조금 도와주면 좋지 않을까 싶어서 동기생인 와타나베 쓰나야한테 먼저 이야기를 했습니다."

겐보는 사이가 좋았던 동기생 와타나베에게 먼저 이야기했다. 그러자 와타나베는 자기가 아는 출판 관계자로부터

못된 꾀를 듣고 산세이도 출판사에 원고료를 좀 더 올려달라고 해야 한다는 말을 했다. 그 이야기를 듣고 겐보가 아버지 겐보 다즈오에게 의논했더니 불같이 화를 냈다.

"긴다이치 선생님은 내 선배님이야. 그 선배님이 해온 이야기에 금전을 요구하는 말을 꺼내다니 그 무슨 말이냐! 그런 친구하고는 이제 만나지 마!"

아버지의 이야기를 듣고 겐보는 와타나베를 끌어들이기를 포기하고 모리오카에 있던 또 한 명의 동기생 야마다 다다오에게 이야기했다.

이듬해 2월경, 격앙한 와타나베 쓰나야가 얼굴을 붉히고 겐보 앞에 나타났다. 도쿄에 눈이 내린 날의 일이었다.

"너는 우정을 돈으로 바꾸려고 했어."

와타나베는 자신이 사전을 제작하는 일에서 밀려나고 어느새 겐보가 야마다와 손을 잡으려고 한 것에 화를 냈다. 나눠줄 몫이 아까워서 자신과의 교섭을 끝냈다고 생각한 것이다. 와타나베는 심한 충격을 받고 여기저기에 '겐보를 두들겨 패주겠다'고 이야기하고 다녔다.

"너하고는 이제 절교야!"

와타나베는 이렇게 내뱉고 가버렸다.

"와타나베와의 교섭은 그렇게 좋지 않게 끝났기 때문에 누가 좋을까 하고 생각했는데, 당시 동기생으로 국어학을 전공한 사람이 와타나베, 야마다, 나, 이렇게 셋뿐이었거든요. 그래서 야마다와 손을 잡으려고 전화를 했더니 흔쾌히 받아들여주었습니다."

야마다는 이를테면 '소거법'으로 선택된 좋은 협력자였다. 야마다는 인터뷰에서 그 경위를 말했다.

"원래 겐보는 동기생 와타나베 쓰나야와 사이가 좋았습니다. 졸업한 후 겐보는 긴다이치 교스케 선생님으로부터 『메이카이 국어사전』 일을 의뢰받았는데 그 파트너로 와타나베를 선택했습니다. 하지만 돈 문제로 헤어졌지요. 그래서 저로 갈아탄 것입니다."

이 이야기 직후에 "나는 세상물정을 모르고 사람이 좋았으니까 그래, 알았어, 하고 받아들였지요"라는 발언이 이어졌다. 〈산세이도 부클릿〉 지면에서는 이 발언 앞에 다음과 같은 말이 더해졌다.

"나는 처음에 그런 사정을 몰랐어요."

인터뷰가 게재된 기사에는 그 밖에도 육성 테이프에서는 말하지 않은 내용이 나중에 야마다 선생에 의해 덧붙여졌다. 그중에서도 특히 인상적인 문장이 "저는 겐보의 조수였습니다"라는 발언 뒤에 덧붙여진 다음의 말이었다.

야마다: 결과적으로, 이 일을 한 것은 이후 두 사람의 인

생을 크게 바꿔놓았습니다. 좀 과장되게 말하자면 두 사람의 개인사가 바뀌었을 뿐만 아니라 쇼와의 사전사가 큰 걸음을 내딛게 된 것입니다.

-「『신메이카이 국어사전』을 말하다〈상〉」, 〈산세이도 부클릿〉 83호,

1989년 11월

제 2 장

'물,과 '기름,

천재 겐보의 '공백 기간'

1945년 8월 15일. 일본이 포츠담 선언을 수락하고 쇼와 천황의 항복방송이 흘러나온 그때, 겐보 히데토시는 도쿄에서 모리오카로 가는 기차 안에 있었다. 일본 전역이 비탄에 빠져 있을 때 겐보는 아직 일본이 패전한 사실을 모르고 있었다.

그 2년 전, 『메이카이 국어사전』 초판이 간행된 1943년에 겐보는 이와테 사범학교에서 명문 도쿄 고등학교로 전임하여 다시 도쿄에서 살고 있었다. 그날은 우연히 학용품을 구입하러 부모가 사는 모리오카로 가고 있었던 것이다. 생가에 도착하자마자 의미심장한 얼굴로 부모가 "이제 전쟁은 끝났다. 일본이 졌어…." 하고 알려주었다. 일본의 전황이 좋지 않다는 것은 전부터 느끼고 있었다. 태평양의 작은 섬들이 차례로 점령당했다는 신문기사를 보며 교무실에서 다른 선생과 "언젠가 적이 본토에 들이닥치지 않을까…." 하는 이야기를 했다. 하지만 그날 실제로 일본이 졌다는 사실을 알게 되자, 그때까지 긴장하고 있던 마음의 실이 툭 끊어졌다. 겐보는 온몸에서 힘이 빠져나가는 것을 느꼈다.

"그대로 기력과 체력이 없어졌습니다. 그래서 부모가 있는 모리오카의 생가에서 요양을 했습니다."

패전의 충격은 상상 이상으로 컸다.

"몸이 안 좋아져 생가에서 장기 요양하게 되었기 때문에 휴직 처리를 하게 되었습니다."

겐보는 그 후 다시는 고등학교 교단에 설 수 없게 되었다. 이와테 대학 인사과에 문의했더니 1946년 2월 28일 도쿄 고등학교에서 휴직 발령을 받았다는 기록이 남아 있었다. 하지만 그것은 사후 신청이었다. 겐보 자신이 "실제로 쉰 것은 8월 16일부터입니다. 이미 전쟁이 끝났다는 이야기를 듣고 나서요" 하고 말한 것처럼, 패전한 사실을 안 직후부터 아무것도 할 의욕이 나지 않아 일하러 갈 수 없게 되었다.

그 후 겐보의 직무 기록에는 1946년 4월 1일부로 도쿄 고등학교의 교원 및 교수로 임명되었다고 되어 있지만 휴직 발령 직후인 그 무렵에는 아직 직장에 복귀할 수 없었던 것으로 보인다. 겐보 자신이 인터뷰에서 도쿄 고등학교에 적을 두고 있었던 것은 "서류상으로는 1949년 3월까지입니다. 그건 휴직 기간도 포함해서요" 하고 증언했다. 하지만 이와테 대학 인사과에 남아 있는 자료에는 어쩐 일인지 1947년 5월 23일 집에서 가까운 이와테 사범학교의 교수로 부임했다는 기록이 남아 있었다. 이와테 사범학교는 그 후 이와테 대학이 되었고, 1949년 8월 31일, 겐보는 이와테 대학의 교수로 부임했다. 꼼꼼한 성격의 겐보치고는 드물게 증언과 기록에 착오가 있었다. 결국 그 후의 조사에서도 전후 언제쯤에 직무에 복귀했는지 확실치 않았다.

하지만 어쨌든 8월 16일부터 이어진 휴직 기간은 1947년에 이와테에서 직무에 복귀했다면 2년이 채 안 되고, 겐보의 증언에 따르면 대략 3년 반이라는 장기간에 이른 것으로 보인다.

사전에 외래어도 적극적으로 넣는 자세를 생각하면 장기요양에 들어갈 만큼 패전에 충격을 받은 모습은 의외로도 느껴지지만, 당시의 일본 국민 누구나 그랬던 것처럼 겐보도 일본이 정말 질 거라고는 상상도 하지 못했다. 겐보의 충격은 상당한 것이었다.

장기간에 걸친 '공백 기간'. 『메이카이 국어사전』이라는 획기적인 사전을 세상에 내놓은 젊은 천재는 전후 왕성하게 활동할 30대 전반의 시기 동안, 누군가에게 도움을 주지도 못하고 뭔가를 남기지도 못한 채 그저 생가에서 부모 신세를 지며 시간만 보내고 있었다. 그사이 무슨 생각을 하며 지낸 것일까. 믿고 있던 것이 근본에서부터 흔들린 일은 그 후 겐보 선생의 세계관과 사전 제작에 어떤 영향을 끼쳤을까.

성장 과정에서 『메이카이 국어사전』의 탄생에 이르기까지 순서대로 말해온 무토 야스시 씨의 겐보 선생 인터뷰는 마침 그 무렵의 이야기를 끝내고 일단 중단되었다. 그리고 그 뒷이야기를 하지 못한 채 겐보 선생은 세상을 떠나고 말았다.

장기간의 요양 생활로 기력과 체력을 회복한 겐보 선생은 그 후 사전을 제작하는 일에 더 한층 정열을 쏟는다. 잃어버린 인생의 시간을 되찾기라도 하듯이 보통 사람의 몇 배나 많은 양의 일을 해치우며 여러 국어사전을 세상에 내놓는다. 그런 밀도 높은 생애의 후반기를 보내는 방아쇠가 된 것이 전후의 공백 기간이었던 것 같다.

시장을 독점한 『메이카이 국어사전』 개정판

이와테 대학 교수로 부임해 일에 복귀한 겐보는 전후부터 니혼 대학에 적을 두고 있던 야마다 다다오의 연구실을 방문했다. 겐보는 둘이서 **여자**라는 말을 어떻게 정의할지를 논의했다고 자신의 책에 적었다.

> 1949년이나 1950년쯤이었다고 생각한다. 모리오카에서 상경한 나는 니혼 대학에 있는 야마다의 연구실에서 '여자'라는 뜻풀이의 수정안을 검토했다.
>
> – 겐보 히데토시, 『사전을 만들다』

1949년쯤이라면 겐보가 요양 생활에서 복귀한 지 얼마

안 된 무렵이다. 긴 공백기에서 빠져나와 다시 한 걸음 내딛으려고 하는 시기에 겐보는 야마다를 만났다.

> '여자'라는 단어의 뜻풀이를 수정하도록 제안한 사람은 공동 편집자인 야마다 다다오다. 야마다의 제안에 따라 재검토하고 수정한 항목이 꽤 많다.
>
> – 겐보 히데토시, 『사전을 만들다』

겐보가 직접 쓴 대로 예전에는 '조수'였던 야마다도 그 무렵에는 중요한 '공동 편집자'가 되어 있었다. 겐보는 야마다와의 교류를 통해 다시 사전 제작에 대한 열정을 되찾았다. 야마다도 예전처럼 그림자에 만족하지 않고 스스로 뜻풀이를 수정하자고 적극적으로 제안했다. 30대 후반의 두 사람은 이상으로 여기는 국어사전을 둘러싸고 논의를 되풀이하고 정열을 나누며 절차탁마하는 좋은 친구가 되어 있었다.

겐보와 야마다, 그리고 긴다이치 하루히코, 이 세 사람이 다시 결집하여 전쟁 중에 세상에 내놓은 『메이카이 국어사전』의 개정 작업을 진행했다. 그리고 전쟁이 끝나고 7년 후인 1952년 4월 5일, 그들은 사전계를 석권하게 되는 국어사전 한 권을 세상에 내놓는다. 바로 『메이카이 국어사전』 개정판(제2판)이다.

『메이카이 국어사전』 개정판은 날개 돋친 듯이 팔려나갔다. 전쟁 중에 발간한 초판과 전후에 나온 개정판을 합쳐 누계 600만 부에 이르는 경이적인 판매 부수를 기록한 것이다. 『메이카이 국어사전』 개정판은 전국 각지에서 중학교 지정 사전으로 채택되어 압도적인 평가를 받았다. 거기에는 산세이도에서 먼저 발행한, 긴다이치 교스케가 엮은 중학교·고등학교의 국어교과서에 의해 한층 높아졌던 '긴다이치 교스케 브랜드'의 지명도·신용도도 큰 공헌을 했다. 당시의 산세이도는 사전 인쇄 기술도 발군이었다.

　이런 요소들이 어울려 『메이카이 국어사전』은 소형 국어사전으로는 거의 독보적인 존재로 받아들여져 전후의 한 시기에는 시장을 독점할 정도의 판매 부수를 자랑했다. 표지에는 계속해서 '긴다이치 교스케 감수'라는 이름이 크게 쓰여 있었지만 겐보·야마다·긴다이치 하루히코라는 30대 후반의 편자들이 한 작업이 명실공히 다른 사전을 압도했던 것이다.

　초판이 나온 지 9년 만에 간행된 『메이카이 국어사전』 개정판에는 새로이 수많은 단어가 더해졌다. 선행하는 다른 사전에도 실려 있지 않은 단어를 적극적으로 모은 성과였다. 그중에서도 겐보에게 특히 추억이 많은 단어가 있었다.

주식(主食) 영양의 중심이 되는 음식. 쌀·보리 등의 곡물을 가리킨다.

–『메이카이 국어사전』 개정판

색다를 것이 하나도 없는 '주식'이라는 단어에 대해 겐보는 저서에서 다음과 같이 소개한다.

> 일본인 중에 '주식'을 모르는 사람은 한 사람도 없을 것이다. 그런데 이 주식은 오랫동안 국어사전에서 빠져 있었다.
>
> – 겐보 히데토시, 『말 – 다양한 만남』

누구나 알고 있는데도 불운하게도 국어사전에서 빠져 있던 **주식**을 찾아내 『메이카이 국어사전』 개정판에 수록한 것이다. 사실 이 **주식**은 야마다의 조언으로 넣은 단어이기도 했다.

사전계에 우뚝 솟은 『메이카이 국어사전』, 그 후에 나타나는 다수의 국어사전은 이를 모범으로 삼고 뒤따르게 된다. 그런데 이는 나중에 상세히 말하겠지만, 사전계에 만연하는 '어떤 풍조'도 불러일으켰다.

대구 논쟁 – 자깝스러운 학생 같은 사람, 야마다 다다오

일본이 고도성장으로 들끓던 쇼와 30년대(1955~1964)에 접어들면서 왕성한 40대를 맞이한 편자들은 점점 좋아지는 일본 경제와 마찬가지로 사전 제작에 정열을 불태우고 있었다. 도쿄 신주쿠 역 근처의 야스쿠니 거리에 한 건물이 있었다. 1층은 제과점, 2층은 커피나 식사를 주문할 수 있는 카페였다. 편자들은 매번 그 2층에서 모였다.

"열흘에 한 번쯤 신주쿠에서 모였습니다. 신주쿠의 식당 같은 곳 2층에서요."

테이프에 녹음된 긴다이치 하루히코 선생의 목소리는 당시를 떠올리며 무척 그리운 듯이 말했다.

"즐거웠지요."

겐보 히데토시·야마다 다다오·긴다이치 하루히코, 즉 전쟁 전부터 『메이카이 국어사전』 편자였던 사람들이 열흘에 한 번이나 한 달에 한 번씩 한 자리에 모여 정기적으로 편집 회의를 했던 것이다. 이는 시장을 독점할 만큼 큰 히트를 친 『메이카이 국어사전』의 개정판을 다시 개정한 제3판을 내기 위해 단어를 검토하려고 모이는 편자들의 자발적인 연구 모임이었다.

겐보는 이와테 대학 교수를 거쳐 1957년부터 당시 도쿄 지요다 구에 있던 국립국어연구소에 근무하고 있었다. 야마다는 전후인 1946년부터 니혼 대학 법문학부 조교수, 1949년부터는 같은 대학 문학부 교수로 있었다. 긴다이치 하루히코는 나고야 대학 조교수였는데 매일 여섯 시간씩 도쿄와 나고야를 왕복하는 생활을 하고 있었다.

2층 가게의 한구석에는 막이 쳐져 있고 그 안에 테이블 하나가 놓여 있는 독실 같은 공간이 있었다. 그곳이 편자들이 늘 모이는 장소였다.

"항상 겐보가 원안을 갖고 왔습니다. 그리고 야마다와 나는 비평을 요구받았습니다."

어떤 단어를 실어야 할까, 뜻풀이는 어떻게 써야 할까. 겐보가 의제처럼 하나의 '단어'를 제시하고, 야마다나 긴다이치 하루히코가 그것에 대한 의견을 말했으며, 때로는 토론을 벌였다.

그 무렵 이 세 사람에게 또 한 명의 동료가 가세했다. 그후 평생 『산세이도 국어사전』과 『신메이카이 국어사전』 양쪽의 편자를 맡게 되는 시바타 다케시((柴田武)다. 그는 야마다보다 두 살 아래로, 1918년 7월 14일 나고야에서 태어났다. 1942년 도쿄 대학 문학부 언어학과를 졸업하고 국립국어연구소를 거쳐 도쿄외국어대학 교수, 도쿄 대학 교수 등을 역임했다. 긴다이치 하루히코와 마찬가지로 매체에 노출된 일이 많았고 NHK 프로그램 〈일본어 재발견〉에도 오랫동안 출연했으며 거의 30년 동안 NHK의 방송용어 위원으로 활동했다.

시바타 선생은 겐보 선생과 야마다 선생 사이에 알력이 생긴 후에도 평생 두 사람과 관계를 이어갔다. 그리고 나중에 두 사람에 관한 중요한 증언도 남기게 된다.

회의는 늘 열기를 띠었고, "매번 네댓 시간은 이야기를 나눴습니다"하고 시바타 선생은 말했다. "겐보 선생이 이따금 신문에서 새로운 단어를 발견했다고 소개했는데, 기쁘다는 듯이 시간을 들여 설명을 했지요."

산세이도의 회의실에서는 밤늦게까지 있기 힘들었지만 그곳이라면 밤 11시경까지 있을 수 있어 안성맞춤이었다. 산세이도의 직원은 회의에 거의 참석하지 않았다. 편자들은 자유로운 분위기에서 의견을 나누며 약 10년간 총 500회, 3천 개에 이르는 단어를 검토했다. 전쟁 중에 20대를 보내고 전후의 혼란기에 30대를 맞이했으며 그 무렵 40대가 되어 있던 그들은 학자로서도 물이 오른 시기였다. 이상적인 국어사전을 목표로 단어에 대해 격론을 벌이는 나날은 그들 40대의 편자들에게 뒤늦게 찾아온 청춘이기도 했다.

장소 예약, 회의 진행 등 편자의 중심적인 역할을 맡았던 사람은 겐보였다. 어느 날 겐보는 그날의 의제로 대구라는 단어의 개정안을 요청했다.

대구(鱈) 대구과의 심해어. 북해에 살며 비늘이 작고 입이 크며 몸은

옅은 갈색. 식용·간유 채취용.

－『메이카이 국어사전』 개정판

"대구에 대해서는 어떻게 쓸까요?"

야마다가 지체 없이 대답했다.

"대구는 맛있다, 맛이 좋음. 이렇게 쓰면 되지."

야마다의 말을 듣고 겐보와 긴다이치 하루히코, 시바타 다케시가 말없이 시선을 교환한다. 제일 연장자인 긴다이치 하루히코가 야마다를 타이른다.

"아니, 아니, 그건 아니지, 야마다. 다른 생선에는 '맛있다'고 쓰지 않았는데 아무리 그렇더라도 대구에 '맛있다'고 쓰는 건 이상하잖아."

"아니, 제가 살았던 도야마 현에서는 대구가 제일 맛있습니다."

진지한 표정의 야마다가 강한 어조로 말한다.

잠깐의 사이를 두고 야마다 이외의 세 사람이 무심코 웃음을 터뜨렸다. 긴다이치 하루히코가 필사적으로 웃음을 참으며 대답한다.

"알았어, 알았다고. 그럼 '도야마 현에서는'이라고 쓸까?"

그 말이 나온 순간 야마다의 표정이 굳어졌다. 그리고 저도 모르게 주먹으로 테이블을 내리친다.

"탁!"

웃음소리가 메아리치던 자리가 한순간에 얼어붙는다.

"저는 진지하게 말하는 겁니다! 뭡니까, 그 말투는!"

야마다는 무서운 얼굴로 온후한 선배 긴다이치 하루히코에게 덤벼든다. 마치 만화에나 나올 법한 이야기지만 일본을 대표하는 사전 편찬자 네 사람이 모인 편집회의에서 정말로 이런 대화가 오갔다.

그 상황을 실감나게 묘사한 긴다이치 하루히코 선생은 당시를 그리워하며 크게 웃으면서 이야기했다. 그리고 이어서 이렇게 말했다.

"야마다와는 아무래도 원만하지 못했지요(웃음)."

— 야마다 선생님은 한마디로 어떤 분이었습니까?

"'야마다 선생님은 자깝스러운 학생 같은 사람'이라는 말을 자주 들었어요. 그 말이 정말 절묘한 표현 같아서….."

이렇게 증언한 사람은 산세이도의 전 직원으로 사전출판 부장과 이사를 역임했던 고바야시 야스타미(小林保民) 씨였다. 87세의 고바야시 씨는 겐보 선생과 야마다 선생을 젊은 시절부터 아는 사람으로 오랫동안 함께 일을 해왔다. 고바야시 씨는 도쿄 대학 문학부 국문과를 졸업하고 1950년에 산세이도에 입사했다. 그는 지금은 아는 사람이 거의 없는, 『산세이도 국어사전』과 『신메이카이 국어사전』이라는 두 사전의 탄생 경위를 알고 있었다. 두 사람의 관계에 알력이 생겼을 무렵 사전출판 부장 대리라는 지위에 있었으므로 일의 진상을 아는 몇 안 되는 산증인이기도 하다.

고바야시 씨는 이사까지 역임했지만 1974년 11월 산세이도가 부도를 맞았을 때 퇴사했다. 그 후에는 산세이도와 교류가 없었기 때문에 지금까지 당시의 일을 말한 적은 거의 없었다가, 이번 취재에서 처음으로 당시의 진상에 관한 중요한 증언을 해주었다.

몇 년 전 위암을 앓아 살이 많이 빠졌다고 한탄했지만 건강은 무척 좋아 보였고 내 질문에도 명료하게 대답해주었다. 그뿐 아니라 매번 이야기한 내용을 메일이나 서면으로 다시 보내주는 무척 성실한 분이었다. 무책임한 이야기가 후세에 전해지지 않도록 사실을 제대로 남겨야 한다는 마음이 느껴졌다.

입사하고 얼마 지나지 않았을 무렵, 고바야시 씨가 술을 좋아하는 상사를 따라 퇴근길에 술집에 들르면 그 상사와 사이가 좋았던 야마다 선생도 자주 동석했다. 그럴 때면 야마다 선생은 당시 신입직원이었던 고바야시 씨에게 사전 만들기에 관한 이야기를 해주었다고 한다.

"고바야시, 사전 편집에 뜻이 있다면 오쓰키 후미히코의 『겐카이』, 사카에다 다케이(栄田猛猪)의 『다이지텐(大字典)』을 편집한 경위를 기술한 부분은 반드시 읽어두어야 하네."

위대한 선인들이 피나는 노력으로 사전 한 권을 완성해 낸 일에 야마다는 깊은 감명을 받았다.

"그런 이야기를 하셨던 데서 야마다 선생님의 '감격을 잘 하는 성격'도 이해할 수 있지요."

고바야시 씨는 야마다 선생의 인품에 대해 이런 이야기 도 했다.

"야마다 선생님은 성격이 강직한 분입니다. 어떤 의미에 서는 제멋대로지요. '직정경행'이라고 할까요."

직정경행(直情徑行) 좋아하는 일은 좋다고 싫어하는 일은 싫다고 분 명히 말하며 생각한 대로 행동하는 것.

"자신의 주장이 틀렸다고 생각하지 않으면 끝까지 주장 하는 거지요."

그런 야마다 선생의 개성은 모두가 인정했다. 그러던 어느 날의 일이다.

"내 동료 한 사람이 '야마다 선생님은 자깝스러운 학생 같은 사람'이라고 평해서 그 말이 정말 절묘한 표현 같아서 선생님께 알려주었더니…"

그러자 의외의 대답이 돌아왔다.

"'고바야시, 그건 나에 대한 최대의 찬사네'라고 말씀하더군요(웃음)."

유쾌한 웃음은 아니었지만 야마다 선생은 주위에서 그렇게 보고 있다는 것을 불쾌하게 생각하지 않았다. 이렇게 속이 깊은 것도 '야마다 다다오'다웠다.

블루 필름 감상 – 고지식한 사람 야마다

편자들은 정기적으로 신주쿠에 모여 뜨거운 토론을 벌이며 편집회의를 했다. 매번 밤늦게까지 이어졌던 모임에는 그 뒷이야기가 있었다. 토론을 하다 한숨 돌릴 무렵, 가게 안쪽에서 주인이 필름 통 같은 것을 가져왔다.

"이야, 선생님들, 피곤하시지요? 그런데 이런 것에는 흥미가 없으십니까?"

가게 주인이 내민 것은 영화 필름이었다. 그건 일반적인 영화가 아니었다.

"편집회의가 끝난 후 영화를 보여주는 겁니다. 무슨 영화냐 하면 블루 필름이지요."

'블루 필름'이란 당시 비합법적인 형태로 일부에서 은밀히 상영되던, 주로 외국 성인영화였다. 요즘 말로 하면 불법

포르노다. 긴다이치 하루히코 선생은 당시를 떠올리며 희희

낙락 이야기했다.

─그 무렵 선생님들은 40대였지요?

"그렇지요. 나는 거기서 처음으로 블루 필름이라는 걸 봤

습니다. 신선했지요."

─모자이크 같은 건…?

"없었습니다. 아주 버젓한 거였어요."

긴다이치 하루히코 선생은 당시에 본 블루 필름이 상당히

강렬한 인상으로 남았는지 청산유수로 이야기하기 시작했다.

"나한테는 아주 건강하게 보였습니다. 예를 들면 젊은 남

녀가 함께 캠프를 갑니다. 그런데 골짜기를 흐르는 냇물이

있지요. 돌에서 돌로 뛰어서 가는데 여자가 잘못해서 물에

빠지는 겁니다. 계곡물에요. 그대로 있으면 감기 든다며 남

자가 여자의 양말이라든가 스커트 같은 걸 벗겨나갑니다.

드디어 마지막 것까지 벗기려고 하자 여자가 싫다고 합니

다. 그야 그렇겠지요. 그래도 감기에 걸린다고 하니까, 그

럼 남자가 입고 있는 바지를 벗어달라고 합니다. 어쩔 수 없

이 남자가 바지를 벗어주는데, 바지 안에 팬티를 입지 않아

서 남자의 물건이 덜렁 나오고 말지요. 여자는 깜짝 놀라고,

하지만 그걸 보고 만지작거리며 놉니다. 그쯤에서 시작되는

거지요. 그런 영화를 보여준 거예요(웃음)."

회의가 끝난 뒤에는 반드시 블루 필름 감상회가 열렸다. 열띤 토론을 끝낸 40대의 편자들은 15분 정도의 필름을 두세 편 보고 나서 집으로 돌아가는 것이 관례였다.

"겐보는 아주 좋아하며 봤습니다. 시바타도 봤고 나도 봤습니다. 하지만 야마다만은 보지 않았지요. 그냥 돌아갔습니다."

다른 세 명은 희희낙락 감상했지만 야마다만은 완강하게 보지 않았다.

"아주 고지식하다고 생각했습니다. 새로운 메이카이 사전(『신메이카이 국어사전』)에서 **연애**의 뜻풀이를 그렇게 쓴 사람이 말이지요(웃음)."

회의가 끝난 후 야마다의 모습은 동석했던 시바타 선생도 증언했다.

"상영이 시작되면 야마다 선생은 늘 말도 하지 않고 획 나갔습니다."

야마다는 바로 고지식한 사람이라 불릴 만한 남자였다.

고지식한 사람(堅物) ① 주변에서 촌스럽다고 생각될 정도로 융통성이 없는 사람.

－『신메이카이 국어사전』제3판

성실하고 외곬인 야마다는 주위에서 어떻게 생각하든 혼자 말없이 돌아갔다. 그런데 나중에 야마다 선생이 만든 『신메이카이 국어사전』 초판에 이런 말이 실려 있는 것을 보고 깜짝 놀랐다.

블루 필름 비밀스런 경로로 보여주는 외설 영화.

-『신메이카이 국어사전』 초판

'비밀스런 경로'라는 표현이 당시 야마다 선생이 신주쿠의 가게에서 본 광경을 그대로 표현하고 있다. 한편 '아주 기뻐하며 보았다'는 겐보 선생의 『산세이도 국어사전』 초판에는 블루 필름이 실리지 않았다.

누가 발을 밟아도… 표표한 겐보

감격을 잘하는 성격에다 직정경행, 외곬이고 고지식한 야마다. 알기 쉬운 성격의 야마다에 비해 겐보의 인품은 어땠을까. 고바야시 야스타미 씨는 "어떻게 말해야 할까요…" 하며 잠깐 사이를 두고 생각에 잠기더니 이렇게 말했다.

"겐보 선생님은 정말 온화한 성격이었지요."

그리고 야마다 선생과 비교해서 말하기 시작했다.

"겐보 선생님은 '유(柔)'하고 야마다 선생님은 '강(剛)'했지요. 겐보 선생님의 유연성에 비해 야마다 선생님은 대나무를 쪼갠 듯한 성격이었습니다. 그런 면에서 두 분은 정말 대조적이었습니다. 그게 나중에 사전에도 그대로 드러난 것 같습니다."

겐보의 인품에 대해 긴다이치 하루히코 선생은 이런 식으로 비유해서 말했다.

"겐보는 누가 자기 발을 밟아도 '아야!' 하는 말은 하지 않을 겁니다. '내 발 위에 당신의 발이 놓여 있습니다'(웃음) 하는 식의 느낌이에요. 그런 사람은 사전 만드는 일에 적합하겠지요."

겐보는 세상일에 사로잡히지 않는 **표표**한 인물이었다.

> **표표(飄飄)** ③ 세상일에 초연하며 종잡을 수 없는 모양.
>
> —『산세이도 국어사전』 초판

긴다이치 하루히코 선생은 인상 깊은 일화로서, 어느 날 겐보를 데리고 라쿠고(落語)[25]를 들으러 갔을 때의 상황을 이야기했다. 옆에 앉은 겐보가 이상하게 조용해서 힐끗 봤더

---

25) 한 명의 연기자가 등장인물들이 주고받는 대화를 중심으로 익살스러운 이야기를 들려주며 그 끝에 이야기의 반전을 넣어 청중을 즐겁게 하는 예능.

니 전혀 웃지 않았다. 진지한 얼굴로 라쿠고를 듣고 있었다.

"겐보, 자네는 이 라쿠고의 골계미를 모르나?"

겐보는 평소의 독특한 말투로 대답했다.

"방금 그 신소리는 웃겼습니다. 이 사람은 꽤 우스꽝스러운 말을 하는군요."

맥이 빠진 듯한 힘이 없는 말투. 이것이 겐보의 버릇이었다. 산세이도 출판사의 전 직원으로 사전출판 부장이었던 구라시마 도키히사씨도 긴다이치 하루히코 선생으로부터 이 일화를 들은 적이 있었다. 긴다이치 하루히코 선생은 이렇게 말했다고 한다.

"그놈(겐보)은 집에 가서 한 번에 몰아서 웃는 걸까?"

겐보는 결코 유머를 모르는 사람이 아니었다. 라쿠고라는 구연 예술의 세계에 매료되었다. 라쿠고가 말하는 매력적인 '말'을 한마디도 놓치고 싶지 않았던 것이다. 그래서 웃지도 않고 진지하게 라쿠고에 귀를 기울였다. 겐보는 담백하고 깔끔한 성격이었지만 단 한 가지 '말'에 대해서만은 예사롭지 않게 집착했다.

『산세이도 국어사전』의 탄생

쇼와 30년대(1955~1964)에 들어 시장을 독점할 만큼 기세가 높았던 『메이카이 국어사전』 개정판에 어떤 문제가 발생한다. 그 무렵 『메이카이 국어사전』 개정판에는 분명한 '결점'이 있었다. 일찍이 20대의 젊은 겐보가 제안하여 『메이카이 국어사전』의 특색이 되었던 '표음식' 표제어가 중학교에서 지정 사전으로 검토될 때 문제가 되는 경우가 잦았던 것이다.

당시 산세이도 출판부 사전과에 소속해 있던 고바야시 야스타미 씨는 『메이카이 국어사전』을 쓰는 중학생과 학교 관계자로부터 수많은 투서가 밀려들었다는 사실을 밝혔다.

"투서는 대부분 '표음식' 표제어 표기를 그대로 '현대 가나 표기법'이라고 생각하여 답안지에 썼다가 틀렸다는 내용이었습니다."

예를 들어 우왕좌왕(右往左往)을 '우오우사오우'가 아니라 『메이카이 국어사전』에 쓰인 표음식 표제어대로 '우오오사오오'라고 써서 틀렸다는 것이다.

그런 투서에는 정해진 답변을 써서 보냈다.

"원래는 틀린 게 아니지만 그 밑에 현대 가나 표기가 쓰여 있고(『메이카이 국어사전』에는 표제어 밑에 현대 가나 표기가 가타카나로 쓰여 있었다) 학교에서도 배웠을 것이기 때문에 틀렸다고 한다고 해도 어쩔 수 없겠지요. 사전에는 사전별로 사용 방법이 실려 있는데 그것을 잘 읽고 쓰면 몇 배나 효과적으로 이용할 수 있습니다."

하지만 속으로는 문제를 느끼고 있었다.

"일반 사람들은 아주 가끔 사전을 찾아볼 뿐이기 때문에 투서를 보낸 사람이 오해하는 것도 무리는 아니었습니다. 제가 중학교에 다닐 때도 사전에 쓰여 있는 범례 같은 건 읽어보지 않았으니까요."

『메이카이 국어사전』 개정판의 대성공을 보고 다른 출판사에서도 속속 소형 국어사전을 발행하기 시작했는데 그 사전들은 표제어를 현재와 같은 '현대 가나 표기법'으로 썼다. 그러자 중학교의 지정 사전에서 『메이카이 국어사전』이 제외되는 경우가 늘어나 산세이도의 영업부는 위기감을 느꼈다. '현대 가나 표기법'을 채택하는 개정이 강하게 요청되었지만, 당시 겐보를 비롯한 편자들에게는 아직 '표음식'에 대한 집착이 남아 있었다.

1959년이 되자 영업부 사람들은 비장한 표정으로 당시의 사장에게 직소했다.

"이대로는 『메이카이 국어사전』의 내년도 판매가 3분의 1로 떨어질 겁니다. 여기서 손을 쓰지 않으면 큰일 납니다!"

직소를 듣고 초조함을 느낀 사장은 편자에게 직접 새로운 국어사전의 제작을 요청했다.

"'표음식'이 더 뛰어나기는 하지만, 지금은 '중학생용'이라 생각하고 '현대 가나 표기법'을 채택한 사전을 만듭시다."

우여곡절은 있었지만『메이카이 국어사전』의 편자들도 '학습용'이라는 것을 이해하고 '현대 가나 표기법'을 채택한 사전을 편찬하게 되었다.

새로운 사전의 기획은 1959년 6월경부터 허둥지둥 시작했다. 겐보 히데토시가 중심이 되어 이듬해 2월 간행을 목표로 이례적으로 급하게 진행했다. 새로운 사전의 원고는 대학 노트에『메이카이 국어사전』개정판(제2판)을 한 단씩 붙인 것으로, 원래는『메이카이 국어사전』제3판을 만들기 위해 준비해둔 것을 사용했다. 새로운 사전을 1년도 안 되는 기간에 만든다는 것은 너무나도 무모한 시도처럼 여겨졌지만, "겐보 선생님은 비교적 일을 빨리 하는 사람이었습니다"하고 고바야시 씨가 말했다.

"다른 사전은 그다지 신경 쓰지 않고 오로지 자신이 축적해온 자료로 집필했기 때문에 그만큼 속도도 빨랐던 것입니다.『메이카이 국어사전』개정판을 엮었을 때도 원고는『메이카이 국어사전』초판을 붙여 놓은 것 옆에『쇼겐린(小言林)』[26]이 붙어 있을 뿐이었습니다."

이것은 정말 대단한 일이다. 국어사전 원고 집필은 다른 출판사의 사전 몇 종류의 기술을 붙여 놓고 비교·검증하며

---

26) 新村出,『小言林』, 全国書房, 1949.

뜻풀이를 쓰는 방식이 일반적이다. 다른 사전의 기술을 참고로 하지 않고 방대한 양의 원고를 써나가는 것은 평소부터 압도적인 양의 단어를 조사하는 겐보가 아니면 불가능한 일이다.

새롭게 간행되는 '중학생용' 사전의 서명은 당초 『메이카이 국어사전 학습판』이었다. 그러나 간행 직전에 영업부에서 잠깐 기다려달라고 했다.

"최근에 다른 출판사에서는 자기 출판사 이름을 단 사전이 나오고 있습니다. 우리 산세이도에도 출판사 이름이 들어간 사전이 꼭 있었으면 합니다."

그런 요망에 대해 당시의 사전과에서는 그다지 내켜하지 않았다고 고바야시 씨는 말했다.

"서둘러 준비해서 만든 사전이고, 이것이 출판사를 대표하는 사전이라고는 말할 수 없지 않을까."

사전과는 주요 타깃으로 중학생을 상정하고 『콘사이스 국어사전』, 『크라운 국어사전』이라는 이름을 제안했지만 영업부의 반응은 부정적이었다.

"국어사전의 이름에 가타카나(외국어)를 붙이는 건 언어도단이다!"

승강이 끝에 최종적으로 결정된 이름은 『산세이도 국어사전』으로, 출판사 이름을 붙인 형태였다. 그 후 겐보 선생에 의해 『산세이도 국어사전』이 더욱 발전되어 사전계를 이끌어가는 존재가 되리라고는 아무도 생각하지 못했다. 그리고 1960년 12월 10일, 『산세이도 국어사전』 초판이 간행되었다. 목표했던 2월보다는 10개월쯤 늦어졌지만 이례적인 속도로 출판된 것이다. 새롭게 실린 단어는 약 5천 개에 이르렀다. 겐보는 그 공로자로 야마다의 이름을 들었다.

> 어떤 단어를 실을까에 관해서는 야마다 다다오가 전체를 이끌었다.
>
> - 겐보 히데토시, 「『산세이도 국어사전』」, 〈산세이도 부클릿〉 19호,
>
> 1979년 2월

'현대 가나 표기법'으로 표제어가 실린 『산세이도 국어사전』은 목표한 대로 중학생용 국어사전으로 크게 히트했다. 초판이 간행된 지 13년 후인 1973년 8월 20일까지 경이적인 117쇄를 찍었고 누적 발행부수는 561만 부에 달했다. 『산세이도 국어사전』이 세상에 나오면서 산세이도 출판사로서는 기분 좋은 오산도 있었다.

"당시는 중학생 수가 최대였던 시절이어서 『메이카이 국어사전』도 판매고가 떨어지지 않았을 뿐 아니라 『산세이도 국어사전』의 판매고도 굉장했습니다. 그래서 회사로서는 감

지덕지였지요."

고바야시 씨가 이렇게 말한 것처럼, 『메이카이 국어사전』
개정판도 예상과 달리 계속해서 잘 팔렸던 것이다. 겐보와
야마다 등이 착수한 『메이카이 국어사전』과 『산세이도 국어
사전』, 이 자매 사전 두 권이 계속해서 잘 팔려 사전계에서
존재감을 과시한 일은 나중에 생각지도 못한 전개를 보여주
게 된다.

혁명적인 뜻풀이, '말의 사생'

『산세이도 국어사전』은 사전계에 하나의 큰 '혁명'을 일
으켰다. 단어의 뜻풀이가 지금까지의 다른 국어사전들과는
근본적으로 달랐던 것이다. 겐보는 스스로 이에 대해 분명
히 밝혔다.

> '물'이라는 단어를 사전에서 찾으면 대체로 '수소와 산
> 소의 화합물'이라고 설명되어 있다. 하지만 이는 도무지
> '단어의 이미지'와는 무관한 추상적인 설명이다. '단어
> 의 이미지'는 생활과 함께 한다. 일상의 경험 속에 있다.
> 그것을 이해해야 한다.
>
> ─ 겐보 히데토시, 「『산세이도 국어사전』」, 〈산세이도 부클릿〉 19호,
>
> 1979년 2월

실제로 전후 사전계를 석권했던 『메이카이 국어사전』 개정판의 **물**은 화학식 같은 설명이었다.

> **물(水)** 수소 2, 산소 1의 비율로 화합한 무색·무미의 액체. 지구 표면의 대부분을 덮고 있다.
>
> —『메이카이 국어사전』 개정판

확실히 '물'의 설명으로는 틀리지 않았다. 하지만 보통 우리가 물이라는 단어에 대해 품고 있는 이미지와는 다르다. 이런 딱딱한 설명으로는 '생활과 함께 하고' '일상의 경험 속에 있는' 단어의 이미지는 떠오르지 않는 게 당연했다. 그래서 지금까지의 사전에 실린 설명과는 확실히 구별되는 완전히 새로운 개념이 생겨났다.

> 여기서 생각한 것이 '말을 말로 사생하는' 방법—줄여서 '말의 사생'이었다.
>
> —겐보 히데토시, 「『산세이도 국어사전』」, 〈산세이도 부클릿〉 19호,
> 1979년 2월

물의 뜻풀이는 단어의 이미지를 잡아내는 혁신적인 방법론인 '말의 사생'에 따라 『산세이도 국어사전』에서 다음과

같이 일변했다.

물(水) ① 우리의 생활에 없어서는 안 되는 투명하고 차가운 액체.

-『산세이도 국어사전』 초판

우리에게 매우 소중한 물이 누구나 알 수 있는 평이한 말로 설명된 것이다. 지금은 당연해진 이런 설명은 당시로서는 이례적인 것이었다. 현재『산세이도 국어사전』의 편자를 맡고 있는 이마 히로아키 씨는 우리에게 물이라는 뜻풀이의 혁신성에 대해 열심히 이야기했다.

"『산세이도 국어사전』이 나오기 이전의 사전에서는 단어를 '실감' 있게 묘사하는 경우가 없었습니다. 물이라면 화학식 설명을 해두면 된다고 생각했지요. 하지만 '수소 2, 산소 1의 비율로 화합'했다는 설명은 아이들에게 어렵잖아요? 우리가 '실감'하는 물이란 뭘까, 하는 물음에 대답해주는 사전은 없었습니다. 그래서『산세이도 국어사전』은 물이라는 단어를 마치 '스케치'하듯이 설명했습니다."

겐보와 야마다는 그들이 여러 해 동안 논의를 거듭해온 현안 사항도 '말의 사생'에 따라 정의할 수 없을까, 하고 생각했다.

우리는 『산세이도 국어사전』에서 다시 모험을 시도했다. 그것은 '여자'를 인간에 대한 생리적 관점 대신 사회적 기능의 관점에서 파악하는 방법이었다.

－겐보 히데토시, 『사전을 만들다』

전후 얼마 지나지 않아 『메이카이 국어사전』의 개정 작업을 할 무렵부터 골머리를 썩여온 **여자**라는 단어의 뜻풀이를, 시안에 지나지 않는다고 하면서도 『산세이도 국어사전』 초판에서는 이렇게 적었다.

여자(女) ① 사람 중에서 다정하고 아이를 낳아 키우는 사람.

－『산세이도 국어사전』 초판

'다정하고'라는 표현에 너무나도 『산세이도 국어사전』다운 '스케치 감각'이 흘러넘친다.

아울러 **남자**도 '말의 사생' 방침에 따라 바꿔 썼다.

남자(男) ① 사람 중에서 힘이 세고 주로 밖에서 일하는 사람. 남성.

－『산세이도 국어사전』 초판

『산세이도 국어사전』의 뜻풀이는 원칙적으로 초등학교 5

학년까지 배우는 한자 범위에서 쓰였다. 그러나 겐보를 중심으로 하는 편자들은 결코 '아이들에게 맞춰 수준을 떨어뜨렸다'는 식으로 파악하지는 않았다.

> 얼핏 아이들을 위한 해설로 보이지만 우리의 생각은 그렇지 않다. 어려운 용어법을 쉽게 풀어 끝까지 밀어붙인, 최대한 실질적인 표현을 노린 하나의 시안이었다. 또한 『산세이도 국어사전』의 이 설명은 공동 편집자 중의 한 사람인 긴다이치 하루히코의 아이디어를 토대로 하고 다같이 다듬어 마무리한 것이다.
> — 겐보 히데토시, 『사전을 만들다』

사전에 싣는 단어 중에서 가장 설명이 어렵다고 여겨지는 것이 '사랑' 등 이른바 '추상적인 말'이다. 그때까지 사전에서는 '조국에 대한 사랑'이나 '어머니의 사랑'이라고 할 때 사용되는 사랑의 의미는 '사랑스러운 것. 귀엽게 여기는 것' 등이라고 썼다. 『산세이도 국어사전』 초판에 실린 사랑의 뜻풀이는 긴다이치 하루히코가 썼다.

"사랑의 뜻풀이를 겐보가 무척 칭찬했습니다."

긴다이치 하루히코가 이렇게 말하는 뜻풀이는 지금까지의 사전에는 없는 획기적인 설명이었다.

사랑(愛) ① (상대의 행복이나 발전을 바라는) 따뜻한 마음.

－『산세이도 국어사전』 초판

　『산세이도 국어사전』 초판의 이(사랑)의 뜻풀이는 좋은
평가를 받아 그 후 다른 사전에서도 비슷한 설명이 실리게
되었다고 긴다이치 하루히코는 술회했다. '말의 사생'이라
는 새로운 개념은 중학생용 학습사전으로 발족한『산세이
도 국어사전』이었기에 나올 수 있는 생각이기도 했다. '중학
생이 물어왔을 때 어떻게 설명하면 좋을까' 하는 시점에서
뜻풀이를 적을 필요가 있었던 것이다.

　　『산세이도 국어사전』은 추상적이고 난해한 성인용 단어
　　를 사용하지 않고 설명하는 데 최대한 주의를 기울였다.
　　그렇게 함으로써 단어의 의미 자체에 다가갈 수 있을 거
　　라고 생각했다.

－ 겐보 히데토시, 「『산세이도 국어사전』」, 〈산세이도 부클릿〉 19호,

1979년 2월

　40대로 한창 물이 오른 편자들은 상식을 뒤집는 혁신적
인 발상과 강력한 팀워크로 사전계에 새로운 바람을 불어넣
었다. 현재『산세이도 국어사전』의 편자인 이마 씨는『산세

이도 국어사전』의 스타일을 그림에 비유해 설명해주었다.

"그림에 비유하자면『산세이도 국어사전』은 단순하게 대상의 특징을 파악한 '초상화' 같은 느낌입니다. 한 번에 그린 것처럼 낭비가 없는 최소한의 선으로 단숨에 그려낸 그림이지요. 또는 모식도(模式圖)처럼, 복잡하고 까다로운 대상도 '요컨대 이것은 ○○다'라고 설명하는 식입니다."

『산세이도 국어사전』은 지금 중학생용으로 한정된 사전이 아니다. '아이들도 알 수 있도록' 만들겠다는,『산세이도 국어사전』을 발족할 당시의 편자들이 생각한 방침을 이어받아 계속 지켜왔기에 지금은 어른의 필요에도 부응하는 국어사전이 되었다. 현재『산세이도 국어사전』의 편자인 이마 씨는 좀처럼 세상에 전해지지 않은 이 점을 강하게 호소했다.

"초등학생들도 알 수 있도록 쓰는 것이 어렵습니다. 초등학생이나 중학생도 알 수 있고 또 어른들에게도 부족함이 없도록 설명한다는 이 방침은 현재도 준수하고 있습니다."

145만 용례의 겐보 카드

겐보 선생에게 생애 최후의 개정 작업이 된『산세이도 국어사전』제4판에는 다른 사전에 없는 '어떤 단어'가 수록되어 있다.

워드헌팅 말 찾기. 말 모으기. 용례 수집. "워드헌팅 50년."

- 『산세이도 국어사전』제4판

용례에 '워드헌팅 50년'이라고 되어 있다. 이 용례가 실린 『산세이도 국어사전』제4판을 간행했을 때 겐보 선생은 77세였다. 전쟁 전 『메이카이 국어사전』 초판 작업을 맡은 것이 24세 때였다. '50년'이란 그 기간을 말한다. 워드헌팅이란 바로 겐보 선생의 사전 만들기 자세를 말해주는 말이었다. 은밀히 『산세이도 국어사전』에 실린 워드헌팅이란 무엇일까. 그 성과가 지금도 도쿄 하치오지의 창고에 남아 있다.

JR 하치코 선(八高線) 기타하치오지 역(北八王子駅)의 선로를 따라 커다란 공장 같은 4층 건물이 있다. 산세이도의 사전이 태어나는 '산세이도 유통센터'다. 약 1000평 넓이의 부지에 인쇄공장이 있는데, 산세이도 출판사에서 나오는 사전 대부분이 그곳에서 인쇄되고 제본된다. 2500개가 넘는 지게차용 하역대를 수납할 수 있는 거대한 창고는 최신 입체 자동입출고 시스템을 완비하고 매일 대량의 사전류를 출하한다.

공장 건물 4층의 식당 안쪽에 눈에 띄지 않는 작은 글자로 '산세이도 자료실'이라 쓰인 문이 있었다. 한겨울에 찾아갔기 때문에 안으로 들어서자 난방 설비가 없는 자료실은 아주 추웠다. 도서실 같은 방인가 했더니 입구 근처의 공간에는 앞으로 출하될 국어사전이 하역대에 실린 채 산더미처럼 쌓여 있었다. 자료실이라기보다는 일시적인 사전 보관소 같은 공간이었다. 그 안쪽에 커다란 이동식 책장이 복도를 사이에 두고 10열쯤 늘어서 있었다. 거기에는 130년의 역사를 지닌 산세이도가 지금까지 세상에 내놓은 역대 사전이 정연하게 늘어서 있었다.『메이카이 국어사전』,『산세이도 국어사전』,『신메이카이 국어사전』 등의 사전이 개정판별로, 그리고 쇄별로 정연하게 진열되어 있는 모습은 장관이었다. 얼핏 보니 제일 아래쪽 구석에 색이 바래고 곰팡이가 핀 국어사전 한 권이 놓여 있었다. 전쟁 중에 겐보가『메이카이 국어사전』 초판을 만들 때 기초가 되었던『쇼지린』이었다. 그곳은 '사전의 전당'이기도 하고, 역할을 끝낸 '사전의 묘지'이기도 했다.

그날 이 자료실을 함께 찾아간 사람은 현재『산세이도 국어사전』의 편자를 맡고 있는 사전 편찬자 이마 히로아키 씨였다. 겐보 선생이 남긴 '워드헌팅'의 성과를 앞에 두고 그 위업에 대해 이야기해줄 인터뷰 촬영을 위해 와준 것이다.

현재 이 자료실을 찾는 사람은 거의 없다. 일반 사람들은 들어갈 수 없고 이마 씨가 지금도 이곳을 방문하는 얼마 안 되는 사람 중의 한 사람이지만 그마저도 그날이 오랜만의 방문이었다.

자료실 한구석에 '겐보 카드'라고 쓰인 책장이 있었다. 이마 씨는 수동식 핸들을 마치 아이가 선물을 기다리고 있을 때처럼 들뜬 표정으로 돌리기 시작했다. 이마 씨는 감탄하듯이 한숨을 내쉬었다.

"하아…. 이게 '겐보 카드'입니다. 겐보 선생님이 50년에 걸쳐 모은 일본어 용례지요."

눈에 들어오는 것은 온통 카드 케이스뿐이었다. 케이스를 하나 꺼내보니 큼직한 서표 같은 모양의 카드 수백 매를 묶은 다발이 가득 차 있었다. 이것이 사전계에서 지금도 전설로 이야기되는 '145만 용례의 겐보 카드'였다.

겐보 선생은 사전 제작의 기초 자료로서 세상에서 쓰이는 말의 용례를 하나하나 모아 한 장 한 장 카드에 기록하여 남겼다. 정신이 아찔해질 만큼 끈질긴 작업이었다. 이 '말모으기' 작업을 '용례 수집'이나 '워드헌팅'이라 불렀다.

"겐보 선생님은 이걸 다 혼자 모았습니다."

자료실을 여러 차례나 방문한 이마 씨는 올 때마다 큰 충격을 받는다고 했다.

"…저로서는 상상하기 힘든 작업입니다. 145만이라는 규모를 보게 되면 그냥 압도당할 뿐이거든요."

이어서 이런 말도 했다.

"한마디로 말하면 '무섭습니다'. 이건… '정말 사람이 한 건가?' 싶은 무서움이지요."

초인적인 '신'의 일을 마주하는 두려운 마음. 터무니없는 것을 봐버린 공포. 이마 씨가 입에 담은 '무섭다'는 말에는 그 두 가지 감정이 뒤섞여 있었다. 잠시 멍하니 겐보 카드를 바라보는 이마 씨는 마치 성지 순례를 온 신도 같았다.

"볼 때마다 경건한 마음이 듭니다. 사전 제작에 쏟는 진지한 마음이 육박해오거든요. 헤아릴 수 없는, 거대하고 큰 존재라고 생각합니다."

겐보 선생이 '전후 최대의 사전 편찬자'라고 일컬어지는 이유는 '워드헌팅 50년'의 성과인 145만 개의 용례 때문이다. 사전을 만들기 위해 이 정도의 말을 혼자 수집한 인물은 일본에서, 아니 세계에서도 전무하다고 해도 좋을 것이다. 145만 용례는 그야말로 상궤를 벗어난 전인미답의 숫자였다. 이는 사전 역사상 위업임이 틀림없다. 하지만 야마다 다다오와의 관계에서 볼 때는 다른 의미를 갖는 것이기도 했다.

차원이 다른 '용례 수집'

현재 『산세이도 국어사전』의 편자 이마 히로아키 씨가 겐보 선생의 진정한 위대함을 절감한 것은 자신도 사전 편찬자가 되어 용례 수집에 착수하고 나서였다.

"이건(용례 수집) 굉장히 단조로운 작업이라고 생각합니다. 실제로 저도 용례를 모으게 되고 나서 겐보 선생님의 대단함을 실감했습니다. 저도 '겐보 선생님 놀이'를 해보고 '아아, 이건 당치도 않은 일'이라는 걸 깨달은 거지요."

사전 제작의 기초 작업인 '용례 수집'이 어떤 일인가를 안 것은 4년 전 처음으로 이마 씨와 구메가와 역 근처의 패밀리레스토랑에서 만났을 때였다.

이마 씨는 천천히 주간지를 꺼내더니, "잡지를 읽을 때 어디서부터 읽기 시작합니까?" 하고 물었다. 뜬금없이 뭘 묻는 거지, 하고 의아해하며 "뭐, 맨 앞에 나온 사진 딸린 화제 기사부터 보거나 바로 첫머리의 사진 페이지부터 보겠지요" 하고 대답했다. 그러자 이마 씨는, "제 경우에는 전혀 다릅니다. 좀 더 앞에서부터 읽습니다" 하고 말하며 잡지의 진짜 첫 페이지에 해당하는 담배 양면 광고를 펼쳤다. 페이지 숫자도 적혀 있지 않은, 표지를 넘기면 바로 나오는 페이지다. 그리고 담배 광고 끄트머리에 조그만 글씨로 쓰인 "담배는 스무 살부터…"라는 문장을 가리키며, "이것이 이 잡지에 맨 처음 쓰인 글자네요. 여기서부터 한 글자도 빼놓지 않고 하나하나 읽어나갑니다" 하고 말했다.

'아니, 아무도 읽지 않는 문장까지 확인하는 건가…' 싶어

벌어진 입이 다물어지지 않았다. 용례 수집을 위해 잡지뿐만 아니라 신문이나 책도 처음부터 끝까지 글자라는 글자는 모두 확인한다고 한다.

일반적인 독서처럼 신문이나 잡지를 보며 적당히 마음에 걸리는 말을 수집하는 것이 용례 수집이라고 생각했기 때문에 너무나도 끈기 있는 작업에 놀랄 수밖에 없었다. 사전에 실어야 할 말을 찾기 위해서는 개인적인 취미나 감정으로 선별하지 않고, 어떤 글도 차별하지 않고 샅샅이 확인할 필요가 있다고 한다. 그 말을 듣고 '이건 정말 힘든 작업이겠구나' 하고 생각했다.

그리고 익숙하지 않은 말이나 마음에 걸리는 말, 새로운 의미나 용법을 발견하면 해당 부분에 펜으로 표시를 하거나 페이지 끝을 조금 찢고 접어둔다. 이마 씨는 이를 나중에 컴퓨터에 입력하고 데이터로 만든다.

이런 품이 드는 용례 수집도 최근에는 인터넷의 등장으로 변모했다고 한다.

"검색하면 간단히 용례를 찾을 수 있는 시대가 되었지요. 옛날에 비하면 무척 편해졌습니다."

겐보 선생이 생전에 용례 수집에 힘쓰던 모습을 가까이서 본 사람이 있었다.

"아무튼 눈에 들어오는 말, 귀에 들어오는 말, 말이라면 뭐든지 마음에 걸리는 게 있으면 '단자쿠(短冊)'[27]에 메모를 했습니다."

이런 말을 한 사람은 산세이도의 전 직원으로 『산세이도 국어사전』 제3판과 제4판의 편집 담당자였던 다나카 미쓰오(田中三雄) 씨다. 83세의 다나카 씨는 겐보 선생의 만년에 오랫동안 함께 일을 한 사람이다.

겐보 선생은 '단자쿠'라 부르던 작은 카드를 항상 가지고 다녔다. 특별히 주문한 것으로, A5 종이를 세로로 자른 종이에 세로 20칸, 가로 5칸을 인쇄한 길쭉한 카드다. 수집한 말의 용례를 한 장에 하나씩 기록했다.

신문이나 잡지 등의 종이 매체의 경우에는 우선 겐보 선생이 새로운 용법이나 신조어 등 마음에 걸리는 말에 빨간색 펜으로 표시하고, 아르바이트를 하는 담당자가 그 부분을 하나하나 잘라내 단자쿠 카드에 붙이며 분류해갔다.

내가 하는 일은 원문을 읽고 표제어, 잘라야 할 문맥의 범위, 그 밖의 특기할 만한 사항을 빨간색 볼펜으로 지정하는 것이다. 그것을 실제로 자르거나 붙이는 일은 아

---

27) 단가(短歌)나 하이쿠(俳句) 등을 적는 두껍고 조붓한 종이.

르바이트를 하는 사람들이 한다. 일을 가장 왕성하게 할

때는 아르바이트를 하는 사람이 예닐곱 명이나 있었다.

— 겐보 히데토시, 『사전을 만들다』

단자쿠 카드에는 표제어(수집한 말), 출전, 연월일을 정확

히 기록했다. 그리고 원문의 일부분을 잘라 카드에 붙여 '증

거'로 남기는 철저한 방식이었다. 다나카 미쓰오 씨에 따르

면 겐보 선생은 예측할 수 없는 사태에도 대비하며 확실히

증거를 남겼다고 한다.

"신문은 반드시 두 부를 받았습니다. 원문을 잘라낸 뒤쪽

에도 확인할 말이 있는 경우에 대비해서요."

— 겐보 선생님의 평소 일하는 모습은 어땠습니까?

"신문은 요미우리신문·아사히신문·마이니치신문·닛케

이신문·산케이신문·도쿄신문, 이렇게 여섯 개를 매일 전부

훑어봤습니다. 텔레비전을 보고 라디오를 들으면서도 메모

를 했지요. 가부키를 보러 가거나 라쿠고를 들으러 가서도

메모를 했습니다."

아무튼 언제나 워드헌팅을 했다. 자신의 저서에서도 용례

수집의 대상이 아주 다양한 방면에 걸쳐 있었다고 썼다.

수집 대상은 신문, 잡지, 주간지, 월간지, 단행본에서 문

학전집, 텔레비전, 라디오, 팸플릿, 삽입 광고지, 우편 광고, 간판, 게시판, 담화, 인사 등에 이른다.

– 겐보 히데토시, 『사전을 만들다』

왜 이렇게 대규모의 용례 수집을 시작한 것일까. 겐보 선생은 저서에서 그 이유를 밝혔다.

현대어 사전에는 살아 있는 표제어, 살아 있는 용례를 반영하는 것이 무엇보다 중요하다고 생각해서 시작한 일이다.

– 겐보 히데토시, 『사전을 만들다』

겐보 선생은 말의 '현재'를 반영한 사전을 만들기 위해서는 '살아 있는 말'을 철저히 조사할 수밖에 없다고 생각했다. 그러므로 용례 수집은 단순히 사전에 실을 예문을 찾기 위해 한 것이 아니었다. 실제로 현재 사용되는 대량의 용례를 기초로 신조어뿐만 아니라 지금 사람들이 사용하는 말의 '의미'를 알고 새로운 용법과 의미의 변화를 파악하기 위해서였다. 전쟁 중에 나온 『메이카이 국어사전』 초판의 서문에 쓰여 있는 것처럼 "국어의 현실을 충실히 기록"하려고 한다면, 확실한 방법은 풍부한 용례를 모으는 것밖에 없다고 생각했던 것이다.

긴다이치 하루히코 선생에게는 촌각을 아껴가며 용례를 모으는 겐보 선생의 모습이 인상 깊게 남아 있었다.

"겐보는 재미있는 사람이었지요. 주간지라도 본다며 자동차는 타지 않았습니다. (자동차를 타면) 주간지를 읽을 수 없다는 겁니다. 전철을 타고 주간지를 보며 밑줄을 긋고 집에 가서 카드에 옮겨 적었지요."

산세이도의 전 직원 고바야시 야스타미 씨는 겐보 선생과 같은 세이부이케부쿠로 선 연변에 살았던 적도 있어서 회의나 모임이 끝난 후에 겐보 선생과 함께 돌아가곤 했다.

"전철이 자동차보다 흔들림이 적어 용례 수집에는 유리합니다."

겐보 선생은 이렇게 말하며 전철 안에서 오로지 주간지 등을 훑어봤다고 한다.

"쓰윽 훑어보시고는 표시를 합니다. 전철을 타고 있을 때도 계속 보며 표시를 했습니다. 전철이나 버스를 탈 때는 방해가 되지 않도록 말을 걸지 않으려고 노력했지요. 이동 중에도 용례 수집을 하고 싶어서 운전도 하지 않았습니다."

전철에서는 눈을 크게 뜨고 차내 광고를 보기도 했다. 겐보 선생이 그런 식의 용례 수집을 시작한 것은 『산세이도 국어사전』 초판을 간행한 직후인 1961년부터였다. 처음에는 산세이도 출판사의 방을 빌려서 했지만 곧 비좁아져 이케부쿠로 역 근처에 있는 건물 4층의 방을 빌려 작업을 계속했다. 그러나 수집한 카드의 수가 금세 늘어나 3년쯤 지나니 그곳도 비좁아졌다. 그래서 1965년 7월에 도쿄 네리마구의 오이즈미가쿠엔 초(大泉学園町)에 있던 2층 단독주택을 구입하여 용례 수집을 위한 작업장으로 삼았다. 그곳에는 '메이카이 연구소'라는 이름을 붙였다. '메이카이 연구소'라는 이름을 붙인 것은 전쟁 전의 『메이카이 국어사전』에서부터 사전 제작의 길로 나아간 것을 생각하면 아주 자연스러운 일이었다. 그 무렵에는 야마다 선생의 『신메이카이 국어사전』이 나타날 줄은 꿈에도 생각하지 못했다.

1961년에 용례 수집을 본격적으로 시작하여 불과 4년 만에 용례 수집 전문 연구소를 설치할 만큼 겐보 선생은 워드헌팅에 빠져들었다. 『산세이도 국어사전』 제2판이 간행된 1974년 무렵에는 메이카이 연구소의 1층과 2층 방의 절반 이상이 단자쿠 카드를 넣은 책장으로 채워졌다. 책장 하나에 여섯 단의 선반이 있고 거기에 카드 케이스가 빈틈없이 놓였다. 한 단에 카드 케이스 세 개, 책장 하나에 48개의 카드 케이스가 보관되었다. 용례 수집을 본격적으로 시작하여 불과 13여 년 동안 카드의 총수는 120만 개의 용례에 육박할 만큼 불어났다. 그 후에도 카드는 계속 늘어 겐보 선생이

77세를 맞이한 1992년에는 145만 개의 용례에 달했다.

현재 하치오지의 자료실에 보관되어 있는 145만 개의 용례 카드를 바라보며 이마 히로아키 씨는 자신과 겐보 선생의 '압도적인 양의 차이'를 말했다.

"저는 말을 얼마나 모을 수 있을까, 하면서 용례 수집을 시작했습니다. 저는 아무리 열심히 해도 한 달에 400개 정도밖에 모으지 못합니다. 그러면 1년에 4천에서 5천 개의 용례를 수집하는 셈이지요. 계산하면 10년에 4만에서 5만 개 정도입니다. 20년이면 10만 개고요. 대체로 그쯤에서 힘이 다할 거라고 생각합니다. 가령 그렇게 상정한 것의 두 배쯤 열심히 한다고 해도 평생 20만 개 정도밖에 안 됩니다. 그렇게나 모아도 겐보 선생에게는 도저히 미치지 못하지요. 145만 개는 뭐, 그건 아예 일반적인 수준을 넘어선 거예요. 그것도 단 30년 만에 145만 개의 용례를 모은 겁니다. 이건 사람이 할 수 있는 일이 아닙니다. 겐보 선생은 이미 '신'입니다. 사전에 영혼을 판 사람이지요."

일본어에 관한 프로그램을 제작하려고 다양한 사전 관계자를 취재했지만, 이마 씨만큼 용례 수집에 힘을 쏟은 사람은 없었다. 실제로 말에 관한 폭넓은 지식과 풍부한 얘깃거리가 다른 전문가보다 두드러지게 많아서 프로그램을 만드는 과정에서 여러 차례 이마 씨에게 의지했다. 현역 편집자로서 틀림없이 최고 수준의 용례 수집가라고 해도 좋을 이마 씨가 자신은 겐보 선생의 발밑에도 미치지 못한다고 말했다.

―145만 개의 용례 카드를 마주한 지금 어떤 느낌이 듭니까?

"이건 뭐 제가 도저히 할 수 없는 일이라는 '무력감'이지요. 애초에 너무나도 대단한 일이라는 '체념' 같은 것이기도 하고요. 이를 흉내 내려고 하면 안 된다…, 나는 나고, 내 분수에 맞는 일을 하자, 하는 느낌입니다."

―같은 사전 편찬자로서 따라잡고 싶다거나 흉내 내고 싶다고는 생각하지 않습니까?

"흉내 내고 싶다고 생각하느냐고요?(웃음) 아뇨, 아뇨, 그런 질문은 좀 봐주세요. 아마 그렇게 하면 이미 인간다운 생활은 할 수 없을 겁니다. 웬만하면 훌륭한 선생님께 조금이라도 다가가려고 생각하지만, 압도적인 양을 보면…. 아뇨, 이제는 그렇게 할 수 없어요. 그건 좀 봐주십시오. 분하지만 겐보 선생의 10분의 1만이라도 따라가려고 분발할 수밖에 없습니다. 그런 한계를 실감했습니다."

거대한 벽처럼 우뚝 선 145만 개의 용례 카드를 앞에 두고 솟아나는 감정은 체념이었다. 눈앞에 떡 버티고 선 카드의 벽을 올려다보며 이마 씨는 불쑥 한마디 했다.

"그래도 이 견실한 작업이 그 뒤의 사전 편찬에 살아 있는 거겠지요."

"말은 소리도 없이 변한다"

겐보 선생은 저서에서 현대어를 반영한 국어사전을 만들기 위해 해야 했던 큰 일이 세 가지가 있다고 말했다.

> 하나는 『산세이도 국어사전』 편집 당시의 일본어 전체 상황을 가능한 한 광범위하게 파악하는 것. 또 하나는 일본어의 변화에 뒤처지지 않고 같은 속도로 달리는 것. 마지막으로 오용도 포함한 객관적인 사실을 객관적으로 기술하는 것.
>
> — 겐보 히데토시, 『사전 – 다양한 만남』

이러한 편집 방침이 145만 개에 이르는 방대한 용례 수집으로 이어졌다.

"왜 145만 개나 모았는가 하면, 요컨대 '기준'을 정하려고 그랬던 겁니다."

『산세이도 국어사전』의 전 편집 담당자였던 다나카 미쓰오 씨가 이렇게 말했다. 다나카 씨는 겐보 선생이 입버릇처럼 했던 말을 분명히 기억하고 있었다.

"그 시대에 살아 있는 '현대어'를 남기고 싶다, 그렇다면 무엇을 현대어로 보느냐, 이를 판정하기 위해서는 많은 용례가 필요하다, 그러니까 그냥 마구 모으는 게 아니다, 이걸 현대어라고 할 수 있을지 어떨지 그 채택 여부를 판별하기 위해 용례가 필요한 거다, 라고 했습니다."

겐보 선생에게는 말의 현실을 모른 채 자의적으로 사전을 편찬하는 것을 인정하지 않는 강한 신념이 있었다. 우선 상황을 확인하고, '확실히 현대어로서 정착한 증거를 확보했다, 그렇다면 싣자' 하는 절차를 분명히 밟아가는 길을 택한 것이다.

겐보 선생과 오랫동안 일을 함께한 다나카 미쓰오 씨의 인터뷰 촬영을 마치고 이삼일 뒤였다. 다나카 씨가 내게 전화를 걸어왔다.

"저번 촬영 때 중요한 사항 하나를 말하지 못했습니다."

수화기 너머 다나카 씨의 목소리에서 뭔가를 굉장히 후회하고 있다는 것이 느껴졌다.

"생전에 겐보 선생님은 자신이 만들고 있는 것은 '현대어 사전'임을 강조했습니다. 결코 '신조어·유행어 사전'을 만드는 게 아니라고 했다는 것을 말하지 못했습니다. 그게 무척 후회되어서요."

현대를 반영하는 국어사전이라면 신조어나 유행어를 많

이 실은 사전이라 생각될지도 모른다. 하지만 겐보 선생의 생각은 전혀 그렇지 않았다. 일시적인 유행이나 극히 일부의 사람만이 사용하는 말을 사전에 싣는 게 아니라 객관적인 입장에서 널리 현대에 '정착했다'고 인정되는 말을 냉정한 눈으로 판단하고 사전에 실었다. 선취를 중시하는 입장이 아니라 오히려 '동시대성'을 추구했던 것이다.

나중에 겐보 가를 방문했을 때 겐보 선생이 예전에 강연회에서 말했던 내용을 녹음한 8트랙 테이프가 남아 있었다. 겐보 선생은 〈일본어와 나〉라는 제목의 강연에서 '말'의 본질을 울려 퍼지는 저음으로 말했다.

말이란 변하는 겁니다. 끊임없이 변합니다. 눈앞에서 변합니다. 말이라는 것은 소리도 없이 변합니다. 다시 말해 지금 변하고 있다는 것을 말 자신은 말하지 않습니다. 확실히 가르쳐주는 사람도 없습니다. 주의 깊게 세밀히 살펴보아야 비로소 변화를 알 수 있습니다. 그래서 실제 용례, 실례지요. 실례를 찾으며 비약을 하지 않고 한 걸음 한 걸음 생각해나가는 것이 중요하지 않을까요?

– 겐보 히데토시 강연 〈일본어와 나〉

'이과적 사고', 철저한 데이터주의

— 겐보 선생은 어떤 분이셨나요?

"성실한 사람 중의 성실한 사람, 아무튼 기계 같은 사람이었습니다."

이렇게 대답한 사람은 겐보 선생이 국립국어연구소 근대어 연구실의 실장이었던 때의 부하 직원 히다 요시후미(飛田良文) 씨다. 80세인 히다 씨는 현재 『산세이도 국어사전』의 편자이기도 하다.

상사인 겐보 선생의 모습에서 인상 깊었던 것은 일하는 방식이었다.

"자신이 한 업무를 한 시간 간격으로 기록으로 남겼습니다. 몇 시에서 몇 시까지는 ○○을 했다거나 하는 식으로 일일이 기록했지요. 철저한 데이터주의자였습니다."

여러 해 동안의 용례 수집 실적을 통해 겐보 선생은 대체로 하루에 평균 세 개는 신조어가 생긴다고 말했다. 신조어를 어떻게 판단하는지는 겐보 선생에게 하나의 기준이 있었다.

"용례가 세 개 모이면 신조어라고 인정했습니다."

히다 씨가 '기계 같은 사람'이었다고 평하는 겐보 선생의 철저한 '데이터주의'는 예상하지 못한 데서 뒷받침되었다.

겐보 선생의 장남 겐보 유키오(見坊行雄) 씨를 만났을 때의 일이었다. 겐보 유키오 씨와의 만남은 특별히 인상 깊었다. 프로그램 기획 단계에 우선 메일로 협조를 부탁했다. 그러자 "메일을 읽고는 설레는 마음을 금할 수가 없습니다" 하고, 현재 62세인 분으로는 보이지 않는 아주 젊고 싹싹한 문면으로 흔쾌히 협조하겠다는 답장을 보내왔다.

"엔지니어인지라 단도직입적인 메일을 드리니 양해를 바랍니다."

이렇게 쓰고는 직접 "협의의 구체적인 시안"으로 일시, 장소, 유키오 씨 측 참여자, 취재 목적 등이 조목조목 간결하게 제시되어 있었다. 만나기 전부터 취재 상대가 이렇게까지 일의 절차를 제안해오는 경우는 프로듀서 인생에서 처음 있는 일이었다. 나중에 도쿄 네리마 구의 샤쿠지이(石神井)에 있는 자택으로 찾아가자 유키오 씨는 문 앞에서 만면에 웃음을 띤 얼굴로 맞아주었다. 사진에서 봤던 겐보 선생의 모습을 느끼게 하는 얼굴이었다.

하지만 외모만 닮은 게 아니라는 사실이 서서히 밝혀졌다. 만나자마자 유키오 씨는 뜻밖의 이야기를 꺼냈다.

"우리 아버지 머리는 완전히 '이과계'였습니다. 그래서 사전도 '데이터베이스' 같은 감각으로 만들었다고 생각합니다. '백데이터'[28]에서 추출한다는 식이지요."

---

28) back+data. 일본에서 만든 조어로 과거의 데이터라는 뜻이다.

갑자기 '이과계', '데이터베이스', '백데이터' 같은 단어가 나와서 당황했다. 국어사전이라는 전형적인 '문과계' 분야의 이야기에서 설마 그런 말이 나올 줄은 상상도 하지 못했다.

"제가 어렸을 때 아버지가 '사실은 이과계를 좋아했다'고 말한 게 기억납니다. 친척에게 들었는데 중학생 무렵에 끈 끝에 무거운 돌을 달아 빙빙 돌리며 1초에 몇 번이나 회전하는지를 계측하여 회전수와 끈 길이의 관계를 규명하기도 했다고 합니다. 그러니까 원래는 이과계 두뇌였다고 생각합니다."

유키오 씨가 말하는 '겐보 선생=이과계라는 설'에는 그 밖에도 근거가 있었다. 두 아들이 모두 이과계 대학으로 진학하고, 이과계 업종에 취직한 것이다. 장남인 유키오 씨는 건설 기기 메이커인 히타치켄키(日立建機)의 엔지니어이고, 차남인 나오야 씨는 화학공업 회사인 니폰카세이(日本化成)에 근무하고 있다.

겐보 선생은 먼저 '백데이터'를 구축하기 위해 용례 수집에 힘을 쏟고 객관적인 그 데이터를 기초로 국어사전이라는 '데이터베이스'를 만들어냈다고 유키오 씨는 파악하고 있었다. 그 근거가 '이과계' 사고에 있다는 견해는 무척 흥미로웠다. 겐보 선생이 편찬한 『산세이도 국어사전』의 특징인 '객관적·간결'한 설명도 원래 '이과계'였다고 생각하면 납득이 간다. 부하 직원이었던 히다 요시후미 씨가 말하는 '기계 같은 사람'이라는 인상과도 합치한다는 생각이 들었다.

또한 유키오 씨의 첫 메일이 단도직입적으로 조목조목 간결하게 쓰여 있었던 것도 아버지가 만든 『산세이도 국어 사전』의 '객관적·간결'한 설명과 통하는 것 같았다.

"데이터베이스란 '증거'를 말합니다. 그러니까 아버지는 용례 수집으로 증거를 모았다고 생각합니다."

옆에서 이야기를 듣고 있던 유키오 씨의 아내 스미 씨가 약혼 중에 다 같이 식사하러 갔을 때의 이야기를 했다.

"남편과 약혼 중일 때 요코하마의 중화거리에서 다 같이 식사를 하고 함께 돌아오나 싶었는데 시아버님께서는 '난 여기서 돌아간다' 하고 혼자 어딘가로 가버리셨어요(웃음). 좀 놀랐지요."

식사를 마친 겐보 선생은 틀림없이 어딘가로 용례를 수집하러 갔을 것이다.

"저는 아주 평범한 가정에서 자랐기 때문에 제가 보기에 겐보 가에서는 아버지를 대한다기보다는 학자를 대하는 느낌이었습니다."

그리고 결혼하겠다고 인사하러 시아버지인 겐보 선생을 찾아뵀을 때의 일을 떠올렸다.

"그러고 보니 결혼하겠다고 인사하러 갔을 때도 말 테스트 같은 걸 받았어요. 시아버님께서 질문을 하시는 거예요.

○○에 대해 알고 있니, 라든가 ××은 바르게 사용되고 있다고 생각하니, 라는 식으로 물어보셨어요. 어쩐지 저한테서 정보를 얻는 것 같았어요."

설마 결혼하겠다고 인사하러 찾아간 자리에서도 용례 수집을 할 줄이야… 하고 생각하며 유키오 씨에게 물었다.

— 겐보 선생님은 그럴 때도 말에 대한 생각이 머리에서 떠나지 않을 정도로 용례 수집에 빠져 있었나요?

"으음, 빠져 있었다기보다는 결국 이과계 두뇌로 데이터를 모으고 있었다는 느낌이었지요(웃음)."

"아버지의 일을 잘 몰랐습니다"

『산세이도 국어사전』 초판이 간행된 지 8년 후인 1968년 3월이었다. 그것은 너무나도 갑작스러운 일이었다.

"(앞으로) 자신은 『산세이도 국어사전』 일을 할 거라고 했습니다. 거기에 모든 정력을 쏟을 거라고 했지요. 대단한 기세였어요. 다만 아주 난데없는 일이었지요."

국립국어연구소에서 부하 직원이었던 히다 요시후미 씨는 어느 날 갑자기 겐보 선생이 국립국어연구소를 그만둔다는 이야기를 해서 그저 놀랄 수밖에 없었다. 연구소에서도 아침부터 밤까지 신문이나 잡지를 보고 마음에 걸리는 말이 있으면 빨간색 볼펜으로 표시했다. 점심시간에도 다른 연구원들이 느긋하게 시간을 보내고 있어도 겐보 선생만은 혼자 묵묵히 용례 수집을 계속했다. 하지만 설마 일까지 그만두고 사전 편찬에 몰두할 거라고는 상상도 하지 못했다.

"연구소에 있으면 생활은 안정되니까요."

겐보 선생은 워드헌팅에 전념하며 앞으로는 사전만 만들며 생활하겠다는 것을 누구와도 의논하지 않고 돌연 결정하고 말았던 것이다. 아무 말도 듣지 못한 건 직장 사람들뿐만이 아니었다. 놀랍게도 겐보 선생의 아내 고코(후子) 씨마저 아무 말을 듣지 못했다. 그때 얼마나 놀랐는지를 고코 씨는 겐보 선생이 돌아가신 후에 발행된 홍보지의 추도 특집 글에서 말했다.

> 그날 아침 "이봐, 오늘부터 안 나갈 거야" 하고 느닷없이 말하는 거예요. 너무 갑작스러운 일이라 깜짝 놀란 기억이 지금도 남아 있습니다.
>
> ─〈산세이도 부클릿〉 102호, 1993년 3월 겐보 히데토시 추도 특집

용례 수집에 모든 정력을 쏟게 된 아버지의 모습을 아이들은 어떻게 보았을까. 겐보 선생이 가정에서 어떤 모습을 보였는지 세 자녀에게 이야기를 들었다. 현재 62세인 장남 유키오 씨와 61세인 차남 나오야 씨, 여섯 살 밑의 장녀 하

야시 가요코(林香代子) 씨, 이 세 남매가 모여 오랜만에 아버지에 대한 추억을 이야기했다.

"아버지는 매일 열다섯 시간쯤 일했습니다. 하지만 괴로워하며 일한 건 전혀 아니었습니다."

장남 유키오 씨는 그것이 아주 당연하다는 듯이 담백한 어투로 이야기했다.

"밤을 새거나 아주 늦게 자는 일은 아주 흔했습니다. 대체로 밤 한두 시에 자고 아침 10시에 일어났지요. 그 사이에는 계속 일만 했습니다."

장시간 노동이어도 아버지에게는 전혀 비장감이 없었고 늘 변함없이 담담하게 일을 계속했다.

"24시간, 잘 때와 세수할 때, 이를 닦을 때 말고는 일을 했지요."

차남 나오야 씨가 이렇게 말하자 장남 유키오 씨가 덧붙였다.

"그 밖에 일을 할 수 없는 시간은 목욕할 때? 그리고 화장실에 있을 때 정도가 아니었을까?"

"아니, 화장실에 있을 때도 신문을 갖고 들어가서… 잘 나오지 않았잖아."

장녀 가요코 씨가 난감한 표정으로 말했다.

— 식사를 할 때는 가족끼리 무슨 이야기를 나눴습니까?

내가 이렇게 묻자 순간적으로 세 남매 사이에 '뭘 묻는 거지?' 싶은 잠깐의 침묵이 흘렀다. 잠시 후 서로의 얼굴을 둘러보며 가요코 씨가 키득키득 웃으며 입을 열었다.

"대화… 라는 게 있었나?(웃음)"

"글쎄요, 가족 간의 대화 말인가요? 우리는 대화 같은 게 없었어요!"

나오야 씨가 아무렇지 않게 말했다. 쓸쓸한 식탁이라거나 아주 차가운 가족은 아니었다. 가족이 다 같이 사이좋게 밥은 먹지만 아버지와 대화가 없었던 것은 아주 일상적이었다. 거기에는 이유가 있었다.

"밥을 먹을 때도 일을 할 수 있도록 식탁에 '단자쿠'를 놓아두었으니까요."

식탁에는 플라스틱 상자에 '단자쿠'라 불린 용례 카드나 필기구 일체가 놓여 있었다. 밥을 먹는다고 해서 일이 중단되지는 않았다. '오늘은 피곤하니까 한잔할까' 하며 반주를 하는 일도 없었다.

아침에 일어나 잠자리에 들 때까지 오로지 말을 모으는 나날이었다. 겐보 선생이 연구소를 그만두고 사전 편찬에 모든 것을 바치게 되고 나서는 '자, 이제 워드헌팅을 해볼까' 하는 구분이나 전환 같은 것도 없었다. 숨을 쉬거나 살아 있는 것과 마찬가지로 말을 모았다.

"간혹 이즈로 가족여행을 갔는데 그때도 '단자쿠'를 가져 갔습니다. 보자기에 신문이나 용례 수집에 필요한 것을 다 싸서요."

장남 유키오 씨가 몇 번 되지 않은 가족여행의 추억을 이야기하기 시작했다.

— 여행 중에 아버님의 모습은 어땠습니까?

"칸막이가 쳐진 자리에서 신문이나 잡지를 읽었지요, 빨간색 볼펜을 들고."

— 여행 중에도 말입니까?

"당연하지요!(웃음)"

— …굉장히 특이한 가족여행이었군요?

차남 나오야 씨가 고개를 갸우뚱하며 이야기한다.

"특이하다고요? …으음, 태어났을 때부터 그랬으니까요. 여행 중에도 말을 모으는 게 당연했지요."

— 하지만 차창으로 경치를 바라보거나 하지는 않았나요?

"아뇨, 경치보다는 팸플릿에 실려 있는 말을 더 신경쓰셨지요.(웃음)"

장남 유키오 씨와 차남 나오야 씨만 가족여행의 추억을 갖고 있었다. 차남과 여섯 살 터울인 가요코 씨가 초등학생이 된 무렵에는 가족여행도 거의 가지 않게 되었다.

— 아버님께서 같이 놀아준 기억은요?

내 질문에 가요코 씨가 느닷없이 웃음을 터뜨렸다.

"(웃음)…, 설날에만요. 매년 설날 하루만 트럼프를 같이 했습니다. 정말 그것뿐이었어요."

매년 설날에만 놀아준 데에는 이유가 있었다.

"설날에는 신문이 오지 않으니까요…(웃음)."

장남 유키오 씨는 학교에서 아버지가 뭘 하시는지 물어도 대답할 수 없었다.

"저는 어렸을 때 아버지의 일에 대해 잘 몰랐습니다. 사전을 만든다고 말해도 늘 '말을 모으는 것'뿐이잖아요. 그런 아버지의 모습밖에 보지 않았으니 그게 일이라고 해도 아이로서는 이해할 수 없었지요."

어떻게 대답해야 하느냐고 아버지에게 묻자 어려운 직업명을 가르쳐주었다.

"저, 저, 저술…, 아니, 지금도 제대로 말할 수 없다니까요, '저술업'이라니."

유키오 씨는 '저술업'이라는 말을 들었어도 얼른 이해가 가지 않았다.

"아버지는 캐치볼도 전혀 해주지 않았으니까 초등학교에 들어가서 깜짝 놀랐습니다. 다들 야구를 잘해서요. 제가 동급생 중에서 야구를 가장 못했습니다."

국립국어연구소를 그만두고 난 뒤 겐보 가의 수입은 편찬한 사전의 인세와 잡지의 원고료 등이었다. 『메이카이 국어사전』과 『산세이도 국어사전』이라는 국어사전 두 권이 크게 히트를 쳤기 때문에 고액 납세자 명부에 이름이 오를 정도의 인세 수입이 있었지만 나가는 돈도 많았다. 거의 다 자료나 책 구입, 아르바이트 스태프에게 지불하는 급료 등 용례 수집과 관련된 지출로 나갔다고 한다.

"우리 아버지는 거의 재산을 남기지 않았습니다."

유키오 씨는 이렇게 말했지만 토지만은 남겨주었다.

원래 가족이 살고 있던 샤쿠지이에는 장남 유키오 씨와 차남 나오야 씨가 집을 지었고 '메이카이 연구소'가 있던 오이즈미가쿠엔 초에는 장녀 가요코 씨가 집을 신축했다.

호기심 덩어리

아버지와 가족 대화다운 이야기를 나누기는 했다.

"말하자면 최근 유행하는 말이라든가, '기노오케나이(気の置けない)'[29]가 요즘 어떻게 쓰이게 되었다든가 하는 것을

---

29) 마음을 터놓다, 허물없다, 무간하다는 뜻이다. 일반적으로 '기가오케나이(気が置けない)'라는 식으로 쓰이는 일이 많다. 그러나 친한 사이라는 뜻으로 '기가오케루(気が置ける : 마음이 쓰이다, 스스러워 서름하다는 뜻)'로 쓰는 것은 오용이다. 그리고 '기가오케나이(気が置けない)'를 방심할 수 없다, 마음을 터놓기 힘들다는 뜻으로 쓰는 것도 오용이다.

물었습니다."

장남 유키오 씨는 '그 말'에 대한 물음도 받았다.

"대화인지는 잘 모르겠지만, '엣치'라는 말에 대해서도 물었습니다. 중학교에 다닐 때였을 겁니다. '엣치'라는 말을 너도 쓰느냐고 물었지요. 무슨 의미로 쓰느냐 하는 식으로 요."

그 조사 결과는 확실히 『산세이도 국어사전』 제2판에 반영되었다.

엣치 [H ← Hentai(変態, 변태)] 징그럽고 역겨운 (짓을 하는) 모습.

－『산세이도 국어사전』 제2판

어느 날 겐보 선생과 시바타 다케시 선생은 가쿠시카이칸(学士会館) 옆에 있는 바에서 『산세이도 국어사전』의 원고 확인 작업을 했다. 그런데 반주도 하지 않는 겐보 선생이 드물게 술을 시켰다.

"그래서 겐보 선생이 핑크레이디를 마신 적이 있었습니다."

시바타 다케시 선생이 말하는 '핑크레이디'란 칵테일을 말한다.

"마침 가수 핑크레이디가 유행할 무렵이었습니다. 겐보

씨는 즉시 카드에 메모를 했지요."

무슨 일이나 자신의 눈으로 확인하지 않으면 성에 차지 않는 성격이었다. 집에서는, "통신판매로 자주 진기한 식품 등 여러 가지 것들을 샀습니다. 맛있는 것에는 사족을 못 쓰는 미식가였거든요" 하고 장남 유키오 씨가 말했다.

아버지의 성격에 대해 장녀 가요코 씨는, "아무튼 새로운 것을 무척 좋아했어요. 호기심이 아주 대단했지요" 하고 말했다.

내가 '겐보 선생'을 가타카나로 표기하는 것은 지금까지 소개해온 독특한 개성을 호칭에도 담고 싶었기 때문이다. 이과적으로 사고하며 철저한 데이터주의가 몸에 밴 '기계 같은 사람', 그리고 호기심이 왕성하여 새로운 것을 좋아하는 성격에는 '겐보(ケンボー) 선생'이라는 애칭 같은 가타카나 표기가 어울린다고 멋대로 생각했던 것이다.

한편 야마다 선생을 '야마다(山田) 선생'이라고 한자 그대로 표기하는 것은 '야마다'라는 글자가 모두 직선으로 구성된 것처럼, 구부러진 것을 싫어하고 성실하며 외곬인 '고지식한 사람'이라는 야마다 선생의 개성이 글자에도 나타나는 것처럼 느껴졌기 때문이다.

그런데 유키오 씨는 처음 만났을 때, "저는 아마 '엄청나게 호기심이 왕성하다'는' 점에서 아버지를 닮았을 겁니다"

하고 말했다. 머지 않아 '왕성한 호기심'을 느끼는 피가 유키오 씨에게도 이어졌다는 것을 알 수 있었다.

거실의 텔레비전이 놓인 선반에 몇 종류의 가정용 게임기와 게임 소프트웨어 여러 개가 놓여 있었다. 플레이스테이션, Xbox, Wii, 닌텐도 DS 등 주요 게임기가 모두 갖춰져 있었다.

— 게임기가 정말 많네요. 아드님이 게임을 좋아합니까?

"아뇨, 이건 다 제 것입니다. 게임을 좋아해서요. 순발력을 요하는 게임은 못하지만 롤플레잉 게임이라면 꽤 하지요."

62세의 유키오 씨가 어린아이처럼 웃으며 대답했다. 화장실에 갔을 때 복도에 놓인 책장에 만화책이 죽 늘어서 있는 것이 눈에 띄었다. 설마 만화도 보는 건 아니겠지, 하고 생각했지만, "제가 만화를 아주 좋아합니다. 요즘 만화가는 수준이 높습니다. 옛날에는 소설로 갔던 재능이 지금은 만화 쪽으로 가는 게 아닐까요? ○○라는 만화는 정말 감동했습니다" 하고 진지하게 말했다.

"저는 만화니까, 게임이니까, 하는 눈으로 보지 않습니다. 오히려 만화·게임·파친코, 이 세 가지는 일본이 자랑할 만한 문화라고 생각합니다."

— 파친코도 자주 하십니까?

"최근에는 하지 않지만 한때는 엄청나게 빠졌습니다. 일부러 국회도서관에 가서 파친코 책을 읽었고, 파친코대를 사서 연구하기도 하며 열심히 연습했으니까요."

겐보 선생의 사상과 행동은 유키오 씨에게도 확실히 계승된 것 같았다. 유키오 씨를 처음 만났을 때 맨 먼저 들은 말이, "저는 아버지로부터 무슨 일이나 객관적인 눈으로 판단해야 한다는 것을 배웠습니다. 그리고 세상 사람들이 어떻다거나 남이 어떻다거나 하기 이전에 자기 머리로 생각해야 한다는 것을요" 하는 내용이었음을 떠올렸다.

유키오 씨는 지금 회사의 연수기관에서 후진을 지도하고 있는데 기본적인 자세는 변하지 않았다고 말했다.

"신인이라든가 경험이 없다는 사실로 사람을 판단하지는 않습니다."

그러나 회사에서 그런 자신의 원칙을 관철하기가 상당히 힘들다고도 토로했다. 예단이나 편견, 세상의 상식으로 판단하지 않고 무슨 일이나 호기심에 따라 자신의 눈으로 확인한다고 말하는 유키오 씨의 모습에 겐보 선생의 모습이 겹쳐 보였다.

이상한 사진

겐보 선생은 집에 틀어박힌 채 책상에 앉아 용례 수집만 계속한 것은 아니다. 말을 수집하는 현장조사도 했다.

카드에 적을 수 없는 것은 메모를 하거나 카메라에 담기
도 한다.

– 겐보 히데토시, 『사전을 만들다』

"아버지는 길을 걸을 때도 말을 수집했습니다. 이건 뭐지
싶은 말을 발견하면 전부 기록에 남기는 거지요. 말을 사진
에 담기도 했습니다."

장남 유키오 씨가 말하는 것처럼 겐보 선생은 자주 카메
라를 한 손에 들고 거리에 넘쳐나는 말을 쫓아다녔다.

"아버지는 한때 카메라에 상당히 열중했습니다. 처음에
는 소형 카메라에서 시작해서 최종적으로는 본격적인 일안
반사식 카메라까지 사게 됐습니다. 다만 촬영 대상은 늘 간
판 같은 것이었지만요."

사진 찍기는 '증거'를 확보하는 일이기도 하다. 용례 수집
이 진행될수록 사진의 수도 늘어갔다. 사진에 담는 것은 간
판 등에 한정되지 않았다. 『산세이도 국어사전』 제4판에는
누구나 흔히 보지만 이름도 모르고 그냥 지나치는 물체의
이름이 담겨 있다.

커브미러 시계가 좋지 않은 커브 지점에 설치하는 볼록 거울.

–『산세이도 국어사전』 제4판

'커브미러'는 도판과 함께 게재되었다. 『산세이도 국어사전』의 편집 담당자였던 산세이도의 전 직원 다나카 미쓰오 씨에 따르면 겐보 선생은 20자짜리 내용을 사전에 싣기 위해 전국에서 커브미러 사진을 산더미처럼 촬영했다고 한다. 철저한 조사를 기초로 적확한 뜻풀이를 실으려고 했던 것이다.

겐보가에는 겐보 선생이 촬영한 사진과 필름이 지금도 보관되어 있다. 골판지 상자에 사진과 네거티브 필름이 가득 든 봉지 다발이 빽빽이 담겨 있었다. 그 안에 든 봉지 하나를 꺼내자 글자를 찍은 엄청난 수의 사진과 네거티브 필름이 나왔다.

간판 등에 쓰인 '나화엄금(裸火厳禁)[30]', '소화사(消化砂)[31]', '가변노즐호스격납상(可変ノズルホ__ス格納箱)[32]'이라는 글자를 촬영한 사진이었다. 그중에는 '요고레노시도이모노(よごれのシドイ物)[33]'라고 쓰인 낙서 같은 글자나 우동 가게 간판, 역의 시각표 등 국어사전에 실릴 가능성이 있을까 하고 고개를 갸우뚱하고 싶어지는 것까지, 아무튼 이것저것 할 것 없이 카메라에 담았다.

---

30) 하다카비(はだかび). 덮개 등이 없이 불길이 노출되어 있는 불.
31) 소화용 모래.
32) 가변 노즐 호스 수납 상자.
33) 심하게 더러워진 것. 여기서 '시도이'는 심하다는 뜻의 '히도이(ひどい)'를 더욱 강한 의미로 발음한 것.

장남 유키오 씨의 이야기를 들으며 그 방대한 '겐보 사진집'을 프로그램에 쓰려고 촬영하고 있을 때 로케이션을 항상 함께하는 파트너인 카메라맨 후지타 다케오(藤田岳夫)가 갑자기 터져 나오는 웃음을 끝내 참지 못하고 말았다.

"(웃음)… 죄송합니다. 하지만 그래도 이건…, 너무 이상해서…."

누구보다 일에 진지하게 임하는 카메라맨 후지타 다케오가 무심코 카메라를 든 손을 멈추고 이렇게 중얼거리며 한숨을 쉬는 것도 수긍할 만했다. 닥치는 대로 마구잡이로 촬영했다고 여겨질 만큼 예사롭지 않은 양의 사진이었다.

─ 필름을 현상하는 데만도 상당한 액수가 들었겠는데요?

"거의 네거티브 필름인 채인 것 같습니다."

일단 촬영은 했지만 미처 정리를 하지 못한 것으로도 보였다. 무수하게 겹쳐진 필름 다발을 바라보며 길거리에서 말을 발견하고 정신없이 셔터를 누르는 겐보 선생의 모습이 떠올랐다.

"어머니는 '함께 여행가는 것은 절대 싫다'고 자주 말씀하셨어요."

장녀 가요코 씨는 어머니 고코 씨가 이렇게 푸념하는 것을 들었다.

"5분만 한눈을 팔면 주위에 말이 없나 하고 (찾으러) 어슬렁어슬렁 갔다가… 돌아오지 않거든요."

버스나 전차를 기다리는 짧은 순간에도 말을 찾아 헤매고 다니는 것이 늘 하는 버릇이었다. 겐보 선생은 비길 데 없는 '기록광'이었다. '말이라면 뭐든지 기록해 남기고 싶다'고 생각했다. 만약 지금 시대에 겐보 선생이 있다면…. 문득 이런 생각이 떠올라 유키오 씨에게 물었다.

— 지금이라면 디지털 카메라가 있잖아요?

"아, 디지털 카메라를 준다면 큰일 나겠지요!"

하지만 그런 유키오 씨도 '기록광'의 피를 분명 이어받은 듯했다. 첫 취재를 위해 자택을 방문했을 때 유키오 씨가 갑자기 녹음기로 취재 내용을 녹음하기 시작했다. 취재하는 사람이 녹음기를 꺼내는 일은 있어도 취재에 응하는 사람이 녹음기로 녹음하는 것은 본 적도 들어본 적도 없다. 솔직히 말해서 그때는 의문과 불신감을 느꼈다.

'어쩔 수 없지. 나 같은 프로그램 제작자를 전혀 신용하지 않는구나…. 뭔가 잘못 말하면 증거로 남기려는 걸까.' 그런 생각이 들었다. 그러나 그 뒤에도 몇 번의 취재나 로케이션 때마다 틈을 보아 취재 풍경을 디지털카메라로 찍기도 하고 로케이션 때에도 소형 카메라를 방구석에 두고 촬영 모습을 기록했다. 그때 유키오 씨는 쑥스러운 듯이 말했다.

"뭐든지 기록하고 싶어 하는 것은 아마 아버지를 빼닮은 모양입니다."

제대로 평가받지 못한 용례 수집

겐보 선생과 오랫동안 함께 일한 전 『산세이도 국어사전』 편집 담당자 다나카 미쓰오 씨는 자주 눈을 내리 뜨면서 이야기했다.

"세상에서는 흔히 그 사람은 용례 수집만 했다는 식으로 말했습니다."

— 예? 용례 수집은 그다지 좋은 평가를 받지 못했다는 뜻인가요?

"그렇습니다. 학회 같은 데서 그저 무턱대고 모으기만 하지 않느냐며 깎아내리는 말이 선생님 귀에 들어간 것 같습니다."

사실 겐보 선생이 온 정력을 기울여 인생을 걸고 몰두했던 용례 수집을 당시 세상은 아주 쌀쌀한 눈으로 봤다. 그런 반응은 겐보 선생 자신도 알고 있었다고 한다.

"그런 일은 아무나 할 수 있다고 생각했겠지요."

겐보 선생은 용례라는 방대한 데이터를 기초로 객관적인 시점에서 말을 추출하여 살아 있는 현대어를 반영한 사전을 엮는 방법론을 제창했다. 그 방법론을 실천했던 겐보 선생의 정열과 세상의 반응에는 큰 격차가 있었다.

의외로 생각될지 모르지만, '사전 편찬'이라는 분야 자체가 국어학회나 언어학회 등에서는 그다지 중시되지 않는 것이 현실이다. 일본어에 관한 프로그램을 제작하는 과정에서 다양한 연구자와 전문가를 취재하면서 사전 만들기가 제대로 평가받고 있지 못하다는 이야기는 여러 차례 들었다.

"사전 만들기는 품이 들지만 누구나 할 수 있다는 풍조가 있습니다. 논문이라면 누구의 연구인지 당사자가 분명하지만 사전은 많은 사람이 함께 만드는 거니까 제대로 평가받기 힘들다는 측면도 있겠지요."

이런 이야기를 자주 들었다. 좀 더 노골적으로, "사전 편찬은 학회 내에서는 무시당하고 있지요" 하고 말하는 사람도 있었다.

훗날 겐보 선생이 용례 수집법을 책 한 권으로 정리했을 때 그 책의 서평에 이런 문장이 있었다.

"사전에도 작가주의를 도입해야 한다. 세상 사람들은 사전 편찬자에게 지나치게 냉담하다."

– 겐보 히데토시의 『일본어의 용례 수집법』 서평, 〈스바루〉 1990년 6월호

산세이도의 전 직원 고바야시 야스타미 씨는 당시 야마다 선생이 겐보 선생의 용례 수집에 대해 말한 것을 기억하고 있었다.

"야마다 선생님은 '용례 수집은 겐보의 유일한 낙이니까'하는 식으로 말했어요. 이른바 학문적 견지에서 봐도, 세상 사람들이 보기에도 용례 같은 건 수집해봐야 아무것도 아니라고 말했지요."

고바야시 씨는 미간을 찌푸리고 입을 삐죽이는 듯이 말했다.

"하지만 결국 용례 수집을 하지 않으면 이전 사전을 답습하게 됩니다."

— 그런 문제에 대해 야마다 선생님은 어떻게 생각했습니까?

"자신은 (용례 수집을) 할 수 없지만, 학문적 견지에서 평가하셨는지 어떤지는 잘 모르겠습니다."

— (용례 수집을) 긍정적으로 평가하지 않은 건가요?

"그랬을 거라고 생각합니다."

국립국어연구소의 직을 내던지면서까지 열중했던 용례 수집과 사전 편찬은 세상뿐만 아니라 파트너인 야마다 선생으로부터도 제대로 평가받지 못했다. 그래도 겐보 선생은 계속해서 말을 모았다.

한편 국어학자로서 고전 분야에서 확고한 지위를 구축하고 있던 야마다 선생은 그 후 그다지 평가받지 못한 사전 만드는 일에 진지한 자세로 몰두하게 된다.

겐보 선생의 대단한 일상

도쿄 하치오지의 산세이도 자료실. 서가에 쌓아 올려진 145만 개 용례의 겐보 카드를 보며 현 『산세이도 국어사전』의 편자 이마 히로아키 씨가 차분하게 말했다.

"정말 신기합니다. 카드를 모은다고 누가 돈을 주는 것도 아니잖아요. 이 용례 카드는 어디까지나 (사전 만들기의) '기초 자료'로 만든 것입니다. 사전은 팔리면 돈이 되지만 카드는 모아도 돈이 되지 않습니다. 산세이도에서 해달라고 부탁한 것도 아닙니다. 겐보 선생님 스스로 생각해서 시작하신 겁니다."

국립국어연구소에서 겐보 선생의 부하 직원이었던 히다 요시후미 씨도 신기하게 생각한 것이 있었다.

"겐보 선생님은 사전에 실을 수 없는 말까지 모았습니다. 예를 들면 새로 생긴 가게 이름 같은 것이요. 국어사전은 백과사전이 아니기 때문에 보통 고유명사는 싣지 않는데도 그런 말까지 확인했습니다. 그래서 다함께 그 가게에 케이크를 먹으러 간 적도 있습니다. 그렇게 해서 확인을 하면 가게 이름에 표시를 한 오래된 종이는 버려버립니다. 어쨌든 확인하고 싶은 거지요. 실제로 가서 먹어보고 확인해보지 않으면 직성이 풀리지 않는 성격이었겠지요."

겐보 가에 남아 있는 사진 중에 너무나도 겐보 선생다운 모습이 담긴 사진이 있었다. 훗날 쇼가쿠칸의 『일본국어대사전』 초판 편찬에 참여해서 마지막 축하 파티 때 찍힌 한 장의 사진이다. 중국집에서 호화로운 요리를 먹고 술을 마시며 환담을 나누는 사람들 중에 혼자 안경을 벗고 술병의 라벨 부분을 찬찬히 살펴보는 겐보의 모습. 그 공간에서 유독 혼자만 이질적인 존재감을 내비치고 있다. 주위 사람들은 거들떠보지도 않고 뚫어지게 뭔가를 들여다보고 있다.

"틀림없이 뭔가를 읽고 있는 겁니다."

사진을 본 장녀 가요코 씨가 말했다. 장남 유키오 씨도 사진을 들여다본다.

"하아, 아버지도 참 진지하게 들여다보네요."

—하지만 보통은 술을 마시고 대화를 즐기는 자리 아닌가요?

"아뇨, 글자가 있는 곳에 있게 하면 안 됩니다(웃음)."

차남 나오야 씨의 말에 이어 가요코 씨가 결정타를 날렸다.

"이게 아버지의 평소 모습이에요."

위대한 사전 편찬자인 아버지의 일상은 어이없는 일의

연속이었다고 한다.

"아무래도 세상물정을 모르니까요…, 우리 아버지는."

쓴웃음을 지으며 이야기하는 유키오 씨에게 나오야 씨가
화답한다.

"정말 신문을 그렇게 많이 읽는데 말이지(웃음)."

장례식에 가야 해서 부의금 봉투를 준비했는데 돈 넣는
걸 잊어먹고 가져간 적도 종종 있었고, 워드헌팅에 몰두하
며 걷다가 전봇대에 부딪힌 적도 있었다고 한다.

"어떤 사람의 결혼식에 초대되었는데 아버지는 중요한
주빈이었어요. 식이 시작될 때까지 아직 시간이 있었기 때
문에 가는 도중에 용례 수집을 시작했는데 너무 열중해서
결국 결혼식에 지각한 적도 있었어요(웃음)."

가요코 씨는 아버지에 관한 난감한 일화를 그리운 듯이
웃으며 이야기했다.

"어머니가 장을 보러 갔다가 돌아와 보니 응접실에 낯선
손님이 와 있고 아버지가 익숙지 않은 손놀림으로 평소 끓
여본 적도 없는 차를 끓이고 있었대요. 별일이 다 있다고 생
각하며 손님이 누구인가 했더니 신문 구독을 권유하는 사람
이더래요(웃음). 정말 난감했다고 하더라고요."

매일 15시간 쉬지 않고 일에 몰두하는 남편에게 아내 고
코 씨가 여행이라도 가서 좀 쉬는 게 어떻겠냐고 권하자,

"아냐, 나는 말을 수집할 때가 가장 잘 쉬는 거야" 하고 대답했다고 한다.

"겐보 선생님은 우리 편찬자에게 '신'이지만, 정말 신이어야… 가능하려나? 145만 개의 용례를 모으다니, 평범하게 생활하는 사람은 불가능한 일이지요."

겐보 카드 앞에서 현 『산세이도 국어사전』 편자인 이마 씨가 진지한 표정으로 말했다.

"저녁 반주도 하지 않고 가족과 보내는 시간도 없었지요. 그 정도의 '자기희생'이 없었다면 이 정도의 위업을 달성하지 못했겠지요."

그리고 다시 이렇게 덧붙였다.

"겐보 선생님은 인간 생활의 어떤 부분을 포기했던 겁니다."

사막에 선 화가

우리가 일상적으로 쓰는 말은 기껏해야 5만 개 정도라고 한다. 『산세이도 국어사전』이나 『신메이카이 국어사전』이라는 '소형 국어사전'에 게재되는 말은 약 6만에서 8만 개다. 그것의 약 20배나 되는 방대한 양의 말을 수집할 필요가 정말 있었을까.

그 의문에 대해 현 『산세이도 국어사전』 편자인 이마 히로아키 씨는 현역 편찬자로서 즉각 대답했다.

"필요 없지요. 10만에서 20만이면 충분합니다."

그렇다면 왜 145만 개나 수집했을까?

"그건 단순히 몇 만 개를 모으면…, 하는 자세가 아닌 거지요. 그냥 눈에 들어오는 것, 귀에 들려오는 거라면 모두 기록하고 싶었던 게 아니었을까요? 그렇게 하지 않으면 정말 중요한 말이 들어오지 않을 거라고 생각한 게 아니었을까요?"

이마 씨는 다시 말을 이었다.

"하지만 국어사전은 이렇게 만들지 않으면 안 된다는 단계를 이미 넘어서 있었습니다. 사전을 만드는 차원을 넘어섰을 거라고 생각합니다."

사전 편찬의 방법론을 떠나 사전을 만드는 게 목적도 아니면서 145만 개나 모았다면 겐보 선생을 그렇게까지 몰아세운 것은 대체 뭐였을까.

"사전에 사로잡힌 거지요. 말에 사로잡힌 걸 겁니다. 자신이 모르는 말을 기록해두지 않으면 직성이 풀리지 않는 삶의 태도 말이에요."

확실히 145만 개의 용례 카드 중에는 왜 수집한 걸까 하고 의문을 품게 되는, 절대 사전에는 실리지 않을 거라고 생각되는 말까지 포함되어 있었다.

"겐보 선생님은 결과적으로 사전에 먹힌 사람인 거지요."

『산세이도 국어사전』의 편자로서 평생 겐보 선생과 교류해온 시바타 다케시 선생은 인터뷰에서 이렇게 말했다.

"학회에서 같이 여행을 간 적이 있었습니다. 겐보 선생은 경치를 보다가도 어느새 일어나 빨간 색연필을 꺼내 뭔가를 적었어요. 겐보 선생한테는 사전의 세계밖에 없었던 거지요."

'말'은 지금까지 흔히 광대한 '바다'로 비유되었다. 항해의 키잡이나 배가 '사전'이고 '편찬자'라고도 말해왔다. 메이지 시대의 『겐카이』를 엮은 '근대 국어사전의 아버지' 오쓰키 후미히코의 생애를 그린 논픽션 『말의 바다로』[34], 그리고 『말의 바다를 가다』[35], 『배를 엮다』 등이 대표적이 예다.

그러나 취재를 통해 내게 떠오른 '말'의 이미지는 '모래'였다. "말은 소리도 없이 변한다." 말은 항상 변화한다고 겐보 선생은 말했다. 붙잡았다고 생각한 순간 손가락 사이로 빠져나가는 '모래'. 바람에 의해 모래 표면에 생기는 모양이 시시각각 변화하는 '풍문(風紋)'.

겐보 선생은 계속해서 변하는 '사막'의 경치를 작열하는

---

34) 高田宏, 『言葉の海へ』, 新潮社, 1979.
35) 見坊豪紀, 『ことばの海をゆく』, 朝日新聞社, 1976.

태양 아래서 필사적으로 캔버스에 모사하려고 스케치를 되풀이하는 화가 같다고 생각했다. 그림붓을 휘두르지만 사막의 경치는 순식간에 모습을 바꿔간다. 그래도 계속 그린다. 화가는 어느새 자신이 어디에 서 있는지도 잊어버린다. 그래도 사막의 경치를 쫓아간다. 발버둥칠수록 모래에 빠져드는 '개미지옥'에 발을 들여놓은 줄도 모르고.

말의 사막에 선 남자를 복잡한 마음으로 바라보는 남자가 있었다. 야마다 선생이었다.

겐보 선생이 용례 수집에 빠져들던 무렵의 심경을 야마다 선생은 인터뷰에서 이렇게 말했다.

"그(겐보)에게 문제가 생겼습니다. 그는 어휘 수집의 범위를 점점 더 넓혀나갔습니다. 그런데 규모가 커질수록 뜻풀이에 쓸 시간이 없어졌어요. 그래서 『메이카이 국어사전』의 개정판을 다시 내야 할 때가 와도 좀처럼 그 일에 착수할 수가 없었습니다."

전후의 사전계를 석권한 『메이카이 국어사전』 개정판이 출판된 것은 1952년이다. 그러고 나서 10년이 지나고, 15년이 지나도 기대되는 다음 개정판인 『메이카이 국어사전』 제

3판은 출판될 기미가 전혀 없었다. 그리하여 전쟁 전부터 이어진 두 사람의 관계에 미묘한 어긋남이 생기기 시작한다.

〈생활수첩〉 사건 – 사전계의 도용 관행

1950년대 후반에는 겐보나 야마다 등의 편자가 정기적으로 편집회의를 열며 『메이카이 국어사전』 제3판을 향해 정력적인 개정 작업을 하고 있었다.

그런데 1960년에 『산세이도 국어사전』 초판이 간행된 이후 서서히 양상이 변했다. 겐보가 용례 수집에 빠져들면서 『메이카이 국어사전』과 『산세이도 국어사전』 모두 개정판이 간행되지 않는 상태가 이어졌다. 1960년대 중반을 넘어서도 상황은 변하지 않아 새로운 사전은 10년 넘게 출판되지 못하고 있었다.

일찍이 『메이카이 국어사전』과 『산세이도 국어사전』으로 사전계에 선풍을 일으키며 혁신적인 국어사전을 세상에 내놓은 편자들이 '불온한 침묵'을 계속하고 있었던 것이다.

야마다 다다오는 이런 상황에 점점 더 초조해졌다. 구태의연한 사전계에 대한 분노와 불만이 쌓여가고 있었다. 그런 때에 사전계에 심한 지진이 일어났다. 발단은 잡지 〈생활수첩(暮らしの手帖)〉의 특집 기사 '국어사전을 테스트하다'였다.

당시의 〈생활수첩〉에는 특히 관심을 끄는 '상품 테스트'라는 특집 기사가 있었다. 가전제품이나 생활용품 등을 통일된 조건 아래서 철저하게 테스트하는 기획이었는데, 그 테스트의 엄격함은 놀랄 만한 것이었다.

예를 들어 1969년의 '구운 식빵 4만 3088장'이라는 기사는 국내 주요 제조사의 자동 토스터 10종의 구워지는 모양이나 내구성을 조사하기 위해 실제로 식빵 4만 3088장을 구워 검증했다는 내용이었다.

그리고 1971년 2월, 철저하게 검증하는 창끝이 '국어사전'을 향했다. 특집 기사 '국어사전을 테스트하다'의 첫머리에는 다음과 같은 문장이 쓰여 있었다.

> 같은 말인데도 이쪽이 생각하는 의미와 저쪽이 생각하는 의미가 어긋나거나 빗나가면 마음이나 생각이 서로 정확히 통할 수 없게 될 것이다. 그 때문에 좋은 사전이 필요하다.
>
> – '국어사전을 테스트하다', 〈생활수첩〉, 1971년 2월호

그 특집 기사는 당시 각 출판사의 국어사전을 비교하고 검증하여 결과적으로 닥치는 대로 공격하는 가차 없는 내용이었다. 당시의 사전 관계자는 아마 이 기사를 보고 일제히

얼굴이 새파래졌을 것이다. 기사는 사전계에 만연하는 '어떤 관행'을 고발하고 있었다.

> 그건 그렇다 쳐도 사전 몇 권을 비교해보니 비슷한 문장과 마구 부딪친다. 불과 한두 자를 바꾸었을 뿐이다.
>
> ㅡ'국어사전을 테스트하다', 〈생활 수첩〉, 1971년 2월호

예로서 공격 대상으로 삼은 말이 양재 용어인 **감치다(まつる)**였다. "각 사전의 뜻풀이를 일람표로 만들었으니 자세히 보시라"하며 제시한 감치다의 뜻풀이는 변명할 수 없는 것이었다.

■ **감치다**의 의미

산세이도 천의 끝 등이 풀리지 않도록 안쪽에서 바깥쪽으로 실을 감아 꿰매다.

이와나미 천의 끝 등이 풀리지 않도록 안쪽에서 바깥쪽으로 실을 감아 꿰매다.

주쿄(中教出版) 천의 끝이 풀리지 않도록 안쪽에서 바깥쪽으로 실을 감아 꿰매다.

쇼가쿠칸 풀리지 않도록 안쪽에서 바깥쪽으로 실을 감아 꿰매다.

가도카와(角川) 천의 가장자리가 풀리지 않도록 안쪽에서 바깥쪽으

로 실을 감아 꿰매다.

고단샤(講談社) 천의 끝 등이 풀리지 않도록 감쳐 꿰매다.

오분샤(旺文社) 솔기 등이 풀리지 않도록 감쳐 꿰매다.

고지엔 천이 바깥쪽부터 풀려나가지 않도록 실을 안쪽에서 바깥쪽으로 감아 꿰매다.

신초샤(新潮社) 천이 바깥쪽부터 풀려나가지 않도록 실을 안쪽에서 바깥쪽으로 감아 꿰매다.

신국어(新国語) 천의 끝 등이 풀리지 않도록 안쪽에서 바깥쪽으로 실을 감아 꿰매다.

－ '국어사전을 테스트하다', 〈생활수첩〉, 1971년 2월호

어느 출판사의 사전이든 말을 살짝 바꿨을 뿐인 거의 비슷한 문장이 실려 있었다. 이 밖에도 신문기사에서 65개의 말을 뽑아 그것이 주요 국어사전 8종에 얼마나 실렸는지 비교하는 검증도 했다. 거기서도 게재되어 있지 않은 말의 수가, "어느 사전이나 비슷해서 21개나 22개다. 게다가 그중 14개는 8종 모두 공통으로 실려 있지 않다. 참으로 기묘한 일이다. 편자도 다르고 출판사도 다른데 전체 말의 수가 같다고 한다면 들어 있는 말, 들어 있지 않은 말도 대체로 같은 것일까" 하고 의문을 제기했다.

이것으로 오랫동안 사전계에 만연한 '도용·표절' 관행이 백일하에 드러났다. 그 밖에도 각 사전에 게재되어 있는 단어 수를 꼼꼼히 조사하여 공표하는 수록 어휘 수가 부풀려진 경우가 있다는 것도 폭로했다.

당시 사전계의 그런 풍조를 직접 경험해서 알고 있는 인물이 있다. 야마다 다다오가 세상을 떠난 후 현재 『신메이카이 국어사전』의 편집 책임자를 맡고 있는 구라모치 야스오(倉持保男) 씨다. 구라모치 씨는 야마다의 권유로 초판부터 『신메이카이 국어사전』의 편찬에 참여했다. 게이오 대학 교수 및 다이쇼 대학 교수를 역임한 78세의 구라모치 씨는 스이도바시의 산세이도 본사의 한 방에서 『신메이카이 국어사전』을 계속 만들고 있다. 구라모치 씨는 왕년의 명아나운서 같은 미성의 소유자인데 그 목소리와 상반되는 당시의 지독한 실태에 대해 적나라하게 이야기하기 시작했다.

"저도 학창 시절에 어떤 사전의 편찬을 도와준 적이 있는데 〈생활수첩〉이 지적한 대로였습니다. 말을 살짝 바꿨을 뿐인 사전이 대부분이었지요."

그는 도쿄 대학을 다니면서 어느 출판사에서 사전 출판 아르바이트를 했을 때 묘한 원고를 보게 되었다.

"아무래도… 뭔가 (문장의) 앞뒤가 안 맞는 겁니다. 이상하다고 생각했지요. 전반부는 A 사전, 후반부는 B 사전의 뜻풀이가 쓰여 있었거든요. 두 사전을 짜 맞추어 뜻풀이를 쓴 거였습니다. 그래서 앞뒤가 안 맞았지요. 국어사전의 뜻풀이가 이래도 될까, 하고 생각했습니다."

구라모치 씨가 목격한 것은 기존 사전 몇 권을 '짜깁기' 해서 적당히 만든 뜻풀이였다. 그 때문에 문장도 뒤죽박죽이고 내용도 모순되었다.

나중에 야마다 선생이 쓴 『신메이카이 국어사전』의 **짜깁기**에는 이런 용례가 있다.

> **짜깁기**(切り張り) "이 저자는 남의 저작을 짜깁기한다[= 남의 저작을 훔쳐내 자신의 저작인 것처럼 취급한다]
>
> ―『신메이카이 국어사전』 제4판

"뭐, 당시의 사전 만들기는 대체로 그런 식이었지요."

구라모치 씨는 매서운 얼굴로 내뱉듯이 말했다.

그 후 『신메이카이 국어사전』의 편찬에 가세하라는 권유를 받았을 때 구라모치 씨는 종래의 사전에 안고 있는 다양한 문제점을 어떻게든 개선해야 한다고 생각했던 야마다에게 공명하게 된다.

야마다는 『신메이카이 국어사전』 초판의 **흉내**의 용례에 이런 문장을 실었다.

흉내 ① 흉내 내는 것. "이미 나와 있는 책을 흉내 내지 마."

—『신메이카이 국어사전』 초판

'어미 거북(親龜)'

〈생활수첩〉의 추궁은 계속 이어졌다. 어떤 국어사전을 지명하여 비판했던 것이다. 세상의 사전이 아무래도 다른 사전의 문장을 빌려와 만들어지는 것 같다는 의심을 제기한 뒤 틀린 것도 답습될 위험성이 있다는 점을 지적했다.

> 첫 사전이 틀렸으니 새로운 사전도 그대로 틀리고 말지 않는가.
> '어미 거북이 구르니 아들 거북, 손자 거북이 굴렀다'[36]
> 와 같은 예 하나를 보기로 하자.
>
> — '국어사전을 테스트하다', 〈생활 수첩〉, 1971년 2월호

실제로 '어미 거북이 구르니 아들 거북, 손자 거북이 굴렀다'와 같은 예로 소개한 것이 앞에서 말한 감치다의 비교 내

---

36) "어미 거북의 등에 아들 거북을 태우고 아들 거북의 등에 손자 거북을 태우고 손자 거북의 등에 증손자 거북을 태우고, 어미 거북이 구르니 아들 거북, 손자 거북, 증손자 거북이 굴렀다(親龜の背中に子龜を乘せて 子龜の背中に孫龜乘せて 孫龜の背中にひい孫龜乘せて 親龜こけたら 子龜孫龜ひい孫龜こけた)"로 발음하기 어려운 말을 빨리 발음하는 연습을 하는 데 쓰이는 문구.

용이었다. 이 감치다의 뜻풀이는 모두 비슷한 문장이었을 뿐
아니라 놀랍게도 뜻풀이 자체가 애초에 오류였던 것이다.

감치다는 스커트 밑단 등을 두세 번 접어 앞쪽의 천과 뒤
쪽의 천을 교대로 바늘로 떠서 꿰매감을 뜻한다. 앞에서 본
뜻풀이는 **휘갑치다(かがる)**의 뜻풀이였다.

> 감치다를 휘갑치다와 착각했다. 정확히 말하면 어떤 사
> 전 한 권이 착각을 했기 때문에 뒤따르는 사전이 착각할
> 틈도 없이 차례로 구르고 말았던 것이다.
>
> — '국어사전을 테스트하다', 〈생활수첩〉, 1971년 2월호

하나의 오류가 다른 사전들까지 끌어들여 '오류 연쇄'를
일으켰다고 폭로했다. 그리고 맨 처음에 오류를 범한 범인
이 어떤 사전인지 '오류의 어미 거북'도 밝혔다.

> 정말이지 멋지다고도 훌륭하다고도 할 수 없는 구르기
> 다. 이 일곱 권, 그리고 '고지엔' 등 세 권, 도합 열 권 중
> 에서 '산세이도'가 가장 오래되었다. 그렇다면 산세이도
> 가 어미 거북이라는 걸까.
>
> — '국어사전을 테스트하다', 〈생활수첩〉, 1971년 2월호

빈정거림을 담은 표현으로 '산세이도'가 어미 거북이라고 고발했다. '산세이도'는 『산세이도 국어사전』이 아니라 당시 가장 많이 보급되었던 『메이카이 국어사전』 개정판을 말한다. 『메이카이 국어사전』 개정판의 오류로 인해 다른 출판사의 사전도 오류를 그대로 답습했다고 딱 짚어 비판한 것이나 마찬가지였다.

사전계에 만연해 있던 도용과 표절 관행이 밝혀지고 자신들이 심혈을 기울여 완성한 사전이 '오류의 어미 거북'으로 불렸다. 이런 사태에 누구보다 분개하고 사전계를 걱정했던 사람은 야마다 다다오였다.

나중에 자신의 손으로 간행한 『신메이카이 국어사전』 초판에는 당시 사전계의 상식으로는 생각할 수 없는, 이례 중의 이례라고 할 수 있는 장문으로 **어미 거북**이라는 항목을 만들었다.

> **어미 거북(親龜)** 부모에 해당하는 큰 거북. "(빠른 말로) 어미 거북의 등에 아들 거북을 태우고 아들 거북의 등에 손자 거북을 태우고 손자 거북의 등에 증손자 거북을 태우고, 어미 거북 구르니 아들 거북, 손자 거북, 증손자 거북이 굴렀다."[위의 문구를 예로 들어 국어사전의 안이한 편집 태도를 통렬히 비판한 모 잡지의 기사에서 다른 출판사의 사전 제작 때 그대로 채택되는 선행 사전으로도 비유된다. 다만

모 잡지의 비평이 모조리 맞는지 어떤지는 다른 문제다]

－『신메이카이 국어사전』 초판

뜻풀이에 비해 용례와 주석이 엄청나게 길었다. 용례에 "어미 거북이 구르니 아들 거북, 손자 거북, 증손자 거북이 굴렀다"를 인용했고, '모 잡지의 기사'란 〈생활수첩〉의 특집 기사 '국어사전을 테스트하다'를 가리키는 것이 분명했다.

사전계를 우려하는 야마다 선생

도용이 태연하게 횡행하고 오류까지 답습된다. 사전계를 둘러싼 상황은 혼돈스러웠다. 당시 야마다가 느꼈던 강한 분노는 나중에 자신이 쓴 『신메이카이 국어사전』의 서문 「새로운 것을 지향하며」에 분명히 드러났다.

생각건대 사전계의 침체 상태는 편자의 전근대적인 관행과 방법론의 무자각 때문이 아닐까. 기존 사전 몇 권을 책상에 펼쳐놓고 적당히 취사선택해서 한 권을 완성하는 것은 이른바 패치워크의 경지로서 어차피 조악한 엉터리 사전의 범위를 벗어나지 못한다.

－『신메이카이 국어사전』 초판의 서문 「새로운 것을 지향하며」

놀랍게도 야마다는 『신메이카이 국어사전』 초판의 본문에, 이 서문에 등장하는 조악한 엉터리 사전과 패치워크라는 항목도 넣었다.

조악한 엉터리 사전(芋辞書) [= 대학원 학생 등에게 하청을 주어 기존 사전을 가위질하여 적당히 만들어낸 하찮은 사전]

– 『신메이카이 국어사전』 초판

패치워크 잇거나 붙여 깁는 것. [창의성이 없는 사전 편찬에 비유된다]

– 『신메이카이 국어사전』 초판

사전계를 염려하기 때문에 억누를 수 없는 감정이 주석에 분출했다. 그리고 『신메이카이 국어사전』 초판 서문에서는 다른 사전 관계자에게 다음과 같이 경고했다.

이 사전이 만들어낸 형식·체재와 사색의 결과를 앞으로의 국어사전이 맹목적으로 답습하는 것을 단호히 거부한다. 사전의 발전을 위해 모든 모방을 반대한다.

– 『신메이카이 국어사전』 초판의 서문 「새로운 것을 지향하며」

당시 야마다의 모습을 현 『신메이카이 국어사전』의 편집 책임자인 구라모치 야스오 씨는, "아무튼 지금까지와는 다르다, 모방은 결코 용서하지 않는다, 지금까지의 사전으로는 안 된다, 하는 일종의 기백 같은 것을 느꼈습니다" 하고 회고했다. 또한 그런 야마다의 기백에는 예전에 자신들이 세상에 내놓은 사전에 대한 '자기비판'의 의미도 포함되어 있었다.

"그것은 본래 사전이 지녀야 할 모습이 아니다. 나는 '새로운 생각'을 가지고 만들고 싶다" 하고 야마다는 말했다고 한다.

산세이도의 전 직원 고바야시 야스타미 씨는 야마다가 입버릇처럼 했던 말을 지금도 기억하고 있다.

"특색 있는 사전을 만들어야 한다고 말했어요. 특색이 없으면 존재할 의미가 없다고 했는데, 훗날의 『신메이카이 국어사전』에 그것이 너무 많이 나온 셈이지요."

'특색 있는 사전을 만들어야 한다'는 생각은 야마다의 오랜 지론이었다.

"여러 가지 사전을 보고 전에 나온 사전을 답습한 부분이 너무 많다는 것을 깨달았기 때문일 겁니다."

야마다는 사전사 연구를 필생의 사업처럼 계속했다. 그 성과를 『삼대의 사전 – 국어사전 백년소사』[37]에도 담았다. 그는 평소 다양한 사전을 훑어보고 일찍부터 사전계가 안고 있는 문제점을 알고 있었다.

"'요컨대 흉내를 내도 어쩔 수 없다, 어떻게 하든 전에 나온 사전의 영향을 받을 테니까.' 하고 아주 젊었을 때부터 말했습니다."

『신메이카이 국어사전』은 개성이 강한 독특한 뜻풀이로 세상에 널리 알려지게 되었다. 하지만 야마다가 그런 뜻풀이를 쓴 것은 다른 사전의 모방을 되풀이하는 사전계에 대한 격분과 순수하게 사전의 진보와 발전을 바라는 마음에서였다. 나중에 야마다가 쓴 『신메이카이 국어사전』의 초판 서문에는 야마다가 생각했던, 새로운 '특색 있는 사전의 모습'이 나타나 있다.

> 존엄한 인간이 하나의 인격으로 취급되는 것처럼, 사전 한 권에는 마땅히 편자 특유의 맛이 뭔가의 의미로 배어 나와야 하는 것이라고 생각한다.
>
> —『신메이카이 국어사전』초판의 서문「새로운 것을 지향하며」

'조수 자리에 있었던 기간이 실로 17년'

야마다 다다오는 사전계에 만연하는 도용 관행을 누구보

---

37) 山田忠雄,『三代の辞書 国語辞書百年小史』, 三省堂, 1967.

다 증오했으며, 자신이 이상으로 여기는 '특색 있는 사전'을 세상에 내놓고 싶다고 생각했다. 그러나 당시에는 그것을 실현시킬 입장이 아니었다. 나중에 야마다가 쓴 『신메이카이 국어사전』 초판의 **실로** 용례에서는 그 분함이 배어 나온다.

> **실로(実に)** "조수 자리에 있었던 기간이 실로 17년[= 놀랍게도 17년이나 되는 긴 기간에 이르렀다. 견디게 만드는 사람도 사람이지만 견디는 사람도 대단하다는 감개가 포함되어 있다].
>
> —『신메이카이 국어사전』 초판

"조수 자리에 있었던 기간이 실로 17년." 여기에 야마다 선생이 인터뷰에서 몇 번이나 입에 담았던 '조수'라는 말이 쓰였다. '17년'이라는 기간은 지금까지 야마다가 겐보와 함께 사전 편찬과 개정 작업에 할애했던 기간을 합산한 것일까.

주목할 만한 것은 60자가 넘는 긴 주석이다. '조수'였던 사람만이 쓸 수 있는 괴로움과 쓰라림을 다 담은 감정이 드러나 있다. '견딘다'라는 말이 두 번 쓰인 데서도 '조수'에게 '17년'이 얼마나 괴롭고 긴 나날이었는지를 느끼게 한다.

야마다 선생의 인터뷰를 게재한 산세이도의 홍보지에는 『메이카이 국어사전』의 편찬을 시작한 무렵 겐보 선생과 나눈 대화가 실려 있다.

가끔 조수로서의 본분을 잊지 말라는 주의를 받은 적도
있습니다.

- 「『신메이카이 국어사전』을 말하다〈상〉」, 〈산세이도 부클릿〉 83호,

1989년 11월

이는 원고로 만드는 단계에서 야마다가 고친 부분이다.
고바야시 야스타미 씨는 당시의 야마다를 둘러싼 상황에 대
해 이렇게 이야기했다.

"사전에 대한 야마다 선생님 나름의 생각이 있어서 그것
을 실현하고 싶었겠지만, 당시(쇼와 40년대 중반 무렵까지)에는
겐보 선생님이 『메이카이 국어사전』도 거의 혼자 만들었으
니까요⋯."

공동 작업이라고는 해도 편자의 중심적인 역할을 맡고
있던 사람은 겐보였다. 야마다가 자신이 생각하는 방침으로
사전을 엮고 싶어도 그것이 허락될 만한 상황이 아니었던
것이다.

야마다가 이 세상을 어떤 눈으로 보고 있었는지를 보여
주는 뜻풀이가 있다. 우리가 나날이 생활하고 있는 **실사회**를
『신메이카이 국어사전』 초판에서는 다음과 같이 설명했다.

실사회(実社会) 실제 사회. [미화·양식화된 것과는 달리 복잡하고 허

위와 기만이 가득해 매일 시련의 연속이라고 할 수 있는 혹독한 사회
를 가리킨다.]

－『신메이카이 국어사전』 초판

이 뜻풀이를 쓴 야마다 다다오라는 인물은 어떤 갈등과
굴절을 안고 있었을까. 그 마음의 '어둠'을 상상하지 않을
수 없는 문장이다. 말의 의미를 설명한다는 점에서 보면 다
소 긴 뜻풀이일 것이다. 이제는 단순한 말의 의미를 넘어 원
망 같은 심정까지 토로하는 듯이 느껴지기도 한다. 그 무렵
야마다의 심정을 느끼게 하는 뜻풀이가 나중의 『신메이카
이 국어사전』에 쓰여 있었다.

불우(不遇) [실력은 충분한(하다고 본인은 생각하는)데도 불운하여 세상
의 인정을 받을(출세를 할) 수 없는 것. 또는 그 모습.

－『신메이카이 국어사전』 제3판

부글부글(沸沸) ② 억누를 수 없는 것의 기세. 특히 인간의 욕망·의
지·감정 등이 발효에 발효를 거듭하여 폭발 직전의 상태에 이른 것
을 나타낸다.

－『신메이카이 국어사전』 제4판

사전계의 못된 관습을 몰아내고 정체를 해소하는 새로운

국어사전의 등장이 기대되었지만 시간만 지나갔다. 오랫동안 이상적인 사전의 모습을 생각만 할뿐 아무런 손을 쓸 수 없는 처지에 야마다는 번민하고 있었다. 자신의 '불우'를 일신하고 싶다는 감정이 야마다 안에서 '부글부글' 끓어오르고 있었던 것이다.

결별의 '1월 9일'

겐보와 야마다를 잇는 인간관계의 실은, 겉으로는 단순한 한 가닥의 실이었다. 도쿄 대학 동기생이고 사전의 공저자이며 전쟁 전부터 이어져온 좋은 벗이라는, 휘지 않은 한 줄기 선이다. 하지만 수면 아래에서는 『산세이도 국어사전』 초판이 간행된 1960년 무렵부터 쉽사리 풀기 어려울 만큼 실이 복잡하게 뒤엉켜 있었다.

겐보는 용례 수집에 몰입하며 시시각각 변하는 말의 실상을 쫓고 있었다. 야마다는 사전계의 현실을 우려하면서도 말의 사막으로 깊이 내려가는 겐보의 뒷모습을 그저 가만히 지켜볼 수밖에 없었다. 다양한 의도나 욕망, 당시의 상황에 의해 두 사람의 실이 뒤엉켜 어느새 무수한 실이 둘러쳐지고 실 하나하나의 긴장이 최고조에 달하려 하고 있었다.

어쩌다가 한 줄기 실에 불이 붙으면 그것이 도화선이 되어 대폭발을 일으키고 모든 실이 두두둑 끊어질 것이다. 그런 최악의 결말을 맞이하는 날이 와도 이상하지 않은 상황이었다. 그리고 그날이 찾아오고야 말았다. '1월 9일'이다.

시점(時点) "1월 9일이라는 시점에서는 그 사실이 판명되지 않았다."

−『신메이카이 국어사전』제4판

'1월 9일'은 야마다 선생과 겐보 선생의 관계에 특별한 '의미'를 가지는 날이었다. 이 사실을 처음 알았을 때 나는 벼락을 맞은 듯한 충격을 받았다. 아마 그때까지 아무도 눈치채지 못했을 것이고, 동시에 나만이 그 용례의 숨겨진 '의미'를 알아낸 데 크게 흥분했다. 단순한 국어사전의 '용례'라고 믿고 있던 것이 갑자기 편찬자의 인생과 깊이 관련된 '의미'를 가진 말로 일변한 순간이었다.

이 취재를 시작하고 프로그램의 기획서를 쓰기 위해 두 사람과 관련된 자료를 닥치는 대로 읽고 있던 때의 일이었다. 나는 『산세이도 국어사전』과 『신메이카이 국어사전』이 탄생한 경위에 대해 평론가 무토 야스시 씨가 관계자와 인터뷰했던 내용이 수록된 『메이카이 이야기』를 읽고 있었다. 문득 어디선가 본 기억이 있고 동시에 '묘한 느낌'이 드는 기술에 시선이 멈췄다. 평생 『산세이도 국어사전』과 『신메이카이 국어사전』의 편자로서 관여한 시바타 다케시 선생의 증언이었다.

> 시바타: 지금도 기억합니다. 아마 1월 9일인가, 그럴 겁니다. 작업이 끝나고 축하 모임이 있었지요.
>
> — 무토 야스시, 『메이카이 이야기』

'1월 9일.' 이 날짜는 증언이 쓰인 무수한 글자의 행렬 중에서 두드러지지 않고 그저 고요하게 있었을 뿐이었다. 마치 대화 중에 우연히 섞여 든 '소음' 같았다. 기획서를 쓰는 과정에서 이 증언 부분을 몇 번이나 다시 읽었지만 '묘한 느낌'이 든 그 순간까지는 그 날짜가 가진 중대한 의미에 생각이 미친 적이 없었다. 시바타 다케시 선생의 증언에 따르면 '1월 9일'은 『신메이카이 국어사전』 초판의 완성을 축하하는 모임이 있었던 '1972년 1월 9일'을 말했다. 내가 '묘한 느낌'을 받았던 것은 어딘가에서 '1월 9일'이라는 날짜를 본 기억이 있었기 때문이다.

> **시점(時点)** "1월 9일이라는 시점에서는 그 사실이 판명되지 않았다."
>
> — 『신메이카이 국어사전』 제4판

묘하게 구체적인 날짜가 쓰인 이 용례는 사실 『신메이카이 국어사전』의 독특한 기술을 세상에 널리 알린 계기가 된 베스트셀러『신카이 씨의 수수께끼』에서도 다뤄졌다.

1월 9일이다. 날짜는 확실하다. 하지만 그 사실이 무엇을 말하는지는 전혀 알 수 없다. 1월 10일에는 판명되었을까. 사전인데도 마치 신문 같다.

－아카세가와 겐페이,『신카이 씨의 수수께끼』

『신카이 씨의 수수께끼』에서 파고든 대상이었던『신메이카이 국어사전』제4판에 실린 '1월 9일'과 시바타 다케시 선생의 증언에 별안간 등장하는 '1월 9일'은 '같은 날'을 말하는 걸까.

그런 생각이 머리에 떠오른 순간 나는 충격을 느꼈다. '1월 9일'은 생각하면 할수록 이상한 기술이었다. 시점의 '1월 9일'이라는 용례는『신메이카이 국어사전』초판에서 제3판까지 게재되지 않았다. 야마다 선생은 1972년 '1월 9일'에서 20년 가까이 지난 뒤인 1989년에 간행된『신메이카이 국어사전』제4판의 개정 작업에서 갑자기 수수께끼 같은 이 날짜를 용례에 써 넣었다.

증언을 남긴 시바타 다케시 선생은 약 30년 후에 인터뷰를 했다. 그만큼 시간이 지났어도 날짜까지 정확히 기억할 만큼 중요한 날인 것이다. 보통은 모임을 가졌다는 사실은 기억해도 날짜는 잊어버릴 것이다. 인터뷰에서 꼭 날짜까지 증언하도록 요구한 것도 아니었다. 그렇다면 더더욱 '1월 9일'이라는 날의 '수수께끼'가 떠오르게 된다. 사전에 실은 수만 개의 용례와 달리 '1월 9일'은 지극히 이질적이고 특별한 마음이 담긴 기술이었음이 틀림없다.

'1월 9일'을 계기로 나는 두 편집자의 숨겨진 심정을 국어사전의 기술에서 찾아내 해명할 수 없을까, 하고 생각했다. 어느 날 갑자기 사전의 용례에서 '의미'를 느낀 순간부터 사전의 기술을 단순한 말의 설명으로만 파악할 수 없게 된 것이다. '1월 9일' 이외에도 두 선생이 아무에게도 말하지 않은 자신의 생각을 사전에 토로하고 있는 부분이 없을까 해서 취재를 더 진행했다. 그러자 단순히 일시적인 생각이라고 할 수 없는 기술이 차례로 발견되었다. 모든 것의 시작이 '1월 9일'이었다.

만약 야마다 선생이 사전에 쓰지 않았다면…, 만약 시바타 다케시 선생이 날짜까지 포함된 증언을 남기지 않았다면…, 내가 그 '의미'를 알아챌 수도 없었을 것이다. 다양한 우연 끝에 '1월 9일'이라는 날이 특별한 '의미'를 갖고 되살아났다. 그것은 틀림없이 '1972년 1월 9일'이며, 야마다 선생에게 평생 잊을 수 없는 날이었다. '1월 9일'에 대체 무슨 일이 있었을까.

1972년 1월 9일.

도쿄 요쓰야의 유명한 고급 음식점 '하쿠시안(白紙庵)'에
서 새로 간행되는 『신메이카이 국어사전』의 완성을 축하하
는 모임이 성대하게 열렸다. 식당 예약은 야마다가 했고 산
세이도의 사장을 비롯하여 이사 등 중역들도 모두 참석했
다. 겐보 히데토시, 긴다이치 하루히코, 시바타 다케시 등의
편자들도 다 모였다.

모임 장소에 가져온 갓 나온 『신메이카이 국어사전』의 장
정은 그때까지 아무도 본 적이 없는 선명한 빨간색이었다.
같은 '메이카이'라는 이름이 붙어 있는 것이 신기할 정도로,
팥색 장정이었던 『메이카이 국어사전』 개정판과 전혀 닮지
않은 사전이었다.

시바타 다케시 선생은 『메이카이 이야기』의 출판에 맞춰
이루어진 인터뷰에서 그날의 모임에 대해 증언했다. 그는
약 30년 전에 참석한 모임에 대해 또렷이 기억하고 있었다.
그만큼 강한 충격을 받았다는 것이 테이프에 녹음된 목소리
에서도 전해졌다. 이야기하는 중에 '1월 9일'이라는 날짜를
말하며 그날의 놀라움을 말하기 시작했다.

"이건 결정적이었지요. 아마 1월 9일이었을 겁니다. (『신

메이카이 국어사전』이) 완성되었다는 이야기는 들었지만 아직
(『신메이카이 국어사전』의) 실물은 보지 못했습니다. 1월 9일에
받아서 우선 서문을 읽어봤습니다. 그런데 아주 깜짝 놀랐
습니다."

그날 처음으로 『신메이카이 국어사전』의 서문을 보고 기
겁을 할 정도로 놀랐다는 듯 '깜짝 놀랐다'고 실감 나는 어
투로 말했다. 놀랍게도 야마다 다다오 이외의 편자는 모두
그 모임에서 처음으로 『신메이카이 국어사전』을 봤다. 사전
의 서문도 지금까지 전혀 보지 못했다. 새로운 국어사전의
간행에 만족한 표정을 짓던 야마다 선생과는 대조적으로,
겐보는 그저 묵묵히 그날 처음으로 본 『신메이카이 국어사
전』의 서문을 가만히 들여다보고 있었다. 야마다가 쓴 그 서
문에는 눈을 의심할 만한 내용이 쓰여 있었다.

새로운 것을 지향하며
사람들도 아는 것처럼 이 책의 전신은 『쇼지린』의 뜻풀
이를 구어문으로 바꿔 쓰는 일에서 출발했다. (중략)
이번의 탈피는 집필진에 새로이 시바타를 맞아들임과
동시에 겐보에게 사고가 있어 야마다가 주간을 대행한
데서 모든 게 기인한다. 이를테면 내각의 경질에 따르는
각 방면의 모든 정치가 일신된 것인데, 진실로 이를 변

혁하게 한 것은 시운이라고 하지 않을 수 없다.

ㅡ『신메이카이 국어사전』 초판의 서문 「새로운 것을 지향하며」

"겐보에게 사고가 있어", 확실히 이렇게 쓰여 있는 문장을 겐보 본인은 아무 말도 하지 않고 응시하고 있었다. 겐보가 '사고'를 당한 사실은 전혀 없었다. "내각의 경질에 따르는 각 방면의 모든 정치가 일신"되었다는 비유는 곧 '겐보를 편수 주간에서 물러나게 했다'고 말한 것이나 마찬가지였다.

충격적인 서문을 읽은 시바타 선생은,

"그때 나는 아무 말도 하지 않았습니다. 겐보 선생도 아무 말도 하지 않았고요"

하고 말했다. "겐보에게 사고가 있어"라는 부분의 당사자는 그저 침묵을 지킬 뿐이었다.

"'사고가 있어'라는 부분이 제일 큰 충격이었습니다. 거기서부터 (두 사람의 관계가) 좀 이상해져서⋯."

『신메이카이 국어사전』 초판에 맞춰 산세이도가 발행한 소책자 「사전 1972 DICTIONARY GUIDE」에는 편자의 역할 분담이 명기되어 있다. 거기에는 야마다의 직함이 "야마다 다다오 '편수 주간'"이라고 쓰여 있었다. 하지만 겐보에 대해서는 "겐보 히데토시 '현대어 수집 담당'"이라고 극히 제한적인 역할을 맡은 것처럼 쓰여 있었다.

『신메이카이 국어사전』의 판권면에도 야마다 다다오의 이름 밑에만 '주간'이라고 표기되어 있었다. 그때까지『메이카이 국어사전』의 초판·개정판이나『산세이도 국어사전』의 초판에서는 긴다이치 교스케가 특별 취급을 받아 '감수'라는 직함이 붙은 경우가 있었지만 겐보, 야마다·긴다이치 하루히코 등의 편자들은 직함 없이 그저 '편자'로서 병기되었다. 지금까지는 겐보가 중심적인 역할을 했지만『신메이카이 국어사전』에서는 다르다는 것을 확실하게 내세우고 있었다.

이런 취급을 본인은 어떻게 느꼈을까. 겐보 선생은 아주 온화한 인품으로 알려진 인물로, 지금껏 목소리를 높이는 모습을 본 사람조차 없었다. 취재를 진행하자 "겐보 선생님이 야마다 선생님과 싸우고 헤어졌다는 소문은 자주 듣지만 주위에서 지나치게 떠들어댈 뿐이지 실제로는 그렇게까지 화를 내지 않았을 것이다"라는 말도 들렸다.

실제로『신메이카이 국어사전』초판 간행 때의 소책자에 실린「말 수집 24시」라는 기사에 겐보 선생이 인터뷰에 응하기도 했고,『신메이카이 국어사전』의 홍보에도 기꺼이 협력했던 것으로 보인다. 다만 절교에 이를 만큼 알력이 생겼다는 소문도, 사실은 그 정도는 아니었을 거라는 견해도 모두 근거 없는 억측에 지나지 않았다.

하지만 겐보 선생이 자택에서 가족에게 보였던 표정은 다양한 억측을 날려버릴 정도였다. '1월 9일', 가족은 "겐보에게 사고가 있어"라는 말을 처음으로 보고 집으로 돌아온 아버지가 격노하던 모습을 목격했다.

인생 최대의 분노

겐보 선생의 사진이 놓인 불단 앞에서 장남 유키오 씨는 온화한 얼굴로 같은 말을 되풀이했다.

"화를 냈지요. …화를 냈어요. 화를 냈습니다. …아주 드물게 화를 냈습니다. 뭐랄까 처음이자 마지막이었어요. …화를 냈습니다."

당시 대학생이었던 유키오 씨는 40년이 지난 지금도 그날 식탁에서 아버지와 어머니가 심상치 않은 분위기로 이야기를 나누던 모습을 또렷이 기억하고 있었다. 안색을 바꾸고 화를 내는 아버지의 모습은 그때까지 본 적이 없었기 때문이다.

"식탁에서 『신메이카이 국어사전』을 펼쳐놓고 '야! 유키오, 이것 좀 봐라. 이 서문 좀 봐라' 하고 말했습니다. '거기에 겐보에게 사고가 있었다고 쓰여 있지! 이건 거짓말이야. 정말 괘씸해. 아무리 생각해도 이렇게 쓰는 건 이상해. 사고가 있다는 게 무슨 말이냐고! 나는 사고 같은 건 당하지 않았어. 내가 큰 병이라도 걸린 거냐? 이렇게 팔팔한데 말이야. 그렇게 쓰는 건 아니지'라고 말했지요."

유키오 씨도 『신메이카이 국어사전』의 서문을 보고 위화감을 느꼈다.

"확실히 '사고'라는 글자가 있어서 저도 이상하다고 생각했습니다."

이때의 아버지는 그때껏 본 적이 없는 모습을 보였다.

"'이 문장은 아무리 생각해도 이상해'라고 말씀하셨어요. 평소에는 조용하고 온화해서 그때의 일은 정말 또렷이 기억하고 있습니다."

다른 날 한 살 어린 차남 나오야 씨도 집으로 돌아온 아버지가 격노하던 모습을 목격했다.

"집으로 돌아온 아버지가 미친 듯이 격노했습니다. 자신은 주간 자리에서 교체되어 밀려났다면서요."

— 미친 듯이 격노하셨다고 했는데 어떤 모습이었습니까?

"아, 뭐 제정신이 아닐 정도로 화를 낸다는 느낌이었지요. 정말 노발대발했습니다. 밖에서는 화를 낼 수 없으니까 집으로 돌아와서 폭발시킨 것이었겠지요."

나오야 씨도 아버지가 그렇게 화를 내는 모습은 본 적이 없었다.

"드문 게 아니라 처음이었어요, 그렇게 화를 내는 모습은요. 큰 소리로 무슨 말을 한 적 자체가 없었으니까요."

아들인 자신들에게도 고함소리 한 번 낸 적이 없는 아버지가 표변했던 것이다.

"자신이 바라지 않는 형태로 주간 자리에서 밀려났고, 게다가 '사고가 있어'라고 쓰여 있었으니까요. '산세이도와 야마다가 손을 잡았다'라는 말도 했습니다."

겐보는 '1월 9일'의 모임에서 말없이 돌아왔지만 그 후분노가 가라앉기는커녕 날로 더해갔다.

"그건…, 뭐…, 대단한 사건이었지요. 말썽이 있었으니 이번에는 긴다이치 하루히코 선생, 겐보 선생, 나, 이렇게 셋이서 몇 번이나 만났는지. 뭐, 여러 번 만났지요."

시바타 다케시 선생은 신주쿠의 카페에서 『신메이카이 국어사전』에 대해 의논하는 모임을 여러 번 가졌다고 증언했다. 그 자리에 야마다 선생의 모습은 없었다.

—어떤 이야기를 나눴습니까? 이 뜻풀이는 이 부분이 문제라거나…?

"아니요, 그런 게 아니었습니다. 그런 부분을 공개해도 좋을지 어떨지…."

—내용 이야기는 아니었군요?

"그런 이야기가 아니라, 그러니까 야마다 선생이 주간이 되었다는 것에 대해 겐보 선생은 그럴 생각이 없지 않았나, 일이 그렇게 된 건 산세이도와의 관계에서 어떤 각서가 있지 않았나, 하는 것이었지요. 나는 전혀 관계하지 않았지만요."

인터뷰에서, 시바타 선생은 그 모임에서 묘한 분위기를 느꼈다고 말했다.

"절반 이상은 겐보 선생의 울분을 들어주는 모임이었지만 어쩐 일인지 그 자리를 만든 것은 산세이도 출판사였습니다."

그리고 또 이상하다고 느낀 일이 있었다.

"야마다 선생이 (모임 자리에) 선물용 과자 상자를 보내와서 이상하다고 생각했거든요."

확대되는 파문

국립국어연구소에 근무하고 있던 히다 요시후미 씨도 당시 『신메이카이 국어사전』 초판 서문을 보고 눈을 의심했다고 한다.

"깜짝 놀랐습니다. 『신메이카이 국어사전』의 서문을 보고, 그러니까 '(겐보에게) 사고가 있어 야마다가 한다'라고 쓰여 있는 것을 보고 정말이지 깜짝 놀랐지요. '겐보 선생이 어디 다친 건가?' 하고요. '사고'라고 하면 자동차 사고를 상상하게 되니까요."

겐보 선생은 국립국어연구소를 그만둔 후에도 명예 연구원이 되어 촉탁 형태로 일을 맡고 있었기 때문에 그 후에도 히다 씨와 빈번히 만났다.

히다 씨에게도 "겐보에게 사고가 있어"라는 말은 충격적이었다.

"어제도 만났고 정정하셨기 때문에…, 깜짝 놀랐습니다."

충격이었던 것은 서문만이 아니었다. 뜻풀이가 종래 사전의 상식에서 벗어난 내용이었기 때문에 『신메이카이 국어사전』의 편자에 이름을 올린 시바타 다케시 선생도 난감했다고 한다.

"숙사(宿舍)라든가…, 약간 그런 것도, 몰래 그런 것도 아닙니다. 나는 야마다 선생님께 두세 번 말했습니다. '맨션'은 좀 곤란하다고 말이지요."

『신메이카이 국어사전』 초판의 **숙사**에는 이렇게 쓰여 있었다.

숙사(宿舍) ② 공무원 등에게 부당하게 싼 집세로 제공하는 주택.

-『신메이카이 국어사전』 초판

『신메이카이 국어사전』 초판 간행 때 발행된 소책자 「사전 1972 DICTIONARY GUIDE」에 '외래어 담당'이라고 쓰였던 시바타 다케시 선생은 『신메이카이 국어사전』 초판의 **맨션**에 달린 뜻풀이를 보고 아주 난감했다.

> **맨션** 슬럼가 느낌이 비교적 들지 않게 만든 고급 아파트. [임대하는 것과 분양하는 것이 있다]
>
> -『신메이카이 국어사전』 초판

이것은 물론 야마다 선생이 쓴 뜻풀이였다. 마찬가지로 『신메이카이 국어사전』의 편자로 이름을 올린 긴다이치 하루히코는 실제로 맨션에 살고 있는 지인으로부터 항의를 받았다. 일면식도 없는 사람에게서도 "맨션은 그렇게 싸구려가 아니"라며 비난하는 목소리가 들려왔다.

그런 의견이 타당하다고 생각하고 있던 긴다이치 하루히코 선생은 야마다 선생에게, "그 뜻풀이는 고쳤으면 좋겠네" 하고 말했다. 하지만 야마다 선생은, "아뇨, 제가 맨션에 살아보니 정말 그래서 그렇게 쓴 겁니다. 사전이란 사람들에게 가르쳐주기 위해 있는 거니까요" 하고 대답했다고 한다.

독자적으로 진행된 『신메이카이 국어사전』의 편찬

다양한 의도가 작동하고 있었다 하더라도 '1월 9일'까지

『신메이카이 국어사전』의 내용이나 서문을 야마다 이외의 편자들이 전혀 보지 못한 일이 과연 있을 수 있을까.

시바타 다케시 선생은 이 건에 대해 확실히 단언했다.

— (『신메이카이 국어사전』의) 교정쇄는 전혀 보지 못했나요?

"물론입니다. 이것(『신메이카이 국어사전』)이 나오고 나서… 라고 할까, 여기 관계하게 되고 나서는 편집회의가 전혀 없었습니다."

『신메이카이 국어사전』의 편자에 이름을 올렸던 야마다 이외의 겐보 히데토시, 긴다이치 하루히코, 시바타 다케시는 전혀 편찬에 관여하지 않았다. 이를테면 '명의 대여' 상태였다.

『신메이카이 국어사전』은 '메이카이(明解)'라는 이름을 붙였지만 실제로는 『메이카이 국어사전』 초판·개정판의 편자들과 분리된 형태로 야마다가 독자적으로 편찬을 진행했다. 당시 사전출판 부장 대리였던 고바야시 야스타미 씨도 『신메이카이 국어사전』의 편찬은 그때까지와 달리 야마다가 거의 혼자 진행했다고 증언했다.

"『신메이카이 국어사전』 작업이 시작된 이래 정식으로 저자의 편집회의가 열린 일은 한 번도 없었습니다. 재촉한다는 의미에서도 저자들에게 편집회의에 모이라고 한 적이 없었을 겁니다."

원래 야마다에게는 사전 제작에 관여할 인원에 대한 강한 지론이 있었다고 한다.

"사전은 소수가 만들어야 한다고 말했습니다."

야마다는 예전에 메이지 정부가 주도하여 기획한 『고이(語彙)』라는 사전을 예로 들었다. 이 사전은 편자가 논의만 되풀이하다 13년이나 지난 1884년에야 '아(あ)' 항목에서 '에(え)' 항목까지 간행했는데 결국 거기서 좌절되었다.

"가능하다면 편집 책임자는 한 사람으로 좁혀야 한다, 여러 명이면 결론이 나지 않는다, 하고 말했습니다."

야마다가 제안하여 『신메이카이 국어사전』 초판부터 편찬에 가담했던 현 『신메이카이 국어사전』의 편집 책임자인 구라모치 야쓰오 씨도 야마다가 편수 주간을 했던 무렵의 실태에 대해 이야기했다.

―『신메이카이 국어사전』의 편집회의는요?

"전혀 없었습니다. 나중에 시바타 다케시 선생님이 야마다 선생님의 뒤를 이어 『신메이카이 국어사전』(제5판, 제6판)의 편집 책임자가 되었을 때 '앞으로는 편자가 모이는 편집회의를 할 겁니다'라고 말했습니다. 그것은 곧 야마다 선생님이 주간이었을 때는 편집회의가 없었다는 것을 의미하지요."

편찬 작업에 다른 사람도 협력하기는 했지만 기본적으로 야마다 혼자 모든 것을 정하고 작업을 진행하는 것이 당시

『신메이카이 국어사전』의 방식이었다.

"야마다 선생님은 최종적으로 자신이 정했습니다. 시작할 때부터 혼자 했지요. 말하자면 야마다 선생님의 독무대고, 우리 같은 협력자는 그저 지원만 했을 뿐입니다."

어긋나는 주장 – 삼파전의 의도

시바타 다케시 선생은 야마다가 『신메이카이 국어사전』의 주간이 된 경위에 대해 오해가 있었던 것이 아닐까, 하고 말했다.

"내가 보기에는 아무래도, 이건 내 억측인데, 겐보 선생은 야마다 선생에게 '도와달라'고만 말한 것이 아닐까 싶습니다. 주간은 역시 겐보 선생이 할 생각이 아니었을까요? 그러다 어느새 야마다 선생이 주간이 되었던 거지요."

야마다가 주간이 된 데는 이유가 있었다.

"당시(1960년의 『산세이도 국어사전』 초판 간행 이후) 『메이카이 국어사전』의 개정과 『산세이도 국어사전』의 개정이 거의 동시에 진행되었습니다. 겐보 선생으로서는 동시에 두 권을 진행할 수 없으니까 야마다 선생에게 맡아달라고 한 게 아닐까요."

겐보가 중심이 되어 네 명의 편자가 개정 작업을 진행하고 있던 사전은 『메이카이 국어사전』과 『산세이도 국어사전』, 두 권이었다. 두 사전은 모두 잘 팔리고 있었다. 그리고 개정 작업이 지지부진한 문제도 일어나고 있었다.

"야마다 선생이 약속을 깼다는 말은 했습니다."

그렇게 겐보가 말했다고 증언한 사람은 긴다이치 하루히코 선생이었다. 하루히코 선생도 『메이카이 국어사전』과 『산세이도 국어사전』이라는 이중 체제가 안고 있는 문제를 해소하는 시도가 일의 발단이라고 증언했다.

"세 번째 『메이카이 국어사전』(『메이카이 국어사전』제3판) 작업이 『산세이도 국어사전』과 겹쳤습니다. 둘을 한꺼번에 할 수 없어서 『산세이도 국어사전』은 겐보 선생이 맡고, 『메이카이 국어사전』은 그 기간만(『메이카이 국어사전』제3판 개정 작업) 야마다 선생이 편집장이 된다는 약속이었지요. 그런데 그 기간이 지나도 야마다 선생은 겐보 선생에게 편집권을 돌려주지 않았던 거지요."

긴다이치 하루히코 선생과 시바타 다케시 선생 모두는 『메이카이 국어사전』 제3판과 『산세이도 국어사전』 제2판 개정 작업을 동시에 진행하지 않고 있던 겐보가 일시적으로 야마다에게 『메이카이 국어사전』 제3판 개정 작업을 맡긴 것이 결과적으로 야마다 주간이 주도해 『신메이카이 국어사전』이라는 완전히 새로운 사전이 탄생한 계기라고 보고 있었다.

그러나 전쟁 전에 혼자 『메이카이 국어사전』을 완성하고 그 후 『산세이도 국어사전』도 불과 1, 2년 만에 만들었던 겐보는 '일이 빠르다'는 평가를 들었다. 보통 사람이라면 『메이카이 국어사전』과 『산세이도 국어사전』 양쪽의 개정을 동시에 진행할 수 없겠지만, 사전 만들기의 천재 겐보 히데토시에게는 결코 불가능한 일이 아니었을 것이다. 그렇게 할 수 없는 이유는 한 가지뿐이었다.

『산세이도 국어사전』 초판을 간행한 이듬해인 1961년부터 겐보는 맹렬한 기세로 워드헌팅에 모든 정력을 쏟았다. 말의 실상을 파악하지 못하면 현대를 반영한 국어사전을 엮을 수 없다고 생각하여 시작한 일이었다. 하지만 주위의 반응은 냉담했다. 용례 수집에 지나치게 전념한 나머지 새로운 사전의 개정 작업이 지체되는 사태가 벌어지고 있었던 것이다.

그 무렵 사전출판 부장 대리였던 산세이도의 전 직원 고바야시 야스타미 씨는 당시의 경위를 아는 유일한 사람이라고 해도 좋은 산증인이다. 그는 이번 취재에서 처음으로 회사 측에서 본 사태의 진상을 이야기하기 시작했다.

"겐보 선생님은 용례 수집도 있고 해서 일이 전혀 진행되지 않았고, 야마다 선생님이 자신에게 맡기면 빨리 만들어주겠다고 했기 때문에 (회사는) 그걸 받아들일 생각으로…."

야마다가 스스로 '편집 주간'이 되겠다고 나서는 것도 무리가 아닌 근거가 있었다. 애초에 젠보가 '주간 교대제'를 거론했기 때문이었다.

"당시 젠보 선생님은 '주간 교대제' 이야기를 자주 했습니다. 이상론이었던 것 같지만 그런 말도 하고 해서 (회사가 야마다 선생님의 제안을) 흔쾌히 수락한 것입니다."

— '주간 교대제'요?

"왜 그런 말씀을 했는지 저는 모릅니다만, 젠보 선생님께는 이상론적인 측면에서 사전 편찬은 자신을 비롯해 긴다이치 하루히코 선생님, 야마다 선생님 순서로 번갈아가며 주간을 해야 한다는 생각을 갖고 있었습니다."

『메이카이 국어사전』과 『산세이도 국어사전』 편찬의 중심에 있었던 사람은 젠보였지만 편수 주간은 개정할 때마다 교대해도 상관없다고 젠보 스스로 가끔 말했던 것이다.

그 이유는 당시의 『메이카이 국어사전』과 『산세이도 국어사전』에는 긴다이치 교스케 이외에는 직함다운 직함이 없고 그저 '편자'로서 한꺼번에 병기되었던 일과도 관련이 있었을 것이다. 그때까지는 '주간'이라고 해도 공표되는 일이 없었기 때문이다. 다만 고바야시 씨는 그런 한가한 제안이 정말 성립할 수 있을지 회의적이었다.

"(젠보 선생님이) 어떤 의도로 그렇게 (주간 교대제) 말했는지 저는 몰랐습니다."

야마다가 쓴 『신메이카이 국어사전』 초판의 **~할 터**의 용
례에는 기이하게도 이런 문장이 있다.

> **~할 터(筈)** "분명히 당신도 그렇게 말했을 터다[~한 것으로 나는
> 기억하고 있다].
>
> -『신메이카이 국어사전』 초판

겐보가 『메이카이 국어사전』 제3판 개정 작업을 맡기자
야마다는 『메이카이 국어사전』을 자신의 이상을 반영하여
『신메이카이 국어사전』이라는 완전히 새로운 사전으로 일
변시켰다. 전신인 『메이카이 국어사전』과는 전혀 다른 사전
이었다.

"완전히 달라졌습니다. 이렇게 이야기하면 출판사로서
무책임한 입장이 되겠지만, 어떻게 해도 좋으니 (『메이카이
국어사전』의) 개정을 서둘러달라고 했으니까요."

겐보가 용례 수집에 지나치게 힘을 쏟은 나머지 『메이카
이 국어사전』의 개정 작업이 지체되고 있었다는 것은 의심
할 여지가 없었다. 『메이카이 국어사전』의 개정판이 나온
것은 1952년이었다. 한때 시장을 석권할 만큼 산세이도의
간판 사전이었던 『메이카이 국어사전』 개정판이 나온 지 15

년이 되었는데도 제3판이 간행되지 않아 회사는 기다림에 지쳐 있었다.

"회사로서는 결국 『메이카이 국어사전』 제3판을 빨리 내고 싶은데 겐보 선생님이 『산세이도 국어사전』과 『메이카이 국어사전』 양쪽을 맡고 있고 둘 다 진척되지 않아 조바심을 내고 있었습니다."

산세이도는 『신메이카이 국어사전』이 간행되고 그 2년 후인 1974년 11월 26일, 석유 파동 후의 혼란 속에서 한 번 부도를 맞았다. 당시 회사 상황의 영향도 있었느냐고 고바야시 씨에게 물었더니, "아닙니다. 당시의 담당자로서는 '눈앞'만 보거든요. 매년 사전 매출을 확보하고 싶은 겁니다. 단지 그뿐입니다. 출판사의 사정 때문에 여러 가지로 너무 지나쳤던 거지요" 하고 후회하는 듯이 말했다.

― 사전 이름까지 바꾸자는 이야기는 어디서 나왔나요?

"그건 결국 야마다 선생님이 주간으로 바뀌었으니까 사전 이름도 바꿔야 할 거라고 해서지요."

원래는 『메이카이 국어사전』 제3판 개정 작업으로 진행되었지만 야마다가 편찬을 맡고 나서 사전의 내용도 『메이카이 국어사전』과는 완전히 달라졌다.

― 겐보 선생은 '가로채기 당했다'고 생각했던 것 같습니까?

"그랬을 거라고 생각합니다. 야마다 선생님은 그 후 일에 대해 겐보 선생님과 전혀 의논하지 않았으니까요."

87세의 고바야시 씨는 40년 전의 사정을 한 마디 한 마디 음미하듯이 이야기했다. 잠시 뜸을 들인 고바야시 씨가 가슴속에서 끄집어내듯이 말했다.

"우리로서는 두 사람의 우정도 있고 해서 그렇게까지 다른 사전이 될 줄은 생각지도 못했는데⋯."

한 번 숨을 들이쉬고 나서 이렇게 덧붙였다.

"우리의 이기주의가 화를 불러왔다고 할 수 있을지도 모르겠습니다."

나는 고바야시 씨가 이번 취재에서 처음으로 말해준 당시 산세이도의 사정에는 타당한 부분이 있다고 생각했다. 『메이카이 국어사전』 개정판(제2판)은 한때 전후의 사전 시장을 독점할 정도로 압도적으로 판매되었다. 지명도도 신뢰도도 으뜸이었으며 가장 큰 수입원이기도 했던 사전의 개정판(제3판)이 무려 15년 넘게 나오지 않는 상황이 얼마나 이상한 일이었는지를 상상했다.

『메이카이 국어사전』 제3판이 세상에 나오지 않았던 이유는 겐보 선생이 내세운 장대한 '이상' 때문이었다. 그것은 "대규모의 용례 수집을 거치지 않으면 말의 현실을 파악한 사전을 엮을 수 없다"라는 흔들림 없는 신념이었다.

야마다 선생이 지향한 이상

산세이도는 겐보가 용례 수집에 빠져『메이카이 국어사전』제3판 개정 작업이 전혀 진척되지 않는 상황에 조바심을 내며 기다리고 있었다. 간행을 서두르고 싶어하는 회사에 스스로 개정 작업을 하겠다고 나서 결과적으로『신메이카이 국어사전』이라는 완전히 새로운 사전을 탄생시킨 야마다는 무엇을 꾀하고 있었을까.

현『신메이카이 국어사전』편집 책임자인 구라모치 야스오 씨가 야마다의 권유로 사전 제작에 들어선 것은『신메이카이 국어사전』초판이 나오기 3년쯤 전인 1969년 무렵의 일이었다.

『헤이케 이야기(平家物語)』를 읽는 모임에 매주 참여하고 있던 구라모치 씨는 같은 모임에 있던 야마다의 권유를 받았다.

"거기서 새로운『메이카이 국어사전』편찬에 참여하지 않겠느냐는 권유를 받았습니다. 그러니『신메이카이 국어사전』초판의 편집은 출판되기 3, 4년 전부터 시작되었지요."

구라모치 씨의 증언에 따르면 1969년 전후부터 나중에『신메이카이 국어사전』이 되는 사전의 편찬 작업이 야마다의 손에 의해 은밀히 진행되고 있었던 것 같다.

야마다는『메이카이 국어사전』개정판의 원고를 복사해

서 붙인 두꺼운 종이와 다른 출판사의 사전 네 권과 『산세이도 국어사전』을 합쳐 다섯 개 사전의 같은 항목을 한 장의 두꺼운 종이에 붙인 자료를 준비했다고 한다.

그 후 『신메이카이 국어사전』이 교정 단계에 들어갔을 때 야마다는 일대일로 구라모치 씨의 '자문'을 받았다. 그리고 다듬고 싶은 뜻풀이에 대해 "○○에 대해서는 어떻게 생각합니까?"라고 의견을 물었다. 구라모치 씨의 의견을 묻고 좋다고 생각한 내용을 야마다 스스로 구술 필기하는 형태로 진행했다. 그 무렵에는 아주 힘든 나날이 이어졌다.

"바로 그때 저는 군마 대학에서 일하고 있었는데 매일 시부야의 야마다 선생님 사무실로 가서 한밤중인 2, 3시까지 같이 일했습니다. 그러고는 스가모의 집으로 돌아갔고, 다시 아침 6시에 일어나 군마 대학으로 다니는 하루하루였지요."

당시 30대 전반이었던 구라모치 씨도 그런 생활이 계속되면 몸이 버티지 못할 거라고 생각했다. 구라모치 씨의 의견을 기초로 『신메이카이 국어사전』에 채택된 항목도 있었지만 결국은, "구술해도 야마다 선생님은 자신이 직접 고쳤습니다. 최종적으로는 남의 의견을 받아들이거나 동조하는 것을 싫어하는 사람이었지요. 그리고 체면을 중시하는 사람이었습니다."

구라모치 씨는 군마 대학에 근무하기 전에 지바 대학의

유학생부에서 외국인을 상대로 일본어를 가르쳤다. 외국인 유학생과 대화하는 가운데 종래의 국어사전으로는 안 되겠다고 통감하는 때가 많았다. 그것은 당시의 사전이 단순히 '바꿔 말하기'나 '빙빙 돌리기만 하는 것'으로 일관하고 있었기 때문이다.

"'바꿔 말하기'란 예컨대 **모양(様子)**을 찾으면 '모습(有様)'이라고 쓰여 있는 것을 말합니다. 그런데 **모습**을 찾으면 '상태(狀態)'라고 쓰여 있지요. 그래서 **상태**를 찾으면 '모양'이라고 쓰여 있는 거예요. 그 밖에도 **남자(男)**를 찾으면 '여자가 아닌 쪽', **여자(女)**를 찾으면 '남자가 아닌 쪽'이라고 쓰여 있습니다. 이것을 우리는 '빙빙 돌리기만 하는 것'이라고 불렀습니다. 당시에는 이런 기술이 아주 일반적이었지요. 사전이란 그런 것이어도 된다는 분위기가 있었던 것은 사실이 아니었을까요. 이렇게 적당히 넘어가도 되는 건가, 하고 많이들 생각했지요."

그런 가운데 야마다는 종래의 '바꿔 말하기'나 '빙빙 돌리기'를 하지 말자고 했다. 당시 구라모치 씨는 그런 생각에 크게 공감했다고 한다.

"야마다 선생님이 '바꿔 말하기'를 하지 않는 사전을 만들려고 한다는 것은 저도 알고 있었습니다. 자신이 이상으로 여기는 사전에 곧장 다가가려하는구나, 하고 생각했지요. 단순한 '바꿔 말하기'로는 의미의 본질에 다다를 수 없습니다. 지금까지의 사전은 어물쩍 둘러대는 것이고, 단순히 바꿔 말해도 된다는 것은 이상하다는 생각을 갖고 있었지요."

그 밖에도 야마다가 『메이카이 국어사전』을 완전히 새로운 사전 『신메이카이 국어사전』으로 다시 태어나게 한 데는 이유가 있었다.

"『메이카이 국어사전』에 대한 자기비판이고 '반발'이지 않았을까 합니다. 『메이카이 국어사전』의 뜻풀이는 단순한 '바꿔 말하기'에서 완전히 벗어나지 못했습니다. 야마다 선생은 그에 대해 강한 불만을 갖고 있었지요. 그리고 객관성에 대한 불만도 있었습니다."

야마다는 자신도 깊이 관여해서 만든 『메이카이 국어사전』을 부정하고 새로운 국어사전을 창조하기 위해서는 지금까지 공동 작업을 해온 겐보와 긴다이치 하루히코, 시바타 다케시 등과 분리된 형태로 사전 한 권을 자신의 기준에 따라 엮어야만 한다고 생각했다.

나아가 구라모치 씨는 한마디 덧붙였다.

"인간의 욕망으로 말하자면 야마다 다다오에게는 자신이 직접 작업하여 한 권의 사전을 남기고 싶다는 마음이 있었을 거라고 생각합니다."

모은 용례가 『신메이카이 국어사전』에 전용되다

생전에 야마다의 사전 만들기에 평생을 걸쳐 협력하고
『신메이카이 국어사전』 초판 때부터 편찬에 참여했던 사카
이 겐지(酒井憲二) 씨는 어느 날 갑자기 거의 면식도 없던 겐
보 선생이 자신을 불러냈다고 『메이카이 이야기』의 인터뷰
에서 증언했다.

"잠깐 만나고 싶습니다."

겐보로부터 만나자는 말을 듣고 이케부쿠로의 카페로 나
갔다. 『신메이카이 국어사전』 초판이 나오고 반년쯤 지난
무렵이었다.

겐보는 만나자마자, "내가 모은 자료를 『신메이카이 국어
사전』에 전부 내주었는데 당신은 어떻게 생각합니까?" 하
고 물었다. 너무나도 갑작스러운 이야기에 사카이 씨는, "저
는 야마다 선생님을 돕고 있는 입장이라 선생님이 어떻게
생각하는지는 모릅니다" 하고 대답할 수밖에 없었다. 겐보
는 조금 감정적인 모습이었다고 한다.

"야마다 선생님한테 이를테면 빼앗겼다는 마음이 있구
나, 하고 생각했습니다. 겐보 선생님은 야마다 선생님이 왜
그랬는지 사정을 저에게 확인하려고 한 게 아니었을까요?

하지만 저는 아무 말도 할 수 없었습니다."

겐보는 무엇을 확인하려고 했던 것일까. 이 일에 대해 시바타 다케시 선생은 다음과 같이 증언했다.

"겐보 선생에 따르면 거의 완성한 『산세이도 국어사전』 제2판의 원고를 산세이도의 실무자인 미카미 사치코(三上幸子) 씨에게 건넸습니다. 그것을 야마다 선생이 '잠깐 빌려주시오'라고 말했지요. 그래서 『신메이카이 국어사전』의 뜻풀이에 썼던 거라고 겐보 선생은 말했습니다. 그런데 야마다 선생은 '같은 동료니까 써도 되지 않나'라고 말했다고 합니다."

『메이카이 이야기』에서 무토 야스시 씨는 산세이도의 전 직원 미카미 사치코 씨에게 사실을 확인했다. 미카미 씨는 그 경위에 대해 이렇게 말했다.

"저도 언제까지 살아 있을지 모르니까 이야기해두는 편이 나을지 모르겠는데, 당시 『산세이도 국어사전』 제2판의 교정쇄와 『신메이카이 국어사전』 초판의 교정쇄랄까 원고를 모두 제가 담당하고 있었습니다. 겐보 선생님은 용례를 많이 모아놓았습니다. 하지만 야마다 선생님은 전혀 그런 작업을 하지 않았지요. 분명히 말하자면 용례가 없었습니다. 그래서 어느 날 야마다 선생님이 저한테 겐보가 만든 『산세이도 국어사전』의 용례를 좀 보여달라고 말했습니다. 사실 저도 난처했지만 상사에게 의논했더니 '뭐, 괜찮지 않을까'라고 했습니다. 서로 사이가 좋은 동료니까, 라고 하면서요. 그래서 살짝 보여줬습니다. 그랬더니 야마다 선생님이 그 용례를 그대로 넣었습니다. 그게 싸움의 원인이 되었지요."

젠보가 모은 용례를 야마다에게 건넨 배경에는 원래 『산세이도 국어사전』 제2판이 『신메이카이 국어사전』의 초판보다 먼저 간행될 예정이었던 사정도 관련되어 있었다. 하지만 얄궂게도 실제로는 『신메이카이 국어사전』이 먼저 세상에 나오게 되었다.

나중에 야마다는 협력자를 얻어 자신도 많은 용례를 모으게 되었다. 이에 대해 미카미 씨는 다음과 같이 말했다.

"젠보 선생님의 용례 수집에 자극을 받고 자신한테는 용례가 없으니까 그런 작업을 해야 한다는 마음이 들었겠지요. (『신메이카이 국어사전』) 초판 작업 때는 용례 같은 게 하나도 없었으니까요. 머리로 생각한 용례뿐이었지요. 예문을 들어서는 안 된다며 경멸했습니다. 하지만 용례가 없으니까…, 모순된 거지요."

현재 『산세이도 국어사전』의 편자인 이마 히로아키 씨는 젠보가 모은 용례 카드 앞에서 당시 두 사람의 심정을 깊이 헤아렸다.

─ 젠보 선생님이 왜 그렇게까지 화를 냈다고 생각하니

까?

"'카드가 곧 자신'이라는 의식이 있지 않았을까요? 자신이 심혈을 기울여 모은 카드를 남이 멋대로 썼다는 기분을 느끼지 않았나 싶습니다."

이마 씨는 야마다 선생의 심정도 헤아렸다.

"동시에 완전한 도용이라고는 말할 수 없지 않을까 싶습니다. 전쟁 전부터 함께 사전을 만들어온 동료였으니까요."

겐보는 밖에서는 드러낼 수 없는 울분을 자택에서 토해냈다.

"아버지는 빼앗겼다, 가로채기 당했다, 쫓겨났다, 그런 말을 했습니다."

장남 유키오 씨가 이렇게 말했다.

분노가 진정될 기미가 전혀 보이지 않았지만, 아내 고코 씨는 가정에서 이 화제가 되풀이되어 입에 오르는 걸 싫어했다. 그 후로 겐보 가에서 이 화제가 입에 오르는 일은 없었다.

야마다 선생의 딜레마

야마다는 그 나름대로 딜레마를 안고 있었다.

현 『신메이카이 국어사전』의 편집 책임자인 구라모치 야스오 씨는 초판 편집에 참여했을 때 야마다에게 직접 어떤

'사정'에 대한 이야기를 여러 번 들었다.

"야마다 선생님은 겐보 선생님이『산세이도 국어사전』의 용례 수집에만 시간을 쏟아『메이카이 국어사전』의 개정판 작업이 전혀 진행되지 않는다, 이래서는 산세이도와의 약속을 지킬 수 없다, 그래서 나는 어쩔 수 없이 받아들였다, 이렇게 자주 말했습니다."

용례 수집에 정신이 팔려 언제까지고 개정 작업을 미루고 있는 겐보에게 야마다는 초조함을 느끼고 있었다. 대규모 용례 수집도 당시에는 전례가 없는 일이고 학회나 세상의 눈은 냉담했다. 이상적인 국어사전을 세상에 내놓고 싶어도 그저 마음만 있을 뿐 실현에 이르지는 못하고 있었던 것이다.

결국에는 〈생활수첩〉이 사전계에 도사리고 있는 도용 관행을 폭로하고, 자신들이 심혈을 기울여 만든『메이카이 국어사전』을 '오류의 어미 거북'이라고 비판하는 사태도 벌어졌다.

"원래는 겐보가 해야 했는데 전혀 하려고 들지 않아 내가 하는 거다"라고 야마다는 말했다.

『신메이카이 국어사전』이 탄생한 경위는 당시의 사전계를 둘러싼 상황이나 다양한 사람들의 생각, 마음의 엇갈림, 인간관계의 미묘한 사정 등이 겹쳐 아주 복잡하고 기괴했다.

야마다 선생이 평생 유일하게 공적인 자리에서 그 경위에 대해 한 말이 남아 있다. 무토 야스시 씨가 1989년 9월 14일에 했던 인터뷰다. 그 내용은 나중에 산세이도의 홍보지 〈산세이도 부클릿〉에 실렸다.

무토 씨로부터 그때의 인터뷰 테이프를 받아 야마다 선생의 육성을 처음으로 들었다. 상상했던 목소리와 많이 달라 깜짝 놀랐다. 야마다 선생의 인품에 대해서 생전에 그와 관계가 있었던 사람에게 물으면 누구나 "무서운 사람이었다"라고 대답했다. 그런 인상을 갖고 있어서 위압적이고 굵직한 목소리일 거라고 멋대로 상상하고 있었던 것이다.

하지만 녹음된 테이프에서 들려온 야마다 선생의 목소리는 의외였다. 부드럽고 품위가 있으며 포용력을 느끼게 하는 목소리였다. 목소리의 높이도 겐보 선생보다는 분명히 높았다. 과연 고명한 국어학자의 품격을 갖춘 목소리였다. 다음에 소개할 야마다 선생의 증언은 그런 분위기의 목소리로 말했다고 생각하며, 읽어봤으면 싶다.

자신이 『신메이카이 국어사전』의 편찬을 담당한 데 대해 한 마디 한 마디 사이를 두며 이야기했다.

출판사에서도 속을 태우고 있고 나도 애가 달아 어떻게든 하지 않으면 안 되게 되었는데, 회의석상에서 겐보가 나한테 "해주게"라고 했습니다. "메이카이(『메이카이 국어사전』)를 해주게"라고 말이지요. "나는 『산세이도 국어사전』을 할 테니까"라고 하면서요. 요컨대 일을 그런 형태로 분리하자고 했습니다.

그리고 다음 구절은 더욱 사이를 두며 한 마디씩 음미하듯이 말했다.

사실 망설였지만 그때까지 겐보와 맺어온 관계와 출판사의 난처한 입장을 생각하면 역시 나서야만 했습니다. 그런 사정으로 내가 『메이카이 국어사전』의 새로운 개정판의 주임이 된 것입니다.

'그때까지 겐보와 맺어온 관계'란 '조수' 시절부터 이어져온 겐보와의 입장 차이를 가리킨 것 같았다. 마지막의 '주임이 되었다'는 말은 '자신이 책임을 졌다'라는 떳떳함을 느끼게 하는 실로 산뜻한 단언이었다.

『신메이카이 국어사전』의 탄생을 둘러싼 경위에 대해서는 지금까지 소문이나 억측이 난무했다. 확실히 사실의 겉면만을 보면 편자들 사이의 개인적인 다툼이나 내분처럼 보일지도 모른다. 그러나 나는 관계자의 증언이나 주변 상황을 정밀히 조사한 후 이 문제의 본질은 두 편찬자가 내세운 '이상'의 차이에 있다고 생각하기에 이르렀다.

일의 발단은 겐보 선생이 종래의 자의적인 사전 편찬 방식을 바람직하지 않다고 보고 대규모의 '용례 수집'에 기초한 사전 만들기를 이상으로 내세운 것이었다. 그러면서 새로운 사전의 개정이 정체되는 예상하지 못한 사태가 벌어졌다.

한편 야마다 선생은 사전계에 만연하는 '도용 관행'을 싫어하고 종래의 '바꿔 말하기'나 '빙빙 돌리기'를 타파하는 이상적인 국어사전을 자신의 손으로 만들고 싶었다. 또한 겐보 선생은 편자가 순서대로 개정 작업의 중심적인 역할을 하는 '주간 교대제'를 주장했지만, 야마다 선생은 사전 편찬은 '소수나 편집 책임자 한 사람의 손에 맡겨야 한다'고 생각했다.

겐보 선생과 야마다 선생이 내세운 '이상'이 엇갈리면서 두 사람이 충돌하는 것은 불을 보듯 뻔한 일이었다. 하지만 당시는 '1월 9일'이라는 시점까지 그 차이가 분명히 드러나지 않았다. 편자에 이름을 올리며 새롭게 출판되는 사전의 내용을 전혀 보지 않고 모임에 참석하는 등의 일은 일반 상식으로는 이해하기 힘들지만, 오랫동안 '명의 대여'가 횡행하던 사전계라면 일어날 법도 한 사태였다. 또한 '주간 교대제'를 내세운 겐보 선생은 어디까지나 일시적인 편수 주간을 전제로 야마다 선생에게 『메이카이 국어사전』의 새로운 개정 작업을 일임했을 것이다. 이는 편자로서 야마다 선생의 역량을 인정하고 신뢰했다고 이해할 수도 있다.

인터뷰에서 야마다 선생은 "실은 망설였다"고 말하지만, 이는 편수 주간으로 자신의 이름을 올리게 될 때까지의 긴 갈등을 말하는 것 같았다. 하지만 당시의 겐보 선생에게는 야마다 선생이 안고 있던 딜레마가 전혀 전해지지 않았다.

야마다 선생은 『신메이카이 국어사전』 초판이 간행된 지 17년 후의 제4판에서 **시점**이라는 말의 용례에 갑자기 다음 문장을 넣었다.

> **시점**(時点) "1월 9일이라는 시점에서는 그 사실이 판명되지 않았다."
>
> ―『신메이카이 국어사전』 제4판

'1월 9일'은 야마다 선생과 20대부터 사전 편찬의 길을 함께 걸어온 겐보 선생 사이에 그 후 회복이 불가능한 결정적인 균열이 생긴 날이었다. 겐보 선생은 서문에 "사고가 있어"라고 쓰인 것도, 야마다 다다오가 『신메이카이 국어사전』의 편수 주간이라 쓰인 것도 모른 채 '1월 9일'을 맞이했다.

"겐보에게 사고가 있어"라는 말의 진상

"'사고'라는 말로 속였다고 생각합니다. 왜냐하면 개인을 공격하고 있지 않습니까? 사실과 다른 말로 개인을 공격했다는 이야기가 되지 않습니까? 저는 그렇게 생각합니다만…."

겐보 유키오 씨는 아버지가 격노했던 "겐보에게 사고가 있어"라는 문구에 대해 '속임수', '사실과 다른 말'이라고 주장했다.

실제로 겐보가 어떤 사고를 당했다는 사실은 존재하지 않았다. 그렇다면 야마다는 왜 『신메이카이 국어사전』의 서문에 "겐보에게 사고가 있어"라고 쓴 것일까. 이 수수께끼를 풀 열쇠는 두 사전의 기술에 있었다.

먼저 겐보가 쓴 『산세이도 국어사전』 초판에 실린 **사고**의 의미를 보기로 하자.

사고(事故) 사건. 고장.

－『산세이도 국어사전』 초판

'사고'라고 하면 누구나 보통은 이런 의미로 이해한다. '교통사고'라고 할 때의 사고다.

그런데 야마다가 쓴 『신메이카이 국어사전』 초판의 **사고**

를 찾아보면 별로 익숙하지 않은 의미가 실려 있다.

사고(事故) ② 그 일의 실시·실현을 방해하는 좋지 못한 사정.

-『신메이카이 국어사전』초판

"좋지 못한 사정." 사고의 또 한 가지 의미로서『신메이카이 국어사전』에는 이렇게 쓰여 있었다. 시바타 다케시 선생은 야마다에게 직접 "겐보에게 사고가 있어"란 무슨 뜻이냐고 물었다.

"나는 사고가 교통사고나 병 같은 거라고 생각했기 때문에 그건 거짓말이고 과장이라며 깜짝 놀랐지만, 야마다 선생은 사고는 그런 의미가 아니다, 다른 의미가 있다고 했습니다. 확실히 메이지 시대의 용법에 있기는 합니다. '할 수 없다', '지장이 있으니까'라는 의미로 넣었다고 했습니다."

원래 현대어가 아니라 고전 전문가인 야마다에게 사고에는 오래된 용법으로 '좋지 못한 사정'이라는 또 하나의 의미가 존재하는 것은 당연했다. 바로 그랬기 때문에『신메이카이 국어사전』을 편찬할 때까지의 복잡한 '사정'을 사고라는 말로 치환했다.

그러나 겐보가 이해하는 사고는 야마다의 사고와는 달랐다. 말 전문가인 두 사람의 편찬자는 한 단어의 '의미'를 둘러싸고 엇갈린 것이다. 야마다가 쓴 『신메이카이 국어사전』 초판에 실린 의미의 용례에는 이런 사태가 발생할 것을 예견이라도 한 듯한 문구가 있다.

> **의미(意味)** "자네가 말하는 것과 내가 말하는 것은 (같은 말이지만) 의미가 다르다네."

서문에 실은 "겐보에게 사고가 있어"라는 말은 산세이도 안에서도 아주 일부의 사람만이 출간 전에 훑어보았다. 당시 사전출판 부장 대리였던 고바야시 야스타미 씨조차 보지 못했다고 한다.

"저도 담당자의 한 사람이었지만 당시에는 아무튼 쓸데 없는 말을 하지 말고 빨리 냈으면 좋겠다고 생각했기 때문에…. (『신메이카이 국어사전』이) 나오고 나서 처음으로 서문을 봤습니다."

고바야시 씨는 출간 전에 서문을 본 기억이 전혀 없다는 것이 자신이 생각해도 이상하다고 털어놓았다.

"아무리 그래도 서문 정도는 돌려가며 읽지 않나요? 저로서도 이해하기가 좀 어렵습니다."

당시부터 야마다는 편집 담당자 사이에서도 '무서운 얼굴'로 유명했다. 교정쇄에 야마다가 썼다는 것을 보여주는 표시가 있으면 아무도 그 이상 손보는 일이 없었다.

그런 상황이어서 미리 야마다가 쓴 서문 원고를 보고 문제가 일어날 가능성을 지적하는 사람이 아무도 없었다는 것도 관련이 있지 않았겠느냐고 한다.

"겐보에게 사고가 있어"라는 말 때문에 두 사람 사이에 엇갈림이 생긴 진상을 털어놓았던 시바타 다케시 선생은 약 30년 전에 겐보 선생과 야마다 선생에게 일어난 사건을 떠올리며 회한에 찬 심정을 토로했다.

"그것(사고)이 오늘에 이르기까지…, 여러 가지 역사를…, 바꿔버렸으니까요…."

환상의 『메이카이 국어사전』 세 번째 개정판

1989년에 야마다 선생을 인터뷰했던 무토 야스시 씨는 그 이듬해에 발표할 예정도 없는 상태에서 겐보 선생과도 인터뷰를 두 번 했다. 성장 과정부터 순서에 따라 하나하나 사실을 확인하며 이야기를 들었는데, 두 번째 인터뷰를 시작할 때 갑자기 겐보 선생이 순서를 무시하고 그 이야기를 시작했다고 한다.

"두 번째 인터뷰를 시작하기 전에 갑자기 『신메이카이 국어사전』에 대해 이야기하기 시작했습니다. 『메이카이 국어사전』의 제3판 개정을 준비했는데 그것이 『신메이카이 국어사전』이 되었다고 했지요. 그러니까 『신메이카이 국어사전』 초판은 자신이 준비했다는 이야기를 시작한 겁니다. 제가 묻고 싶었던 순서를 무시하고 느닷없이 말이지요."

젠보 선생은 자신이 보관하고 있던,『메이카이 국어사전』 제3판이 될 터였던 기초 원고를 보여주며 설명했다.

"그 무렵 젠보 선생님의 몸 상태가 상당히 안 좋아서 후세에 잘못된 사실을 남겨서는 안 된다는 마음이 있었을지도 모릅니다."

— 젠보 선생님은 무슨 말씀을 하려고 하셨나요?

"『신메이카이 국어사전』에 해당하는 사전은 젠보 선생님이 준비하고 있었고, 그렇게 준비했던 일을 물려받은 형태로 야마다 선생님이 『신메이카이 국어사전』을 만들었는데, 그에 대해 젠보 선생님은 분명 복잡한 심경이었던 것 같습니다.『신메이카이 국어사전』의 뜻풀이도 상당 부분 자신이 준비한 것이었다는 사실을 자료까지 보여주며 증언했습니다. 요컨대『신메이카이 국어사전』을 만들기 시작한 사람은 자신이라는 사실을 말하고 싶었던 것 같습니다."

젠보 선생이 무토 씨에게 보여준 원고는 지금도 젠보 가에 남아 있다. 장남 유키오 씨는 골판지 상자 세 개 정도에 빽빽이 들어찬 갈색 봉투 다발을 들어 올리며 그 '환상의 원고'에 대해 이야기하기 시작했다.

"이건…, 『메이카이 국어사전』 제3판입니다."

— 제3판요? 『메이카이 국어사전』 제3판은 안 나오지 않았나요?

"개정판만 나왔습니다. 결국 도중에 『신메이카이 국어사전』이 되었으니까… 나오지는 않았습니다. 세상에 나오지 못했지요."

원고를 담은 갈색 봉투의 표지에는 눈에 띄는 글자가 크게 쓰여 있었다.

"'보존'이라고 쓰여 있지요. 아버지가 돌아가시고 나서 제가 바로 썼습니다."

그리고 유키오 씨는 아버지가 돌아가시기 얼마 전에 남긴 말이 봉투 표지에 메모로 남아 있는 것을 발견했다.

"…아아, 여기에 '히데토시, 보관해두었으면 싶다'라고 쓰여 있네요. 그래요…, 저한테 이렇게 말한 거지요."

자신에게 시간이 얼마 남아 있지 않다는 것을 안 아버지가, "이 원고는 보관해두었으면 싶다" 하며 부탁한 것을 '기록광'의 피를 이어받은 유키오 씨가 확실히 써서 남겼다. 10년도 더 된 일이라 자신이 썼다는 사실조차 완전히 잊어버리고 있었다.

"아버지의 의지로서 지키자, 그런 뜻이었습니다."

봉투를 열자 겐보·야마다·긴다이치 하루히코·시바타

다케시 등의 편자가 빨간색이나 파란색 펜으로 써넣은 원고가 대량으로 나왔다.

그 원고에는 '1965(쇼와 40)년'이라는 도장이 찍혀 있었다. 『메이카이 국어사전』 개정판(1952)이 나오고 13년 후, 『산세이도 국어사전』 초판(1960)이 간행되고 5년 후다. 용례 수집에 몰두하고 있던 겐보가 오이즈미가쿠엔 초에 '메이카이 연구소'를 설립했던 해다. 그 '환상의 원고'는 겐보가 아무 일도 하지 않은 건 아니라는 사실을 말해주고 있었다.

"제3판 개정은 실현되지 못하고 결국 『신메이카이 국어사전』이 되었습니다. 이게 그 기초 원고입니다. 상당히 진전되었지요. 하지만 끝내 출판되지 못했습니다. 야마다 선생님의 『신메이카이 국어사전』이라는 이름으로 나왔으니까요. 이건… (세상에) 나오지 못했지요."

—아버님은 왜 출판될 가망도 없는 『메이카이 국어사전』 제3판의 기초 원고를 '보관해두라'고 했을까요?

"제가 생각하기에는 먼저 아버지가 적어도 그때까지 모은, 당시의 현대어를 정리한 자료니까, 그리고 『신메이카이 국어사전』이 되었을 때 여러 가지 사정이 있었다는 증거품으로서가 아닐까 싶습니다."

실제로 원고를 보면 새롭게 추가할 단어 선정까지 끝나

있었다. 그러나 그 무렵 겐보는 대규모 용례 수집을 실천하고 현재 말의 실상을 파악하는 데 집착하고 있었다. 『메이카이 국어사전』 제3판을 졸속으로 출판하는 것을 바람직하게 생각하지 않았던 것이다.

"아버지는 좀처럼 낼 수 없었던 거지요…."

결과적으로 『메이카이 국어사전』 제3판의 편찬은 지지부진했고, 결국 이 원고는 햇빛을 보지 못했다. 그리고 야마다가 『신메이카이 국어사전』이라는 완전히 새로운 사전을 세상에 내놓게 되었다.

"이전에는 함께 사전을 만들었으니까 '전우'였을 거라고 생각합니다."

그러나 '1월 9일'을 경계로 전쟁 전부터 이어져온 두 사람의 우정은 깨지고 말았다.

"이 원고는 특별했겠지요. 소중한 것이었어요. 한 시대를 반영하는 '뭉치'니까요."

"야마다라면, 요즘 못 보는군."

사전에 대한 기존의 상식을 뒤집는 『신메이카이 국어사전』 초판은 1972년 1월 24일에 출판되었다. 산세이도의 전 직원 고바야시 야스타미 씨는 『신메이카이 국어사전』 간행 당시 사내의 고조된 분위기를 말했다.

"회사가 100만 부를 팔자는 목표를 세웠고 영업부도 상당히 힘을 쏟았지요. 전쟁 때부터 쌓아온 『메이카이 국어사전』이라는 지명도도 있었겠지요. 전후 한때는 소형 국어사전이라고 하면 『메이카이 국어사전』밖에 없었던 시절도 있었으니까 다들 『신메이카이 국어사전』을 써보자고 생각했을 겁니다."

입사 후 선전부와 영업부를 거쳐 1995년부터 약 10년간 산세이도의 대표이사를 지낸 고미 도시오(伍味敏雄) 씨는 『신메이카이 국어사전』 초판이 간행되었을 때 영업 전략 수립의 최전선에 있었다. 고미 씨는 지금까지 아무도 하지 않았던 의표를 찌른 아이디어로 『신메이카이 국어사전』을 팔기 시작했다.

"지금 『신메이카이 국어사전』의 장정은 빨간색 하나지만 초판 때는 빨간색·하얀색·파란색, 이렇게 세 가지 색깔이었습니다."

분명 하치오지의 산세이도 자료실에 놓인 『신메이카이 국어사전』 초판에는 하얀색과 파란색 장정도 있었던 것이 떠올랐다. 간행 당초에는 세 가지 색깔의 『신메이카이 국어사전』을 팔았다. 여기에는 중요한 이유가 있었다.

"장정을 세 가지 색깔로 함으로써 서점의 국어사전 매장에서 『신메이카이 국어사전』을 평소보다 세 배 더 쌓아놓게 할 수 있었습니다. 세 종류를 만든 것은 서점의 매대 점거가 목적이었습니다."

실제로 새롭게 탄생한 『신메이카이 국어사전』은 서점의 매대를 세 가지 색깔로 물들였다. 세 가지 색깔 중에서 가장 많이 팔린 것은 빨간색이었다. 이후 『신메이카이 국어사전』의 장정은 선명한 빨간색이 기조가 되었다.

『신메이카이 국어사전』을 선전하기 위해 텔레비전 광고도 만들었다. 당시 인기가 상승하고 있던 히토미 에미(瞳エミ)가 "파렴치(破廉恥)가 일본어인가요?"라고 중얼거리며 『신메이카이 국어사전』을 들고 웃는다. 국어사전이라는 보수적인 이미지를 깨는 획기적인 광고였다. 그 밖에 전국의 학교에 대한 판로 확장도 주효하여 『신메이카이 국어사전』은 첫해에만 85만 부가 넘게 팔리면서 폭발적인 대히트를 기록했다.

사전계에 당당하게 등장한 시점부터 현재에 이르기까지 『신메이카이 국어사전』은 압도적인 판매부수를 자랑하며 쾌조가 계속된다. 『신메이카이 국어사전』이 세상에 나온 지 2년이 된 1974년 1월 1일, 겐보는 『산세이도 국어사전』 제2판을 간행한다.

모든 정력을 쏟아 부은 워드헌팅의 성과는 1만 2천 개에 이르는 방대한 신규 항목으로 결실을 맺었다. 소형 국어사전이지만 중형 사전이나 대형 사전을 능가할 만큼의 신규 항목을 수록한 것이다.

> 『산세이도 국어사전』 제2판의 신규 항목(1만 2천 개)으로 결실을 맺었다. 이 신규 항목의 대다수는 『고지엔』 제2판에도 없는, 말 그대로 새로운 항목이다.
>
> — 겐보 히데토시, 『사전과 일본어』

용례 수집이라는 대사업을 거쳐 『산세이도 국어사전』은 진정한 의미에서 '현대를 반영하는 사전'이 되었다. 이 『산세이도 국어사전』 제2판의 **~면** 항에는 마음에 걸리는 이런 용례가 등장했다.

> **~면(ば)** "야마다라면, 요즘 못 보는군."
>
> — 『산세이도 국어사전』 제2판

왜 갑자기 '야마다'라는 개인의 이름이 쓰여 있는 걸까. 또 "요즘 못 보는군"이라는 표현은 '1월 9일' 이래 왕래가 없어진 겐보 선생과 야마다 선생의 관계를 나타내는 듯한 이해할 수 없는 기술이었다. 실례주의를 내세우며 객관적인 기술로 일관하던 『산세이도 국어사전』에 이런 용례가 존재했다는 사실은 놀라움 그 자체였다.

명의의 분리

『산세이도 국어사전』 제2판이 간행된 그해 11월에 『신메이카이 국어사전』도 제2판을 간행했다. 그러나 겐보와 야마다 사이의 골은 그 후에도 메워지지 않았다. '1월 9일' 이래 두 사람이 동석하는 일은 없었다고 시바타 다케시 선생은 말했다.

겐보 가에서도 그 후로 야마다의 이름이 입에 오르지 않게 되었다고 장남 유키오 씨는 말한다. "그 후로 야마다 선생님의 이름이 나온 적은 없었던 것 같습니다. 논평도 하지 않았지요. 그저 담담하게 『산세이도 국어사전』 관련 일만 했습니다."

두 사람이 얼굴을 마주하는 일은 없었지만 한동안 각자 편찬한 사전에 상대방의 이름만은 기재되었다.

그러나 결국 '사전의 명의'도 나뉘게 되었다. 『산세이도 국어사전』 제3판(1982)부터 '야마다 다다오'라는 이름이 사라졌다. 『신메이카이 국어사전』 제4판(1989)부터 '겐보 히데토시'라는 이름이 사라졌다. 각자의 길을 걷게 된 데 대해 야마다 선생은 인터뷰에서 다음과 같이 말했다.

"이번에는 각자의 일에서 서로가 이른바 대장이 되는 식으로 나뉘어야 한다고 그(겐보)가 판단한 것이다."

겐보의 이름이 사라진 『신메이카이 국어사전』 제4판에는 시점의 용례에 '1월 9일'이 더해지고 또 이런 용례도 새롭게 등장했다.

알력(ごたごた) "그런 일로 알력이 생겨 결국 헤어지게 되었다고 생각합니다."

―『신메이카이 국어사전』 제4판

제 3 장

'거울'과 '문명 비평'

'연애'에 담은 진의

『메이카이 국어사전』이라는 원류에서 두 개로 갈라진 『신메이카이 국어사전』과 『산세이도 국어사전』은 그 후 개정을 거듭할 때마다 진화와 발전을 더하며 기세를 높여가 사전계의 대하가 되어간다. 두 대하는 같은 원류에서 나온 지류였지만 그 흐름은 크게 달랐다.

『산세이도 국어사전』이 『메이카이 국어사전』의 성격을 이어받은 사전계의 '잔잔한 강물'이라면 『신메이카이 국어사전』은 전인미답의 황야와 산맥을 개척해가는 '격류'라고 할 만한 존재였다.

1981년 2월 1일, 나중에 화제가 되는 뜻풀이가 많이 등장하는 『신메이카이 국어사전』 제3판이 출판되었다. 제3판에서는 지금까지보다 '야마다 다다오의 색깔'을 더욱 강하게 내세웠다. 그중에서도 특히 대표적인 예가 **연애**의 뜻풀이였다.

> **연애(恋愛)** 특정한 이성에게 특별한 애정을 품고 둘만이 함께 있고 싶으며 가능하다면 합체하고 싶은 생각을 갖지만 평소에는 그것이 이루어지지 않아 마음이 몹시 괴로운(가끔 이루어져 환희하는) 상태.
>
> ―『신메이카이 국어사전』 제3판

이 연애의 뜻풀이를 쓴 진의를 야마다는 『신메이카이 국

어사전』제3판이 간행된 해에 출판한 자신의 역작『근대 국
어사전의 발자취 – 그 모방과 창의』[38]에서 분명히 밝혔다.

구체적으로 쇼가쿠칸에서 간행된 대형 국어사전『일본
국어대사전』(초판)을 예로 들어 **사랑**(恋)을 찾으면 '사모하는
것'이라고 되어 있고, **사모하다**를 찾으면 '연모하는 것'이라
고 되어 있고, **연모하다**를 찾으면 '사모하는 것'이라고 되어
있다고 지적했다. 단순한 단어의 '바꿔 말하기'로 끝날 뿐
목적하는 의미에 도달하지 못하고 '빙빙 돌기'만 한다고 통
렬하게 비판한 것이다. '바꿔 말하기'나 '빙빙 돌리기'는 사
전계가 안고 있는, 여러 해 동안 누적된 과제였다. 야마다는
평소 이 문제의 해결책을 강구해왔다.

그리고 야마다는 '빙빙 돌리기'에서 빠져나오기 위해 '어
떤 방법론'을 생각하기에 이른다. 그것을 인터뷰에서 이렇
게 밝힌다.

> 그래서는 사전의 세계에 전혀 발전이 보이지 않습니다.
> 그걸 타파하고 어떻게든 문장에 의한 설명, 바꿔 말하는
> 것뿐만 아니라 '글로 하는 뜻풀이'를 가능한 한 많이 담
> 고 싶었다.

---

38) 山田忠雄,『近代国語辞書の歩み その摸倣と創意と』, 三省堂, 1981.

'글로 하는 뜻풀이', 즉 '말의 의미를 끝까지 설명한다'는 방침을 내세운 것이다. 다시 말해 '바꿔 말하기'나 '빙빙 돌리기'를 타파하기 위해 장문도 마다하지 않고 말의 본질을 파악하는 방침을 내건 것이다. 이것이 바로『신메이카이 국어사전』의 해설이 '장문에다 상세해진' 이유였다.

야마다가 자신의 저서에서 '빙빙 돌리기'를 타파하는 '치료법'의 예로 든 것이 바로『신메이카이 국어사전』제3판에 쓰인 **연애**의 뜻풀이였다. 이러한 뜻풀이는 구태의연한 사전에 대한 야마다의 문제 제기였다. 야마다는 국어사전을 둘러싼 현실을 염려하여 새로운 가능성을 열어가기 위해 혼신의 힘을 기울여 **연애**의 뜻풀이를 썼다.

장문의 독특한 뜻풀이는 사전계의 도용 관행에 대한 대처라는 측면도 있었다. 야마다는『신메이카이 국어사전』초판의 서문에서, "사전의 발전을 위해 모든 모방을 거절한다"라고 밝혔다. 이에 대해 일부 독자는, 오만하다고, 학문을 사유화한다고, 마치 자기 저서에 쓰는 것처럼 교만이나 우쭐함이 느껴진다고 의견을 보냈다.(야마다 다다오,『근대 국어사전의 발자취 ─ 그 모방과 창의』)

이러한 의견에 대해, "필자는 쓸데없이 그러한 평가에 따를 만큼 호인이 아니다"라고 쓰고는 다음과 같이 반론했다.

"필자의 진의는 그런 게 아니라 모든 사전이 그 능력의 범위 안에서 독창적일 것을 바란 것뿐이다. (중략) 그러므로 필자는 한 발 물러나 도용하지 말라고 드러나지 않게 말했을 뿐이다(이는 결국 훔치려면 어디 한번 훔쳐보라는 뜻과도 통한다).

– 야마다 다다오,『근대 국어사전의 발자취 – 그 모방과 창의』

'훔치려면 어디 한번 훔쳐보라.'

『신메이카이 국어사전』이 내세운 새로운 스타일은 당시의 사전계에 대한 '도전장'이기도 했다. 기존의 어떤 사전과도 비슷하지 않은, 독창성이 흘러넘치는 사전을 만들고 싶다는 야마다의 강력한 생각이 '장문이고 상세'한 해설로 결실을 맺어『신메이카이 국어사전』의 독특한 뜻풀이를 낳았던 것이다.

파문을 불러일으킨 독특한 뜻풀이

『신메이카이 국어사전』초판부터 편찬에 참여했던 현『신메이카이 국어사전』편집 책임자인 구라모치 야스오 씨는 어느 시기부터 야마다의 사전 만들기에 의문을 갖게 되었다.

'가능하다면 합체하고 싶다'는 **연애**의 뜻풀이에 대해서

264

도, "저는 **연애**의 뜻풀이가 도를 넘었다고 생각했습니다. 그렇다면 '플라토닉 러브'는 연애가 아닌 걸까요?"라고 느꼈던 것이다.

"굉장히 주관적이고 개인적인…, 편견이라고까지는 말하지 않겠지만 (야마다 선생님의) 심정이 노골적으로 드러났다고 느꼈습니다."

달리 찾아볼 수 없는 독창적인 시점의 설명은 야마다 다다오만의 도가 넘은 뜻풀이를 낳기도 했다. 『신메이카이 국어사전』 제4판에 실린 **동물원**의 뜻풀이는 물의를 일으켰다.

동물원(動物園) 생태를 대중에서 보여주는 한편 보호하기 위해서라고 하지만, 잡아온 많은 조수(鳥獸)·어충(魚虫) 등에게 좁은 공간에서 생활할 것을 강요하며 죽을 때까지 기르는 인간 중심의 시설.

−『신메이카이 국어사전』 제4판

여기에는 항의가 쇄도하여 **동물원**의 뜻풀이는 제4판 도중에 수정되었고 제5판도 수정된 뜻풀이대로 실렸다.

동물원(動物園) 잡아온 동물을 인공적인 환경에서 규칙적으로 먹이를 줌으로써 야생으로부터 격리하고 움직이는 표본으로서 도시 사람들에게 보여주는, 계몽을 겸한 오락 시설.

"슬럼가 느낌이 비교적 들지 않게 만든 고급 아파트"라는 뜻풀이로 많은 비판을 받았던 **맨션**에 대해서 야마다는 판을 거듭해도 굳이 고치려고 하지 않았다. 『신메이카이 국어사전』 제3판의 뜻풀이는 이렇다.

> **맨션** 슬럼가 느낌이 비교적 들지 않게 만든, 철근 아파트 식 고층 주택. [각 층에서 개인·가족이 사용하는 한 구획은 임대하는 것과 분양하는 것이 있다]
>
> -『신메이카이 국어사전』초판

이러한 야마다의 강고한 자세에 대해 도쿄 대학 선배이며 『메이카이 국어사전』초판부터 함께 사전을 만들어온 긴다이치 하루히코 씨는 여러 번에 걸쳐 수정을 의뢰했다. 그러나 야마다는 들어주지 않았다. 긴다이치 하루히코는 야마다가 자기 마음대로 진행했던 『신메이카이 국어사전』에 초판부터 명의를 빌려주고 있었지만, "그런 일이 두세 번 있고 나서는 이름을 빌려주는 게 싫어서 그만두었습니다" 하고 말했다.

이처럼 겐보의 이름이 사라진 『신메이카이 국어사전』제

4판(1989)부터는 긴다이치 하루히코의 이름도 편자 명단에서 사라졌다. 전쟁 전부터 함께 사전을 만들어온 겐보와 긴다이치 하루히코가 함께 야마다를 떠났다.

야마다의 권유로 초판부터 『신메이카이 국어사전』의 편찬에 참여했던 구라모치 야스오 씨도 나날이 불만이 쌓여갔다.

"야마다 선생님의 방식에 점점 반발을 느끼게 되었습니다. 그때마다 말의 정의가 '광의'인지 '협의'인지 알 수 없었습니다. 문득 떠오른 생각을 말하는 것으로밖에 보이지 않았습니다. 방법론이 임기응변식이라고 생각했지요."

하지만 지금까지의 사전에 없었던 야마다의 기술이 좋은 평가를 받는 일도 많았다.

"그런 기술이 세상에서 호평을 받아 참 난감했습니다. 의미론으로서 어떨까 싶었지만 호평을 받으니 다루기가 어려웠지요."

야마다 식 뜻풀이가 호평을 얻은 데는 이유가 있었다.

"'핵심을 찌르는 것'이 『신메이카이 국어사전』의 특징입니다. **숙사(宿舍)**는 '부당하게 싸다'라든가 하는 설명이요. **공약**같은 것도 그랬지요."

공약(公約) 정부·정당 등 공적인 위치에 있는 자가 세상 사람들에게 약속하는 일. 또한 그 약속. [금방 깨지는 것에 비유된다]

"금방 깨지는 것에 비유된다"라는 주석이 바로『신메이카이 국어사전』의 '핵심 찌르기'였다. 이런 특색은 종래의 사전과 분명히 달라 큰 화제가 되었다.

그러나, "저는 참기 힘들었습니다." 하고 구라모치 씨는 말했다.

휘몰아치는 역풍

독자적인 노선으로 돌진하는『신메이카이 국어사전』은 세상의 격렬한 비판에 노출되는 일도 있었다. 나중에 호평을 받게 되는 독특한 뜻풀이도 초기에는 오히려 단점으로 거론되는 경우가 많았다.

『신메이카이 국어사전』초판이 간행된 직후인 1972년 4월에는 〈아사히저널〉에서 '통탄스러운 '권위' 있는 사전－『메이카이 국어사전』의 신판을 보고'라는 제목의 기사가 발표되었다.

기사는 "'시행착오' 중인 견본품인가"라고 논하며 뜻풀이의 부족이나 잘못을 상세하게 지적한 후 빈정거림을 담아『신메이카이 국어사전』을 이렇게 비판했다.

"설마 이렇게 잘못된 뜻풀이를 해서 사용자를 실험동물 취급할 생각은 아니었겠지만, (중략) 이런 식의 고압적인 태도로 경망하게 사전을 만들어 국어의 표기를 논하고 결정한다면 성가신 것은 국민이고 일본어다. 저자와 출판사의 엄숙한 반성을 촉구한다."

– 〈아사히저널〉 1972년 4월 14일호, 「문화 저널」란

200만 부가 판매될 만큼 대형 베스트셀러가 된 『일본어 연습장』[39]의 저자로 알려진, 당시 가쿠슈인(学習院)대학원 대학의 교수 오노 스스무(大野晋)는 1975년 〈아사히저널〉의 기사에서 『신메이카이 국어사전』을 신랄한 어조로 비판했다.

"내 인상으로는 『신메이카이 국어사전』의 뜻풀이 중에는 적절하지 못한 것이 상당히 많은 듯하다. 예컨대 '어미 거북'이라는 항목의 설명 같은 것은 이해하기 어렵고 부당하다."

– 〈아사히저널〉 1975년 4월 18일호, 「특집 당신의 사전은 어떠한가」

대조적으로 같은 기사에서 오노 스스무는 어떤 국어사전

---

39) 大野晋, 『日本語練習帳』, 岩波新書, 1999.

을 높이 평가했다.

　　한편 같은 저자들에 의해 같은 출판사에서 나온 사전으로서 좀 더 주목하고 평가받아야 하는 것은 겐보 히데토시 씨가 주간으로 완성한 『산세이도 국어사전』이라고 생각한다.

　　－〈아사히저널〉 1975년 4월 18일호, 「특집 당신의 사전은 어떠한가」

　　이 기사가 나온 1975년은 『산세이도 국어사전』 제2판이 간행된 시기였기 때문에 아직 야마다 다다오의 이름이 제2판의 편자로서 병기되어 있었다.

　　하지만 겐보와 야마다의 도쿄 대학 후배이기도 한 오노 스스무는 당시 산세이도 사전의 편집 체제가 겐보의 『산세이도 국어사전』과 야마다의 『신메이카이 국어사전』이라는 형태로 나뉘어 있었음을 틀림없이 알았을 것이다. 굳이 겐보의 이름을 주간으로 소개한 사실에서 그런 상황을 엿볼수 있다.

　　오노 스스무는, 『산세이도 국어사전』은 수록어가 "확실히 현대어 사전다운 모습을 보여주고 있다"고 평하고 "설명이 평이하고 잘 소화되어 있다"고 절찬했다. 그리고,

말하자면 이 사전의 뜻풀이에는 독살스러움이 없다. 치우치지도 않는다. 알기 쉽고 명료하다. 그리고 뜻풀이 밑에 덧붙여진 예문이 많은데, 짧지만 매우 적절한 것이 많다. 이는 아주 좋은 일이다.

- 〈아사히저널〉 1975년 4월 18일호, 「특집 당신의 사전은 어떠한가」

하며 『신메이카이 국어사전』과 비교하듯이 평했다. 다른 사전과는 분명하게 구별되는 『신메이카이 국어사전』의 뜻풀이는 생각지도 못한 사건도 불러일으켰다. 제3판이 출판된 1981년 12월 8일의 〈니혼게이자이신문〉 조간에는 "폭력단원, 산세이도를 협박하다"라는 제목의 기사가 게재되었다. 본문을 인용한다.

올 5월 20일경 산세이도에서 발행한 『신메이카이 국어사전』에 실려 있는 **진전(進展)**이라는 말에 대해 "사건이 진행되고 국면이 전개되는 것. 흔히 진보, 발전이라는 뜻으로 오용된다"라고 쓰여 있는데, 다른 출판사의 국어사전에는 "진보, 발전하는 것"이라고 쓰여 있다고 하며 "말의 뜻풀이가 다른 출판사의 것과 다른 것은 이상하다. 지금 단도를 갖고 찾아갈 테니 택시비를 낼 거냐"라며 교토에서 전화로 산세이도 출판사에 이의 제기를 해왔다.

폭력단원인 남자가 『신메이카이 국어사전』에 실린 **진전**의 뜻풀이가 다른 출판사와 다르다며 생트집을 잡은 것이다. 미리 『신메이카이 국어사전』과 다른 사전을 비교해보고 나서 전화로 협박한 것 같았다.

남자는 그 후 신주쿠의 한 호텔 로비에서 출판사 부장 등에게 **진전**의 뜻풀이에 대해 설명을 요구했고, 반년 후에는 산세이도 본사에 나타나기도 했다.

"숙박비도 없고 교토로 돌아갈 돈도 없다. 산세이도에 묵겠다."

이렇게 말한 남자는 5시간이나 버티고 앉아 있었다고 한다. 퇴거 불응죄 현행범으로 체포된 남자는, "국어 마니아로 다른 출판사 등에도 출판물 내용에 대해 이의를 제기했다"고 기사는 전하고 있다. 산세이도나 『신메이카이 국어사전』으로서는 참으로 성가신 사건이었다.

1984년 11월 30일의 〈아사히신문〉 석간에는 『신메이카이 국어사전』에 관한 충격적인 제목이 요동쳤다.

"편견·차별 지나치게 명확히 드러나(明解)··· / 산세이도의 『신메이카이 국어사전』을 수정"이라는 제목의 기사였다.

도쿄의 도립고등학교 사회과 교사들로부터, "처음에는 재미있어 하며 읽었지만 통독해보니 약자에 대한 차별과 편견 의식이 일관되게 흐르고 있다는 사실을 알았다. 사전이

해야 할 역할이나 영향력을 생각하면 간과할 수 없는 문제다"라는 이의 제기를 받은 것이다. 문제가 된 뜻풀이는 노인이나 여성에 관한 단어였다.

노옹(老翁) 현저하게 나이를 먹었기 때문에 더이상 활발한 동작을 하지 못하고 과거의 추억으로 살아가는 남성.

－『신메이카이 국어사전』 초판

정숙(貞淑) [설령 남편이 아무리 심한 술주정을 부려도] 일단 시집을 간 이상 남편을 가장 중요하게 여기고 자녀 교육에 평생을 바치며 다른 일에 마음이 움직이지 않는 것(모습).

－『신메이카이 국어사전』 초판

이의 제기를 받고 야마다와 의논한 결과 제3판의 31쇄부터 30여 군데를 수정하기로 결정했다.

『신메이카이 국어사전』에 대한 이런 갖가지 비판을 야마다 선생은 어떻게 받아들였을까. 인터뷰에서 야마다 선생은 느긋한 목소리로 이렇게 대답했다.

"『신메이카이 국어사전』에 대한 부정적인 평가도 있습니다. 개성이 너무 강하다든가 도가 지나치다든가 하는 부정적인 평가도 늘 따라다닙니다. 하지만 그런 것을 그

다지 두려워해서는 안 된다, 모든 일에는 긍정적인 평가
와 부정적인 평가가 같이 따라다니는 법이다, 그것이 진
정한 의미에서 구체적인 평가다, 라는 것을 저는 아버지
한테서 배웠습니다."

야마다 다다오의 아버지 야마다 요시오는 전쟁 전에 니혼
대학의 강사나 진구코가쿠칸 대학 학장 등을 역임하고 귀족
원 의원도 한 인물이었지만, 전후에는 공직 추방이라는 쓰라
린 일을 당하기도 했다. 국어학이나 국문학 분야에서 다대한
공적을 남긴 한편 전전에 국어개혁에 반대하는 입장을 취한
일이 국수주의에 사상적 뒷받침을 했다고도 평해졌다.

그런 아버지로부터 에도 시대 후기의 국학자 히라타 아
쓰타네(平田篤胤)의 『기요쇼한쇼(毀譽相半書)』라는 책을 알았
다. 제목 그대로 진정한 구체적 평가는 반드시 훼방과 칭찬
이 같이 따르는 법이라는 내용이었다.

모두가 칭찬하는 것은 두루춘풍이라 오히려 좋지 않은
일입니다. 이는 제 신조가 되었습니다. 저는 두루춘풍인
사람을 경계해야 한다고 생각합니다. 오히려 좋지 않은
평가를 받는 사람이지만 좋은 점이 있는 사람을 진정한
존재라고 생각합니다. 그러니까 저에게 깐깐하다는 사

람이 있어도 그다지 개의치 않습니다.

야마다 선생은 아주 담박한 말투로 이야기했다. 그리고 마지막에 이렇게 덧붙였다.

그래서 괜찮다고는 생각하지 않습니다. 나쁜 점이 있으면 언제든 고치면 된다고 생각합니다.

"말은 부자유스러운 전달 수단이다"

야마다는 자신의 역작 『근대 국어사전의 발자취 - 그 모방과 창의』에서 『신메이카이 국어사전』 초판의 서문이 '오만하다', '학문을 사유화한다'는 비판을 받은 일에 대해,

원래 말이라는 것은 부자유스러운 전달 수단이다. 이런 경우도 의사소통을 방해한 것은 말이고 또 평자의 심적 태도였다.

- 야마다 다다오, 『근대 국어사전의 발자취 - 그 모방과 창의』

라고 적었다. 이 문장에서 주목하고 싶은 것은 야마다가 '말'의 본질을 어떻게 파악하고 있는지가 표명되어 있다는 점이다. 우리 인간이 커뮤니케이션을 하는 데 빼놓을 수 없

는 '말'은 '부자유스러운 전달 수단'이라고 단언하고 있는 것이다.

일반적으로 '말'은 서로 의사소통을 하는 데 편리한 것이라 여겨지고 있지만 야마다는 '말'에 의해 커뮤니케이션이 방해를 받는다고 말했다. 야마다는 '말'에 두 가지 측면이 있다고 생각했다.

> 말에는 '표면'적인 의미와 동시에 '이면'에 숨겨진 의미가 있습니다. 그 '이면'의 의미를 숨기지 않고 지적할 수 있다면, 이는 말을 사용하는 사람에게 무척 기쁜 소식이 아닐까, 하는 생각을 한 겁니다.

'말'의 '표면'과 '이면'의 의미를 분명히 밝히는 것이 '부자유스러운 전달 수단'을 사용해야 하는 숙명을 짊어진 우리 인간에게 진실로 요구되는 것이 아닐까. 야마다는 이렇게 생각했다. 그리고 그 생각을 『신메이카이 국어사전』에 표출했다.

> **선처(善処)** 잘 처리하는 것. [정치가의 용어로서는 당장은 아무런 처치도 하지 않는 것을 표현하는 데 쓰인다]
>
> —『신메이카이 국어사전』 초판

상대를 매도하는 말도 '이면'에 숨은 '친애'의 의미를 조명했다.

> **바보(馬鹿)** ① 기억력·이해력의 둔함이 상식을 뛰어넘는 모습. 또는 그렇게밖에 말할 수 없는 사람. [사람을 매도할 때 가장 일반적으로 사용하지만 공적인 자리에서 사용하면 자극이 너무 센 경우가 있다. 또한 가까운 존재에게 친밀함을 담아 사용하기도 한다.]
>
> —『신메이카이 국어사전』 제3판

말의 깊숙한 곳에 있는 어두컴컴한 '어둠'에까지 빛을 비추었다.

> **의리(義理)** ① 자신의 이해와 상관없이 사람으로서 가야 할 길. 특히 교제상 싫어도 타인에게 하지 않으면 안 되는 일.
>
> —『신메이카이 국어사전』 초판

현재 『신메이카이 국어사전』의 편집 책임자인 구라모치 야스오 씨는 야마다 선생의 신조를 다음과 같이 파악하고 있었다. "사람은 진실을 숨기려고 한다, '가면'을 쓰고 있다, 겉만 번드르르한 채 끝내려고 한다, 나는 그것을 용서할 수 없다, 하는 야마다 선생님 나름의 생각을 솔직하게 사전에 표출했습니다."

가속화하는 야마다 식式

야마다의 뜻풀이는 판을 거듭하며 점점 급진적이 되고 과격해졌다. 『신메이카이 국어사전』 제4판에서는 인생경험이라는 항목이 신설되었다.

> **인생경험(人生経験)** 화려한 인생살이를 순조롭게 해온 사람은 도저히 알 수 없는, 실제 인생에서 파란만장함과 괴로움과 쓰라림을 다 맛본 경험. [언외로, 진위가 판별된 확실함이라든가 모진 고난을 헤쳐온 사람들의 중대사에 대한 변함없는 각오를 포함시켜 말하는 경우가 많다.]
>
> ―『신메이카이 국어사전』 제4판

산세이도의 전 직원으로 사전출판 부장과 상무를 역임한 구라시마 도키히사 씨는 '야마다 식' 사전 만들기에 대해 이렇게 이야기했다.

"지금까지와 같은 사전을 만들어도 소용없다는 강한 생각이 있었겠지요. 항목에 따라서는 의미만이 아니라 야마다 선생님이 생각하고 있던 것이 가끔 드러나고 맙니다. 그리고 때로는 굉장히 긴 항목도 있습니다. 이타치곳코(いたちご

っこ)[40]라든가 거짓말 같은 것이요."

　제3판에서는 이타치곳코의 뜻풀이가 불과 2행 반이었지만 제4판에서는 무려 28행이나 되었다. 이렇게 단번에 크게 늘어난 데 대해 야마다 선생은 다음과 같이 대답했다.

　　내 취향이 반영된 예입니다. 제3판의 '이타치곳코'에 대해 투서가 들어왔습니다.

　　이 '이타치곳코'는 자신이 알고 있는 '이타치곳코'라는 용례에 맞지 않는다는 지적이 있었기 때문에 그 후 3년간 열심히 신문이나 잡지에서 용례를 80개쯤 모아봤습니다. (중략) 도대체 '이타치곳코'에 그만큼의 공간을 할애할 가치가 있는가 하는 비평가도 있겠지만 나로서는 어쩔 수 없었습니다. 투서가 들어와 그에 대응한 것이었으니까요.

　　　－「『신메이카이 국어사전』을 말하다〈상〉」, 〈산세이도 부클릿〉 83호,

　　　　　　　　　　　　　　　　　　　　　　　　　　　1989년 11월

　거짓말의 뜻풀이는 제4판에서 5행 반밖에 안 되었다. 그

────────────

40) 둘이 상대방의 손등을 번갈아 꼬집는 아이들의 놀이. 놀이가 끝이 없는 데서 조금도 진전이 없음을 의미하기도 한다.

런데 제5판에서는 35행으로 대폭 늘어났다. 구라시마 도키히사 씨는 농담처럼 이렇게 말했다.

"원고가 너무 길어 편집 담당자가 '말도 안 돼!'라고 말했다는, 정말인지 거짓말인지 알 수 없는 이야기도 있을 정도였어요(웃음)."

현 『신메이카이 국어사전』의 편집 담당자인 구라모치 야스오 씨는 현장의 고생스러움을 입에 담았다.

"그래 봬도 상당히 수정해서 그렇게까지 줄인 겁니다."

이례적으로 35행이나 된 원인은 하나였다.

"용례가 엄청나게 많고 너무 깁니다."

야마다 선생은 조금 전의 발언에 이어 이런 이야기를 했다.

> "사전 편찬자는 어떤 것에 몰두하면 본격적으로 용례를 모읍니다. 그런 성격이 아니면 안 되는 모양입니다. 다소 괴짜지요(웃음). 보통 사람이 아닙니다. 스스로 이렇게 말하는 것도 이상하긴 하지만요."
>
> —「『신메이카이 국어사전』을 말하다〈상〉」, 〈산세이도 부클릿〉 83호,
>
> 1989년 11월

이전에는 겐보의 용례 수집을 그다지 좋게 평가하지 않았던 야마다가 만년에는 본격적으로 용례를 수집하게 되었

던 것이다.

야마다의 신념, '사전은 문명 비평'

야마다에게는 사전을 만들 때 양보할 수 없는 신념이 있었다. "사전은 '문명 비평'이다."

이는 겐보와 긴다이치 하루히코가 떠난 후에도 평생 『신메이카이 국어사전』의 편자로 이름을 올린 시바타 다케시 선생이 야마다로부터 자주 들었던 말이다.

"아, 정말, 얼마나 많이 들었는지. 한두 번이 아니었습니다. '사전은 문명 비평'이라는 말을요. 그래서 비평해야 할 것에는 상세히 써넣었지요."

실제로 야마다가 손을 댄 『신메이카이 국어사전』에는 정치 비판이나 인간 사회에 대한 비판이 곳곳에서 전개되었다.

정계(政界) [불합리와 금권이 행세하는] 정치가들의 사회.

－『신메이카이 국어사전』 제3판

부락(部落) 여러 채의 농가·어가 등이 한 덩어리로 뭉쳐 있는 곳. [협의로는 부당하게 차별당하고 박해받은 일부 사람들의 부락을 가리킨다. 이런 편견은 하루빨리 없애는 것이 바람직하다]

－『신메이카이 국어사전』 제2판

구라모치 야스오 씨는 야마다가 '사전은 문명 비평이다'라
고 생각하게 된 배경에 특이한 사전 한 권이 있었던 게 아닐
까 하고 생각했다.

"사전 만들기에 대해 앰브로스 비어스의 『악마의 사전』
을 의식했던 구석이 있는 것 같습니다."

『악마의 사전』이란 1911년 미국의 작가이자 칼럼니스트
인 앰브로스 비어스가 만든 '풍자 사전'이다. 통렬한 비꼼이
나 블랙유머를 섞어가며 단어를 재해석하고 인간이나 사회
의 본질을 냉소적으로 폭로했다. 이 『악마의 사전』에서 (사
전)은 다음과 같이 정의되었다.

> **DICTIONARY(사전)** 한 언어의 성장을 저지하고 그 언어를 고정되고
> 융통성이 없는 것으로 만들기 위해 고안한, 못된 생각이 담긴 문필과
> 관련된 장치. 다만 이 『악마의 사전』은 아주 유익한 작품이다
>
> – 앰브로스 비어스, 『악마의 사전』

『악마의 사전』은 본격적인 사전이 아니라 어디까지나 위
트를 실제로 보여줄 생각으로 사전이라는 형식을 빌린 것이
었는데, 확실히 야마다의 『신메이카이 국어사전』에는 『악마
의 사전』과 통하는 점이 있는 것 같다.

관료적(官僚的) 관료 일반에게서 보이는, 일에 임할 때의 바람직하지 않은 생각이나 행동 경향을 갖고 있는 모습. [구체적으로는 형식주의나 책임을 회피하는 태도 등을 가리킨다.]

청렴(淸廉) 마음이 맑고 사욕이 없는 것. [관리 등이 드물게 뇌물 등에 의해 움직이지 않을 때 하는 말]

구라시마 도키히사 씨에 따르면 야마다는 어느 날 자신의 사전을 이렇게 평했다고 한다.

"『신메이카이 국어사전』은 위험한 사전입니다."

야마다가 평생 신념으로 일관한 '사전은 문명 비평'이라는 생각에 의문을 품은 사람도 적지 않았다. 산세이도의 전직원이었던 고바야시 야스타미 씨는 야마다의 생각을 받아들이기 힘들었다.

"'사전은 문명 비평'이라고 말했다고 하는데, 원래 사전의 역할이라는 점에서 보았을 때는 어떨까 싶었어요. 확실히 『신메이카이 국어사전』이 처음으로 세상에 나왔을 때는 평판이 좋았습니다. 기존 사전을 비판하는 사람들도 있었는데, 그런 이들에게는 인기가 많았지요. 하지만 전혀 모르는 사람이 보면 어떨까요?"

현 『신메이카이 국어사전』의 편집 책임자인 구라모치 야스오 씨도 야마다식의 편집 방침에는 동조할 수 없었다.

"저는 야마다 선생님에게서 사전 만들기의 철학 같은 것은 느낄 수 없었습니다. 공격적인 것밖에 없었다고 생각합니다."

확실히 『신메이카이 국어사전』에는 '공격적'이라고 볼 수밖에 없는 용례나 뜻풀이도 있었다.

웃기다(笑わせる) "그 녀석이 의원이라니 웃기는군."

—『신메이카이 국어사전』 초판

공복(公僕) [권력을 행사하는 것이 아니라] 국민에게 봉사하는 자로서의 공무원을 칭함. [다만 실정은 이상과는 거리가 멀다.]

—『신메이카이 국어사전』 제3판

재산(財産) "미술품을 재산으로 사는 놈이 있다."

—『신메이카이 국어사전』 제4판

그러나 야마다는 '사전은 문명 비평'이라는 신념을 관철하며 말을 엮어나갔다. '문명 비평'과 함께 쇼와(昭和) 시대의 역사를 관통한 것이다.

이어지다(繋がる) "과열 기미를 보이는 사진 주간지의 취재 양상이 끝내 폭력 사건으로까지 이어졌다."

—『신메이카이 국어사전』 제4판

비가열제제(非加熱製劑) 혈우병 등의 치료를 위해 미국에서 수입된 약제. 이것이 에이즈 바이러스(HIV)에 오염되었기 때문에 이를 투여한 많은 환자가 에이즈에 감염되어 사망했다.

　　　　　　　　　　　　　　　　　　　－『신메이카이 국어사전』 제5판

마인드컨트롤(mind control) ② 타인의 심리 상태나 행동을 일정한 방향으로 바꿔 통제하는 일. 종교적인 의도에 의한 것뿐만 아니라 자기 계발 세미나나 군대 등 넓은 영역에서 도입하고 있다.

　　　　　　　　　　　　　　　　　　　－『신메이카이 국어사전』 제5판

　프라이데이 습격 사건[41]. 의약품 피해 에이즈 문제[42]. 옴 진리교 사건[43]. 야마다의 『신메이카이 국어사전』은 시대와 함께 걸어가며 현대 사회를 날카롭게 풍자했다.

　구라모치 야스오 씨에게 물었다.

────────────

41) 1986년 12월 9일 코미디언 비트 다케시를 비롯한 다케시 군단 12명이 사진 주간지 〈프라이데이〉(고단샤)의 편집부를 습격한 사건이다. 다케시가 교제하던 여자에 대한 주간지 기자의 과잉 취재에 항의하기 위해서였다.
42) 1980년대 혈우병 치료제로 사용되었던 비가열혈액제제 중에 에이즈를 일으키는 HIV가 혼입되어 있었기 때문에 세계 각지에서 감염이 보고되는 예가 많았다. 일본에서는 1800명 이상이 에이즈에 감염되어 적어도 500명이 사망한 것으로 여겨진다.
43) 1980년대 말부터 1990년대 중반에 걸쳐 옴진리교가 일으킨 사건의 총칭이다. 일련의 사건으로 29명이 사망했고 6000명 이상이 부상했다. 대표적으로는 12명이 사망하고 수천 명이 부상당한 1995년의 도쿄 지하철 사린가스 사건을 들 수 있다.

— 흔히 말하는 '사전은 공기(公器)'라는 생각과 '사전은 문명 비평'이라고 하며 주관적인 사상이나 비판을 말하는 것은 모순되지 않을까요?

"아마 야마다 선생님은 '사전은 공기'이기 때문에 바로 '사전은 문명 비평'이어야 한다고 생각했을 겁니다."

겐보 선생의 경지, '사전은 가가미[44]'

야마다는 '사전은 문명 비평'이라는 신념을 관철했다. 한편 겐보에게도 평생 변하지 않은, 사전에 대한 강한 신념이 있었다. 그것이 『산세이도 국어사전』 제3판의 서문에 쓰인 '사전=가가미론'이다.

> 사전은 '가가미'다―이는 저자의 변하지 않는 신조입니다. 사전은 말을 비추는 '거울(鏡, 가가미)'입니다. 동시에, 사전은 말을 바르게 하는 '귀감(鑑, 가가미)'입니다.
>
> ― 『산세이도 국어사전』 제3판 서문

이것이 겐보가 도달한 경지였다. 벽처럼 우뚝 솟은 145만

---

44) 가가미(鏡)는 거울이라는 뜻 외에 귀감(鑑)이라는 뜻도 있다. 여기서는 그 두 가지 뜻을 동시에 나타낸다.

개 용례의 겐보 카드 앞에서 현 『산세이도 국어사전』의 편자인 이마 히로아키 씨는 이 '사전=가가미론'에 대해 말했다.

"『산세이도 국어사전』 제3판의 서문에는 사전 관계자들 사이에서 아주 유명한 '가가미론'이 쓰여 있습니다. 국어사전은 현실 사회의 거울(鏡, 가가미)이자 귀감(鑑, 가가미)이라고 한 것이지요. 『산세이도 국어사전』은, 먼저 사전은 '거울'이어야 한다고 파악했습니다. 이것은 바로 현실 사회의 '귀감'이라는 뜻입니다. 그러니까 '현재의 실상'을 사전에 반영하고 싶지만 이는 무척 어려운 일입니다. 사전이 '거울'이기 위해서는 먼저 기초 자료가 있어야만 합니다. 겐보 선생님은 145만 개의 용례를 모아 이를 완수했습니다."

겐보는 자신의 저서에서 다시 '가가미'의 진의에 대해 자세하게 말했다.

우선은 거울이고, 그 다음으로 귀감이 될 수 있다는 점에 특히 주의해주었으면 합니다. 처음에 귀감의 성격을 갖게 하고 거기에 합당한 사실만을 객관적으로 비춘다면 진정한 '가가미'가 아닙니다. (중략) 먼저 호불호를 말하지 않고 가능한 한 많은 사실을 비추고 그것을 귀감의 입장에서 선별하는 것이 나의 입장입니다.

– 겐보 히데토시, 『말의 바다를 간다』

겐보는 매스컴 관계자 등에게서, "○○라는 말이나 표현
은 맞습니까 틀립니까?" 하는 문의를 자주 받았다고 한다.
장남 유키오 씨는 그럴 때 아버지가 어떻게 대답했는지를
잘 기억하고 있었다.

"사람들은 흔히 이렇게 말하는 것은 틀렸다는 식으로 말
하지요? 아버지는 사전을 만들고 있었기 때문에 누구보다
그렇게 말할 수 있는 입장이었을 겁니다. 하지만 아버지는
결코 그런 말을 하지 않았고, 그렇게 생각하지도 않았습니
다."

겐보가에 남아 있는 강연회 녹음테이프에서 겐보는 자신
의 생각을 저렁한 저음의 목소리로 분명히 말했다.

대체로 자신의 말이 기준이 되니까요. '이런 말은 없다'
는 비난이 많을 거라고 생각합니다. 하지만 저는 그런
말은 하지 않습니다. 그것은 '흐트러짐'이 아니라 '변화'
라고 생각합니다. 저는 비교적 신중하고 관대합니다. 말
의 문제는 어떤 입장에서 봐야만 하는가. 말의 문제는
자신의 식견을 기준으로 생각해서는 안 됩니다. 다시 말
해 '내 일본어는 올바른 일본어다'라는 입장에서 말해서
는 안 되는 것입니다. 따라서 '그런 표현은 없어'라고 처
음부터 단정해서는 안 됩니다. 단정하기 전에 주위를 잘

둘러보고 신문 같은 것도 주의해서 보고, 문제가 되는 말이 없는지 계속 관찰하는 것이 중요합니다.

– 겐보 히데토시, 『일본어와 나』

겐보는 말의 본질을 '변화'라고 파악했다. 말은 항상 변화하고 있다고 파악한 것이다. '아름다운 일본어를 지켜야 한다'고 생각하지 않았다. 그보다는 훨씬 신중하고 너그럽게 말과 대면하는 강인한 지력의 소유자였다.

1982년에 간행된 『산세이도 국어사전』 제3판에는 그 말이 실려 있다.

에이(A) 키스. [이하, B (=페팅), C (=성교), D (=임신), I (=중절)로 이어진다]

– 『산세이도 국어사전』 제3판

이 ABC를 게재할 때 편자인 긴다이치 하루히코와 시바타 다케시가 강하게 반발했다고 겐보는 자신의 저서에서 밝히고 있다. 하지만 그는 자신의 신념을 관철했다.

현실적으로 'A', 'B', 'C'는 전국 어디에나 알려져 있다. 이를테면 학생들의 공통 용어다. 이 말을 사전에 싣지 않은 것을 계기로 만약 이런 말들이 세상에서 사라진다면 싣지 않는 것에도 의미가 있다. 하지만 그런 일은 생각할 수 없다. 그렇다면 어른들만 모른다는 이야기가 되지 않겠는가. 그러니 적극적으로 실음으로써 세대를 이어주는 새로운 기능을 사전에 부여해야 하지 않겠는가.

- 겐보 히데토시, 『말 - 다양한 만남』

ABC는 『산세이도 국어사전』 제4판(1992)에도 게재되었지만 겐보가 세상을 떠난 후에 출판된 제5판(2001)에서는 그 임무를 끝냈다고 판단해 삭제되었다. 게재 기간은 약 20년이었다.

세상 사람들은 흔히 '일본어의 흐트러짐'을 한탄하고 때로 '흐트러진 말'까지 게재하는 국어사전은 비판의 대상이 되기도 한다.

그런 의견에 대해 겐보는 저서에서 온화하게, 그러나 강력하게 반론했다.

객관주의, 또는 기술주의(記述主義)에 따라 국어사전을 편집하려고 하면 또 한 가지 난처한 일이 일어납니다. 어떤 사람에게 아름답지 않은 일본어, 진기한 일본어, 틀린 의미 등이 우르르 사전 안으로 들어오는 일입니다.

이는 순수한 국어를 바라고 사전이 말의 규범이기를 바라는 사람들에게 참을 수 없는 일이겠지요.

그러나 여기서 주의해야 하는 점이 있습니다. 과연 사전이 나쁜 건가 일본어가 나쁜 건가 하는 문제입니다. 어느 쪽이 나쁜 걸까요? 어쩌면 사전을 공격한다고 생각하지만, 실은 일본어 자체를 공격하는 게 아닐까요? (중략)

사전을 공격하기 전에 일본어 자체를 아름답게 키워주세요. 그러면 사전은 저절로 아름답고 정결해집니다.

- 겐보 히데토시, 『말의 바다를 간다』

'가가미론'의 탄생 비화

겐보의 만년에 『산세이도 국어사전』의 제3판과 제4판 편집을 담당했던 산세이도의 전 직원 다나카 미쓰오 씨는 제3판의 서문 '사전=가가미론'이 쓰인 당시의 일을 지금도 선명하게 기억하고 있다.

"겐보 선생님은 무척 온화한 성격입니다. 하지만 딱 한 번, 제3판의 서문을 썼을 때는 무척 화를 냈습니다."

제3판의 서문을 바라보며 다나카 씨는 그때가 생각난다는 듯이 말했다.

"제3판 간행이 임박했을 때 이 서문에 대해 몇 번을 교정했는데도 다시 썼습니다. 기일은 개의치 않고 끝없이 정정을 했습니다. 끝내는 일곱 번이나 고쳐서 그만 '선생님, 이쯤에서 적당히 끝내주십시오'라고 말했습니다."

그러자 겐보 선생은 노기를 띤 어조로 말했다.

"필자가 독자를 위해 최선을 다하는 것은 저자의 책무입니다!"

부루퉁한 다나카 씨는 무심코, "기한을 지키는 것도 편집자로서의 책무입니다!" 하고 대답했다. 다나카 씨가 겐보 선생과 충돌한 것은 그때가 처음이었다. 그러자,

"알았습니다"

하며 겐보 선생은 조용히 펜을 놓았다. 그 후에는 여느 때의 겐보 선생으로 돌아왔다. 다나카 씨는 제3판의 서문에 시선을 떨어뜨리며 진지하게 말했다.

"그렇게까지 몰두한 것이지요. 서문이든 본문이든 완성하기 위해 혼신의 힘을 다해 열중한 것은 틀림없었다고 생각합니다."

겐보는 현대어 사전을 만들 때의 양보할 수 없는 입장과 신념을 서문의 '사전=가가미론'에 담았다. 하지만 보통 국어사전의 서문에 눈길을 주는 사람은 거의 없다.

"한 글자, 한 글자와 행간에 자신의 생각을 담았습니다. 단 두 페이지의 서문에 그 생각을 집약했다고 생각합니다."

불과 열 글자에 담긴 상식

겐보가 세상을 어떤 눈으로 바라봤는지를 엿볼 수 있는 말이 있다. **상식**이라는 말이다. 먼저 『산세이도 국어사전』의 제2판(1974)에서는 다음과 같은 뜻풀이가 쓰였다.

> **상식(常識)** 건전한 사회인이 공통으로 가진 보통의 지식 또는 생각. 코먼 센스.
>
> -『산세이도 국어사전』제2판

그런데 '사전=가가미론'을 쓴 제3판(1982)에서는 미묘하게 뉘앙스가 달라졌다.

> **상식(常識)** 그 사회가 공통으로 가진 지식 또는 생각. 코먼 센스.
>
> -『산세이도 국어사전』제3판

"그 사회가 공통으로 가진"다는 불과 열 글자 안에 상식이란 '사회에 따라 다른 법이다'라는 의미가 담겼다.

현 『산세이도 국어사전』의 편자인 이마 히로아키 씨는 이 '상식'에서 사전 편찬자로서 겐보 선생의 진수를 발견했다.

"다른 사전이 '보통 사람이…'라든가 '일반 사람이…' 하는 식으로 '누가 생각해도 같은 것'이라고 쓰는 것에 대해

그런 것은 상식이 아니라고 짤막한 말로 우리에게 가르쳐주
었습니다. "그 사회가 공통으로 가진"것이라는 식으로 산
뜻하게 썼지만, 지역이나 시대, 상황에 따라 상식이라는 것
은 다양하게 변화한다고 말이지요."

평생을 통해 '단문의 간결한' 뜻풀이를 일관해온 겐보 선
생이 생각한 '말의 사생'의 궁극적인 형태가 열 글자에 불과
한 상식의 뜻풀이에 집약되어 있다.

인생의 아이러니

연호가 쇼와(昭和, 1926~1989)에서 헤이세이(平成, 1989~)
로 변하고 1990년대 접어들자 두 사전의 판매 부수가 역전
되었다.

『산세이도 국어사전』의 편집 담당자였던 다나카 미쓰오
씨는 약간 미안하다는 듯이 말했다.

"1991년경까지는『산세이도 국어사전』이 더 많이 팔렸습
니다. 하지만『신메이카이 국어사전』에 추월당하게 되었습
니다. 세상 사람들에게는 겐보 선생님이 힘을 쏟았던 신규
항목보다는 야마다 선생님이 집착했던 독특한 뜻풀이가 더
인기가 있었던 걸까요."

초판부터 큰 히트를 친『신메이카이 국어사전』은 세간의
혹독한 평가를 받으면서도 그 후 착실히 판매부수가 늘어나

점차 『산세이도 국어사전』을 위협하는 존재가 되어갔다.

1989년 11월 10일에 『신메이카이 국어사전』 제4판이 간행될 무렵에는 거의 따라잡았고, 그 후에는 『산세이도 국어사전』에 두 배 가까운 차이를 보이며 앞질러 나갔다.

두 사전의 매출에 눈에 띄는 차이가 보이게 된 어느 날 시바타 다케시 선생은 겐보 선생으로부터 뜻밖의 말을 들었다.

"나는 겐보 선생에게 그런 말을 들을 처지가 아닌데도, 선생은 『산세이도 국어사전』이 별로 안 팔려 죄송하다고 몇 번이나 말했습니다. 나는 『신메이카이 국어사전』의 인세도 받았는데 그렇게까지 마음을 써주었습니다."

그 무렵의 겐보 선생은 입버릇처럼 어떤 말을 했다.

"왜 팔리지 않는가 하면, '(『산세이도 국어사전』이라는) 서명이 좋지 않아'라고 했습니다. 그런 말을 들은 건 열 번이나 스무 번 정도가 아닙니다. 그걸 대신할 새로운 이름을 한 번도 말하지 않았지만요. 자신이 쓴 『산세이도 국어사전』의 내용은 좋다고 무척 자신감에 차 있었습니다. 그래도 그만큼 팔리지 않는다, 왜냐하면 이름이 안 좋아서다, 하는 말을 귀에 못이 박히도록 들었습니다."

― 겐보 선생님은 분했던 모양이군요.

"그랬을 겁니다."

『신메이카이 국어사전』이 점차 『산세이도 국어사전』을

위협하게 된 무렵 간행된 『산세이도 국어사전』 제3판에는
겐보의 심정이라고 받아들일 수 있는 용례가 등장했다.

사전(辞書) "사전은 만듦새만이 문제다."

-『산세이도 국어사전』 제3판

렉시코그래퍼(lexicographer) 사전 편집자[=저자]. "렉시코그래퍼는
변명하지 않는다."

-『산세이도 국어사전』 제3판

용례도 물론이거니와 **렉시코그래퍼**라는 익숙지 않은 말을
굳이 사전에 실어 "사전 편집자[=저자]"라고 쓴 데서 겐보
선생의 자부심을 느낄 수 있다. 객관적인 기술을 목표로 하
면서도 사전 만들기는 결코 기계적인 작업이 아니고 살아
있는 인간의 손에 의해 엮어진다, 저자인 내가 『산세이도 국
어사전』을 만들고 있다,는 은밀한 주장이 엿보인다. 다만 사
전 내용에 대한 겐보의 절대적인 자신감과는 반대로 판매
부수 면에서는 『신메이카이 국어사전』에 크게 뒤처졌다.

시바타 다케시 선생은 그 한 가지 요인을 이렇게 들었다.

"『산세이도 국어사전』은 필요하고도 충분한 뜻풀이만을
최대한 담은 것인데, 독자들이 그것을 꼭 좋아한다고는 할
수 없는 거지요."

한편 『신메이카이 국어사전』이 계속 히트를 치고 있던 야마다 선생도 분함을 느끼지 않았을까 싶은 사건이 있었다.

원래 다른 사전을 날카롭게 비판하는 일이 많았던 야마다 선생은 젊은 시절부터 학자로서 확고한 신념을 갖고 있었다. 산세이도의 전 직원 고바야시 야스타미 씨는 야마다 선생으로부터 그에 대한 말을 들었다.

"'타인의 업적을 비판하는 것'이 '학자의 책무'라고 자주 말했던 게 인상에 남아 있습니다."

야마다 선생은 1981년 『근대 국어사전의 발자취 - 그 모방과 창의』라는 역작을 발표했다. 상하 두 권으로 1778페이지에 이르는 책에서 330페이지나 되는 분량을 어떤 국어사전을 비판하는 데 할애했다.

그 사전은 1972년부터 1976년까지 5년에 걸쳐 간행된 쇼가쿠칸의 『일본국어대사전』 초판이었다. 사전계에서는 『닛코쿠(日国)』라는 약칭으로 불린 전 20권, 45만 항목, 75만 용례로 구성된 일본 최대의 대형 국어사전이다.

야마다는 「여설(余説) 제2장 일본국어대사전」이라는 제목의 장에서 『일본국어대사전』의 뜻풀이와 용례에 대해 수백 가지 항목을 들어 철저하게 비판하고 그 대안과 '해결책'을 제시했다. 그중의 하나가 앞에서 말한 **연애**의 뜻풀이였다. 그 밖에도 편찬 작업에 컴퓨터를 사용했다는 트집 같은 비판까지 썼다. 내용에 대해서뿐만 아니라 『일본국어대사전』이라는 서명에 대해, "이 얼마나 안 좋은 어조인가. 감각이 없는 것에 기가 막힌다"라고까지 깎아내렸다.

야마다의 책이 나온 지 8개월 후에 『일본국어대사전』의 편자인 마쓰이 시게카즈(松井栄一) 씨가 반론을 발표했다. 마쓰이 씨는 사전계에서 모르는 사람이 없을 만큼 저명한 사람이다. 『대일본국어사전』을 엮은 전설의 편찬자 마쓰이 간지(松井簡治)를 조부로 두었고, 아버지 마쓰이 기(松井驥)에 이어 3대에 걸쳐 사전 편찬에 몸을 바친 '사전계의 명문가' 출신이다.

마쓰이 씨는 어떤 작업에도 컴퓨터를 사용한 일이 없다고 했고, 그 밖에도 대부분의 비판이 야마다 다다오가 잘못 보았거나 오해라고 지적했다.

> 잘못된 믿음이나 잘못된 사실 판단이 너무 많고, 게다가 오인에 기초하면서도 거기에는 반드시라고 해도 좋을 정도로 심한 욕설이 더해져 있는 것이 큰 문제다. 이를테면 헛스윙을 했으면서 그 배트로 상대를 때리려고 덤비는 듯한 인상을 받는다. 정말이지 안타깝다고 하지 않을 수 없다.
>
> – 마쓰이 시게카즈, 「『근대 국어사전의 발자취–여설 제2장』에 대하여」,

　마쓰이 시게카즈 씨는 이전에 일본어 관련 예능 프로그램의 로케이션에 출연한 적이 있다. 현대의 대편찬자임에도 불구하고 무척 대범하고 온화한 사람이었기 때문에 이 반론문을 썼을 때는 오해에서 발단한 비판에 정말이지 억울하기 그지없었을 것이다.

　이 소동이 있었을 때 『메이카이 이야기』의 저자인 평론가 무토 야스시 씨는 국문과 대학원생이었다. 이 일에 대해 당시에 들은 말을 자신의 저서에 썼다.

　　야마다 다다오는 왜 그렇게 품이 드는 『일본국어대사전』 비판을 굳이 한 것일까, 하는 것이 주제가 된 적이 있었다.

　　"질투야. 『일본국어대사전』의 편집에 넣어주지 않았으니까⋯. 앞으로는 『일본국어대사전』이 기본이 될 게 뻔하니까, 그걸 깨려고⋯."

　　당시 내게 그런 말을 해준 사람이 있었다는 사실이 떠오른다. 중견 국어학자였다.

　　　　　　　　　－무토 야스시, 『국어사전의 명뜻풀이』[45]

사실 겐보는 이『일본국어대사전』초판의 편집에 참가했다. 원래 겐보는 마쓰이 시게카즈 씨와 꽤 깊은 인연이 있었다. 마쓰이 씨도 1960년대 중반부터 독자적으로 용례 카드를 작성했고, 그 분야의 대선배인 겐보 선생에게 일깨움을 얻었다. 한편 겐보 선생은 마쓰이 씨를 자신의 저서에서 높이 평가했다.

그리고 마쓰이 씨가 중심이 되어 진행한『일본국어대사전』초판을 편찬할 때 겐보 선생도 편집위원의 한 사람으로 가세했다. 겐보 선생은 자신의 방대한 용례 카드를『일본국어대사전』을 위해 제공하겠다고 제안했지만, 마쓰이 씨는 용례 수집의 노력에 경의를 표하며 쉽게 카드를 빌리지는 않았다. 겐보 선생의 제안은 실현되지 않았지만 두 사람은 서로를 존경하는 사이였다.

그런 고리 안에 야마다 선생은 없었다.『신메이카이 국어사전』이 잘 팔리고 기분 좋은 진격을 계속하고 있었지만, 그 후에도 야마다가『일본국어대사전』의 편찬에 관여하는 일은 없었다.

한쪽에 눈부신 '빛'이 비추면 다른 쪽은 어두운 '그림자'에 덮인다. '빛'과 '그림자'는 두 사람을 놀리듯이 그때그때

---

45) 武藤康史,『国語辞典の名語釈』, 三省堂, 2002.

갈마들었다.

사전에 남은 '관계의 흔적'

평생에 걸쳐『산세이도 국어사전』과『신메이카이 국어사전』 양쪽의 편자로 이름을 올린 시바타 다케시 선생은 인터뷰에서 두 편찬자의 인물상을 비교했다.

"두 사람의 개성이 다릅니다. 어떤 의미에서는 대조적인 개성을 가졌으니까요. 간단히 말하면 겐보 선생은 '진보주의자'입니다. 야마다 선생은 '전통주의자'지요. 그러니까 겐보 선생은 새로운 것을 계속 흡수할 수 있습니다. 결과적으로 사전에 삼켜졌지요. 야마다 선생은 그렇지 않습니다. 역시 사전을 통제합니다(생각대로 다룹니다). 겐보 선생은 사전 이외에는 생활이 없었을 겁니다. 야마다 선생은 그렇지 않습니다. 오히려 사전 일을 받아들이는 바람에 여유가 없어져 곤란하다고 불만스러워하는 마음이 있었지요."

원래 고전 연구의 일인자인 야마다 선생은 사전 편찬에 시간을 빼앗긴다고 자주 불만을 토로했다. 야마다 선생은 1959년 4월 15일, 아주 이른 시기에 니혼 대학 문리학부 교수를 그만두었다.

"대학 교수를 하고 있으면 시간을 빼앗겨 자신의 연구를 할 수 없다."

이것은 야마다 선생 본인의 말이었다. 고전 연구에 전념하기 위해서라는 이유였지만, 이후에는 직장을 갖지 않고 겐보 선생과 마찬가지로 사전에서 얻은 인세로 생활했다. 이미 고전 분야에서 일가를 이루고 있던 야마다 선생은 학회 등에서 그다지 좋은 평가를 받지 못했던 사전 편찬의 길에 스스로 발을 들여놓았다.

사전에 인생을 바치는 몸이 된 두 사람은 각자『산세이도 국어사전』과『신메이카이 국어사전』을 자신들의 신념에 기초하여 엮고 발전시켜나갔다.

관계가 단절되었을 두 사람은 그 후 묘한 형태로 '관계의 흔적'을 남겼다.『산세이도 국어사전』제3판을 출판한 이듬해인 1983년 11월 20일, 예순아홉 살 생일을 맞이한 겐보 선생은 책 한 권을 출판했다. 지금까지의 인생을 돌아보고 만났던 '말'이나 '사람'에 대해 쓴『말 - 다양한 만남』이라는 책이다.

이 책에서 겐보 선생은 예전에『메이카이 국어사전』개정판에 게재한 추억 깊은 '어떤 말'에 대해 썼다. 그것은 아주 평범한 **주식**이라는 말이었다.

주식(主食) 영양의 중심이 되는 음식. 쌀·보리 같은 곡물을 가리킨다.

어느 날 한 국어 전문가가 그것에 주의가 미치게 되기까지 **주식**과 국어사전은 인연이 없었다.

'주식'의 부재에 주의가 미친 사람은 외우(畏友) 야마다 다다오다.

-겐보 히데토시, 『말-다양한 만남』

야마다 다다오에게 붙은 외우의 뜻풀이는 『산세이도 국어사전』 제3판에 이렇게 쓰여 있다.

외우(畏友) 존경하는 벗.

-『산세이도 국어사전』 제3판

예순아홉 살을 맞이한 겐보 선생은 예전에 결별한 야마다를 외우라고 불렀다.

한편 야마다는 1989년 11월 10일에 간행한 『신메이카이 국어사전』 제4판에서 **실로**의 용례를 이렇게 바꿔 썼다. 먼저 초판에서 제3판까지는,

실로(実に) "조수 자리에 있었던 기간이 실로 17년[= 놀랄 만하게 17년이나 되는 긴 기간에 이르렀다. 견디게 만드는 사람도 사람이지만 견디는 사람도 대단하다는 감개가 포함되어 있다].

-『신메이카이 국어사전』초판

하며 '조수' 시절의 원망 섞인 불평을 직접적으로 썼다. 이것이 제4판에서는 나쓰메 소세키의 『도련님』의 한 문장을 인용하여 이런 용례로 바뀌었다.

실로(実に) "이런 좋은 벗을 잃는다는 것은 자신에게도 실로 커다란 불행이라고까지 말했다."

-『신메이카이 국어사전』4판

용례는 '조수'에서 '좋은 벗'을 잃는 슬픔으로 바뀌었다. 이 제4판에는 '1월 9일'의 기술도 등장했다. 그때 일흔세 살을 맞이한 야마다 선생의 심경에 어떤 변화가 있었던 것일까. 그리고 놀랄 만한 기술이 보였다.

1992년 3월 1일, 겐보 선생은 인생에서 마지막이 되는 개정을 마치고 『산세이도 국어사전』 제4판을 출판했다. 그 서문에서 평생에 걸쳐 했던 용례 수집이 '145만 개'에 달한 것을 밝혔다. 일흔일곱 살을 맞이한 겐보 선생은 이 제4판에 새롭게 '어떤 단어'를 덧붙였다. 그것은 지금까지 겐보 선생이 집착해온『산세이도 국어사전』의 편집 방침에서 일탈한, 너무나도 이해할 수 없는 단어였다.

블루 필름 성행위를 찍은 외설 영화.

－『산세이도 국어사전』 4판

40대 무렵 신주쿠의 카페에서 열띤 토론을 벌인 후에 감상한 블루 필름이었다. 이 말은 야마다가 만든『신메이카이 국어사전』에는 이전부터 게재되어 있었다.

블루 필름 비밀 루트로 보여주는 외설 영화.

－『신메이카이 국어사전』 초판

진지하고 고지식한 야마다 선생은 블루 필름을 혼자만 완강하게 보지 않았다. 그러나 자신이 만든『신메이카이 국어사전』에는 초판부터 블루 필름을 실었다.

한편 겐보 선생은『산세이도 국어사전』 초판부터 제3판까지 블루 필름을 싣지 않았지만 제4판에는 갑자기 실었다. 이 사실에는 정말 놀랄 수밖에 없었다.

말할 것도 없이『산세이도 국어사전』은 '지금'을 재현하는 '현대어 사전'이라는 것을 자부해왔다. 그런 『산세이도 국어사전』에 헤이세이 시대에도 거의 찾아볼 수 없는 블루 필름이라는 '한참 지난 시절의 말'을 이제 와서 굳이 실어야 할 이유는 없었다.

애당초 『신메이카이 국어사전』에 블루 필름이 실려 있다는 사실을 아는 사람도 거의 없었을 것이다. 일일이 다른 사전의 항목을 확인하는 사전 관계자 이외에는 일단 그런 사람을 생각할 수가 없다.

그러므로 나는 확신한다. 겐보 선생은 야마다 선생이 쓴 『신메이카이 국어사전』에 실린 블루 필름의 존재에 주의가 미쳤을 것이라고 말이다.

자신의 남은 인생이 얼마 되지 않는다고 자각했을 때 겐보 선생은 자신이 내세운 『산세이도 국어사전』의 방침을 거스르며 은밀히 실었다. 겐보 선생은 아마 네 명의 편자가 서로 얼굴을 맞대고 말에 대해 열띤 토론을 했던 그 무렵을 떠올렸을 것이다. 야마다 선생은 『산세이도 국어사전』 제4판에 더해진 블루 필름의 존재에 주의가 미쳤을까.

겐보와 야마다, 우연한 재회

만년에 단절되었던 겐보 선생과 야마다 선생 사이를 오간 인물이 있다. 전 요미우리신문사 사회부 기자로 퇴직 후에 국어사전에 관한 책을 여러 권 출판한 이시야마 모리오 (石山茂利夫) 씨다.

이시야마 씨는 1980년대 후반 일본어에 관한 취재를 하는 중에 겐보 선생과 야마다 선생 각각의 집에 뻔질나게 드나들게 되었다. 말년의 두 사람과 직접 접했던 몇 안 되는 사람 중의 하나였다. 그는 그때의 일화를 산세이도의 홍보지에 발표했다.

이시야마 씨도 당연히 『신메이카이 국어사전』의 탄생을 둘러싸고 두 사람 사이에 무슨 일이 있었는가, 하는 이야기는 알고 있었다.

'언젠가 두 사람에게서 사실 관계를 캐물어 알아내야지' 하며 기자 정신을 불태우고 있었는데 두 사람을 접하며 서로의 사전관이나 기질을 알고는 점차 두 사람의 '대립'에 대한 흥미가 희미해졌다고 한다.

그리고 두 사람을 만날 때는 의식적으로 겐보 선생에게는 야마다 선생 이야기를, 야마다 선생에게는 겐보 선생 이야기를 전하게 되었다. 겐보 선생은 언제나 조용히 웃으며 들었고 야마다 선생은 때때로 질문도 했다고 한다. 전하는 내용은 일부러 '좋은 이야기'로 한정했다.

1989년경 야마다 선생의 집으로 취재하러 갔을 때 야마다 선생이 갑자기 겐보 선생에 대해 물었다.

취재 틈틈이 야마다 선생님이 불쑥 "겐보는 잘 있나?" 하고 물었다. 손으로 밀면 픽 쓰러질 것 같은 상태의 겐보 선생님을 떠올리며 "그럭저럭 잘 계시는 것 같습니다" 하고 말을 흐렸다. 야마다 선생님은 내 대답도 제대로 듣지 않고 "얼마 전에 치과병원에서 만났는데 금방이라도 고꾸라질 것 같더군" 하고 말했다.

－이시야마 모리오, 「첫 번째 승부」, 〈산세이도 부클릿〉 123호,
1997년 4월

사실 그때 겐보 선생의 몸 상태는 좋지 않았다. 이시야마 씨는, "금방이라도 고꾸라질 것 같더군"이라는 야마다 선생의 발언에 불쾌감을 느꼈다.

'병과 힘들게 싸우고 있는 겐보 선생님에게 그런 식으로 말할 필요까지는 없지 않은가.'

하지만 그 후 왜 그때 야마다 선생이 그런 발언을 했는지를 깨닫고 가슴이 덜컥했다.

'사고'가 있었던 두 사람이긴 하지만 사전 편찬자로서의 역량, 열의만큼은 서로 신뢰하고 있었다. 야마다 선생은 우연히 단골 치과병원에서 만난 겐보 선생의 너무나도 쇠약한 모습을 보고 가슴이 찢어질 듯한 마음이지 않

았을까. 야마다 선생의 입장에서 보자면 늘 겐보 선생을 두둔하는 내가 '아주 건강합니다' 하고 강하게 부정해주기를 바랐던 것이 아닐까. 그렇게 생각하자 "금방이라도 고꾸라질 것 같더군" 하고 무뚝뚝하게 내뱉었을 때의 야마다 선생은 울고 싶은 마음을 애써 참으며 일부러 미움을 살 만한 말을 하는 고집 센 개구쟁이 같았다는 생각이 든다.

– 이시야마 모리오, 「첫 번째 승부」, 〈산세이도 부클릿〉 123호,
1997년 4월

바로 그 무렵인 1989년 11월 10일 야마다 선생은 『신메이카이 국어사전』 제4판을 간행했다. 제4판에서는 이미 말한 것처럼 시점의 용례에 '1월 9일'의 항목이 새로이 더해지고 **실로**의 용례가 '조수'에서 '좋은 벗'으로 바뀌었다.

겐보 선생의 마지막 나날

겐보 선생은 몸 상태가 계속 좋지 않아 통원과 검사를 위한 입원을 되풀이하면서도 마지막 힘을 짜내어 『산세이도 국어사전』 제4판을 세상에 내보냈다. 주위 사람에게는 "이제 여한이 없네" 하고 말했다고 한다.

『산세이도 국어사전』 제4판이 출판되고 대략 반년쯤 후

인 1992년 10월 21일. 겐보 선생은 기립성 저혈압에 의한 심부전으로 77년의 생애에 막을 내렸다. 생전에 겐보 선생은 가족에게 "장례식은 치르지 마라"는 유언을 남겼다.

지금은 장례식을 치르지 않는 경우가 그다지 드물지 않지만 당시로서는 이례적인 일이었다. 하물며 사전계나 국어학계에서는 모르는 사람이 없는 존재인데 장례식을 치르지 않을 수는 없었다. 장남 유키오 씨는, "장례식을 치르지 말라고 했지만 육친끼리만 모여서 장례식을 치렀습니다. 아버지는 너무 요란하게 하지 않기를 바란 모양입니다. 아무튼 형식에 구애받지 않았거든요" 하고 이야기했다. 정말이지 겐보 선생답다고 느꼈다. 육친끼리만 모여서 치르는 장례식에 긴다이치 하루히코 선생도 달려왔다.

"하루히코 선생님은 아버지가 돌아가셨을 때 그(겐보)가 세상에 알려지지 않은 것을 무척 안타깝게 생각한다고 말씀하셨지요."

야마다 선생은 장례식에 모습을 드러내지 않았다.

취재를 하며 절실히 느낀 게 있었다. 겐보 히데토시라는 사람의 인생에서는 허영심 같은 것이 전혀 느껴지지 않았다.

허영심(虛榮心) 겉을 꾸미고 싶어 하는 마음. 허세를 부리고 싶어 하는 마음.

이에 대해 솔직하게 유키오 씨에게 물었다.

"아버지는 명예박사나 서훈도 거절했다고 했습니다. 겸손해서가 아닙니다. 애초에 그런 것에는 전혀 집착하지 않고 사로잡히지 않는 것 같았습니다."

차남인 나오야 씨가 아버지의 인생을 돌아보며 이야기를 시작했다.

"아버지 같은 일을 하고 싶었느냐고 하면, 그렇게 생각하지 않았습니다. 24시간 일만 하는…. 그것뿐이었으니까요."

"저는 가능한 한 가족과 좀 더 가까이했더라면 좋았겠다 싶어요."

장녀 가요코 씨는 좀 더 아버지와 보내는 시간을 갖고 싶었다.

"친구들 이야기를 들으면 집에 자가용이 있어서 주말에는 드라이브를 가고…. 와, 다른 집은 그렇구나, 하고 부러워한 적도 있었거든요."

겐보 가에서는 아르바이트를 허락하지 않았다. 가요코 씨에게 허락된 유일한 아르바이트는 아버지의 용례 수집을 돕는 일이었다. 대학생은 학업에 전념해야 한다는 이유에서였다.

가요코 씨는 대학교 4학년 때 진로를 고민하다 드물게도 아버지와 장래에 대해 이야기한 일이 인상에 남아 있다.

"동기가 필요한 거다, 막연히 생각해서는 안 된다고 강조했어요."

말의 세계에 살며 보통 사람들과 동떨어진 이미지의 겐보 선생은 매일 말을 모으는 일이 즐겁기만 해서 동기에 고심하는 일은 없었지 않았을까, 하고 멋대로 상상했다. 하지만 실제로는 고독하게 용례 수집을 계속하면서 동기가 저하되어 남몰래 힘들어했을지도 모른다. 만년에는 라이벌이 된 야마다 선생의 존재가 큰 영향을 끼쳤을 것이다.

"월급쟁이인 제 입장에서 보면 정년 후에도 제일인자로서 왕성하게 일할 수 있어서 좋았겠다고 생각합니다. 줄곧 한길을 걸을 수 있었으니까요."

아버지의 성격을 가장 잘 이어받은 듯이 보이는 유키오 씨가 이렇게 말하자 나오야 씨는, "하지만 좀 더 아이들과 놀아주기도 하고 술도 마시고 유원지에도 갔더라면…" 하고 말을 되받았다.

형제의 이야기를 듣고 잠시 생각에 잠긴 가요코 씨는 말을 고르듯이 이야기를 꺼냈다.

"다만 뭔가를 희생하지 않고는 그만한 일을 할 수는 없었을 거고…. 행복한 인생이었느냐고 하면 그렇다고도 할 수 있겠지만, 아마 달리 하고 싶은 일이 있지 않았을까요? 여행도 좋아하고 음악도 좋아하고 가족도 좋아하는 사람이었으니까요."

하지만 마지막에 가요코 씨는 단호하게 이렇게 말했다.

"그렇게 생각하기는 하지만, 그래도 정말 멋진 일을 했다고 생각해요."

맨 마지막에 실은 말, '응응응'

하치오지의 자료실에는 겐보 선생이 평생에 걸쳐 수집한 145만 개의 '말'이 지금도 잠들어 있다. 장례식을 치르지 않아도 좋다고 했던 겐보 선생이 "남겨두었으면 한다"고 호소한 것은 두 가지였다. 하나는 『메이카이 국어사전』 제3판 개정 원고인 '환상의 원고'이고 또 하나는 '겐보 카드'였다.

"쇼와 시대를 돌아봤을 때 그 당시 사용했던 '현대어'를 반영한 국어사전을 남겼습니다. 그것이 겐보 선생님의 최대 공적이라고 생각합니다."

산세이도의 전 직원 다나카 미쓰오 씨가 이렇게 말했다. 그 공적의 기초가 '겐보 카드'였다. 겐보 선생이 세상을 떠난 후 너무나도 방대한 양의 카드를 누가 어떻게 보관할 것인지가 문제가 되었다. 결국 산세이도가 하치오지의 자료실에 보관하게 되었다.

그러나 그 후 특별히 활용되지도 않고 그저 그 장소에 놓인 채 잠들어 있다. 너무나도 방대한 양이기 때문에 정리하거나 스캔을 해서 데이터화하는 데도 인력이나 품, 비용이 막대하게 든다. 난방 설비가 없는 한겨울의 자료실에서 현 『산세이도 국어사전』의 편자인 이마 히로아키 씨는 산더미같이 쌓여 있는 '겐보 카드'를 올려다보며 중얼거렸다.

"지금은 저 말고 보러 오는 사람도 거의 없습니다. 그야말로 **사장**이지요."

사장(死藏) 사용하지 않고 또는 하릴없이 넣어두는 일.

－『산세이도 국어사전』 제4판

장엄한 분위기마저 감도는 145만 개 말의 벽 앞에서 이마 씨는 어렴풋한 미소를 짓고 있었다.

"이 카드가 애처롭습니다. 시간만 허락된다면 계속 보고 싶습니다. 카드를 하나하나 보면 그때그때 겐보 선생님이 무엇을 생각하며 말을 수집했는지 알 수 있을 것 같기도 합니다."

이마 씨가 무수히 늘어선 카드 다발에서 뭔가를 찾기 시작했다. 그중에 겐보 선생이 평생에 걸쳐 찾아낸 '어떤 말'이 숨어 있었다.

"…아, 있네요, 있어요!"

이마 씨는 카드 한 장을 자랑스럽게 카메라를 향해 보여
주었다.

"이건 말이죠, **응응응(んんん)**[46]이라는 카드입니다. **응응
응.**"

카드에는 '응'이 세 개 늘어서 '응응응'이라고 쓰여 있었
다. 증거로 붙어 있는 오린 기사에도 '응응응' 부분이 빨간
색 볼펜으로 동그라미가 쳐져 있었다.

이것이 『산세이도 국어사전』의 맨 마지막에 실린 단어 **응
응응**이었다.

> **응응응(んんん)** ① 몹시 말이 막혔을 때의 소리. ② [두 번째 소리를
> 낮추고 또는 높여] 부정하는 마음을 나타낸다.

국어사전에서 맨 마지막에 실린 말은 사전마다 다르다.
은바(んば)[47]나 은보(んぼ)[48] 등 천차만별이다. 겐보 선생은
사전의 맨 마지막에 실을 단어가 무엇이어야 할지를 생각했

---

46) 실제 발음은 '으응(ん__ん)'에 가깝다.
47) ~면, ~한다면, 이라는 뜻이다.
48) 그런 상태에 있는 사람이나 사물을 나타내는 말, 또는 어린이의 놀이 이름에 붙이
는 말이다. 구론보(黒んぼ)는 흑인, 가쿠렌보(隠れんぼ)는 숨바꼭질이라는 뜻이다.

다. 그리고 어느 날 '응(ん)'이 세 개 나란히 늘어선 '응응응(んんん)'이 아닐까 하고 생각하기에 이른다.

> 그런데 사전의 맨 마지막 항목은 무엇일까요.
> 우선 이론적인 면에서 보기로 합시다. 이건 간단합니다. '응(ん)'을 두 개 겹쳐 '응응(んん)'으로 하면 됩니다. 이렇게 하면 그 다음은 없습니다. 그러므로 말 그대로 이건 마지막 항목이 되는 겁니다. 뭐하면 '응(ん)'을 하나 더 붙여 '응응응(んんん)'으로 하면 정말 좋겠지요. 문제는 실제로 그런 말이 있느냐 하는 것입니다.
>
> — 겐보 히데토시, 『말-다양한 만남』

겐보 선생은 **응응응**의 용례를 실제로 10년 넘게 찾았다. 그리고 확실히 증거를 확보했다.

그날 이마 씨가 겐보 카드의 산더미에서 **응응응**을 찾아보니 차례로 나왔다. 만화·소설·잡지 등 게재 매체도 다양했다. 확실한 증거를 여러 개 확보하고 『산세이도 국어사전』 제3판에서 사전 말미에 **응응응**을 더했다.

> 이제 영어 사전의 마지막 항목 'zzz'와 균형이 잡히게 되었습니다.

이후 **응응응**은 반드시 『산세이도 국어사전』에 싣는 마지막 말로서 현재까지 이어지고 있다.

위업을 계승하는 사람

145만 개의 용례라는 엄청난 양의 말을 앞에 두고 체념을 입에 담은 현 『산세이도 국어사전』의 편자인 이마 히로아키 씨가 일변하여 얼굴을 들고 말하기 시작했다.

"…하지만 이렇게 굉장한 것이 있다는 게 역으로 저한테는 '격려'가 되기도 합니다. 저는 이렇게 하지 못합니다. 그래도 '과거에 이렇게 굉장한 일을 한 사람이 있었다'고 생각하는 것만으로도 얻는 게 있습니다."

이번 프로그램 취재로 다시 이마 씨를 만나 이야기를 듣는 중에 의외의 사실 두 가지를 알았다.

우선 이마 씨가 원래 『산세이도 국어사전』보다는 『신메이카이 국어사전』의 팬이었다는 사실에 놀랐다. 1980년대 후반, 당시 와세다 대학 문학부에서 고전 연구에 뜻을 두고 있던 이마 씨는 잡지 〈피아〉의 페이지 왼쪽 끝에 싣는 길쭉한 한 줄 독자투고란에 자주 "신메이카이 왈…"하며 『신메이카이 국어사전』의 뜻풀이를 소개하는 내용을 봐왔다.

당시부터 독특한 『신메이카이 국어사전』의 뜻풀이는 알 만한 사람은 다 아는 주목의 대상이었다. 『신메이카이 국어사전』의 뜻풀이는 어른의 문체로 쓰여 있어 매력적이었으나, 누구나 알 수 있는 평이하고 간결한 문장으로 쓰인 『산세이도 국어사전』은 '대학생용 사전이 아니구나' 하고 느꼈다.

그런 이마 씨가 『산세이도 국어사전』, 그리고 겐보 히데토시에게 매료된 것은 와세다 대학원에 재적하고 있을 무렵, 겐보 선생이 당시 잡지 〈언어생활〉에 연재하던 「말의 휴지통」이라는 기사를 읽었기 때문이다.

겐보 선생은 매월 용례로 수집한 말 중에서 몇 개를 골라 소개했다. 처음에는 신기해서 읽었지만, 소개하는 말이 모두 독특하고 재미있어서 점차 필자인 '겐보 히데토시'라는 인물에게 관심이 생겼다고 한다.

'이런 것에 열중하는 연구자는 없다. 대체 어떤 사람일까?'

조사해보니 겐보 히데토시는 '연구자'가 아니었다. 사전 만들기를 생업으로 하는 '사전 편찬자'였다.

NHK 라디오 프로그램의 인터뷰에서 겐보 선생은 전공에 대한 질문을 받고, "저는 전공이 없습니다. 기본적으로 '모든 것'을 다룹니다" 하고 대답했다고 한다. 확실히 연구자라면 전공이 있지만 사전 편찬자는 폭넓게 모든 것을 망

라할 필요가 있다. 이마 씨는 그 이야기를 듣고 '연구'가 아니라 '편찬'의 길에 뜻을 두게 되었다.

또 한 가지 의외였던 것은 이렇게까지 겐보 히데토시에 대해 열띠게 이야기하는 이마 씨가 겐보 선생을 한 번도 만난 적이 없다는 사실이었다. 이마 씨는 틀림없이 겐보 선생의 감화를 받은 제자라고 생각하고 있었다. 하지만 겐보 선생이 살아 있을 때는 아직 『산세이도 국어사전』의 편찬에 참여하지 않아 직접 대면한 적이 없었던 것이다.

생전에 관계가 없었지만, 그 후 『산세이도 국어사전』의 편집에 종사하게 되어 자신도 같은 일을 하면서 겐보 선생의 이루 말할 수 없는 위대함을 더욱 실감하고 존경심을 키워 왔다고 한다. 이마 씨는 지금 겐보 선생이 한 워드헌팅을 이어받은 사람으로서 『산세이도 국어사전』의 개정 작업을 담당하여 계속 분투하고 있다.

프로그램 제작이 종반에 이르렀을 무렵, 연령 표기를 확인하려고 이마 씨에게 생년월일을 물었다. 이마 씨는 1967년 '10월 21일'에 태어났다고 했다. 그 날짜를 듣고 나는 무심코 "앗!" 하고 소리쳤다. 겐보 선생의 기일이 1992년 '10월 21일'이다.

겐보 선생의 기일과 그 일을 이어받은 이마 씨의 생일이 똑같이 '10월 21일'이었다. 이마 씨에게 그 사실을 전하자,

"오랫동안 잊고 있었습니다. 하지만 그 사실을 잊지 않고 자각하고 있어야 하는지도 모르겠습니다" 하고 말했다.

『산세이도 국어사전』은 다시 새롭게 태어나려 하고 있었다. 세상에 내보낼 제7판 작업이 막바지에 접어들고 있던 시기에 이마 씨는 145만 용례의 '겐보 카드' 앞에 서 있었다.

"『산세이도 국어사전』을 이어받은 사람으로서 이 145만 개 카드의 무게는 정말 무겁습니다. 이 카드를 무시하고 새로운 사전은 있을 수 없겠지요. 과거에 이만한 일을 한 사람이 있습니다. '그렇다면 나는 뭘 할까?' 하는 숙제도 받았습니다. '그렇다면 자네는 뭘 할 건가?' 하는 물음을 받았지요. 카드가 '자네는 뭘 할 수 있나?' 하고 질문하고 있습니다."

이마 씨는 단지 거기에 놓여 있을 뿐인 145만 개의 말에서 강력한 일깨움을 얻었다.

─ 이마 씨에게 겐보 선생님은 어떤 사람입니까?

"…겐보 선생님은 저에게 북극성 같은 사람, 기준이 되는 존재입니다."

이마 씨는 145만 개의 말을 둘러보며 마지막 한마디를 덧붙였다.

"여기에 겐보 히데토시가 있습니다. 이 카드가 겐보 히데토시 그 자체인 셈이지요."

2013년 2월, 겐보 선생의 유지를 이어받아 『산세이도 국어사전』은 제7판 출판을 위한 개정 작업의 대단원을 맞이하고 있었다. 스이도바시의 산세이도 본사 회의실에서는 국립 국어연구소에서 겐보 선생의 부하 직원이었던 히다 요시후미 씨, 겐보 선생에 의해 사전 만드는 길로 들어선 이마 히로아키 씨 등의 편자들이 모여 게재할 말에 대해 기탄없는 토론을 벌이고 있었다.

취재의 종반에 이마 씨로부터 메일 한 통이 왔다.

"안타깝게도 이번 개정판(『산세이도 국어사전』 제7판)에서 워드헌팅이라는 항목을 삭제하기로 했습니다. '일반 사람들이 거의 사용하지 않는다'고 판단해서입니다. 겐보 선생님의 특별한 감정이 들어간 말입니다만, 역시 사전은 첫째로 이용자를 위한 것이라는 (겐보 선생님 이래의) 생각에 따른 것입니다."

"말은 소리도 없이 변한다." 말은 항상 변하고 있다.

말의 본질을 그렇게 파악하고 있던 겐보 선생은 이런 말도 자주 했다.

"사전은 만들어진 순간부터 낡아간다."

야마다 다다오의 마지막 개정

인터뷰에서 야마다 선생은 『신메이카이 국어사전』 제4판에 새롭게 한 단어를 덧붙였다고 직접 밝혔다. **헝그리 정신**이라는 말이었다.

헝그리 정신(hungry 精神) 성장기에 경험한 가정의 빈곤·쓸쓸함·역
경의 괴로움을 성공한 후에도 잊지 않고 다른 사람에 대한 배려와 항
상 자신을 고양시키는 마음으로 전환하며 계속해서 갖는 생활 태도.

—『신메이카이 국어사전』 제4판

"'헝그리 정신'이라고 흔히 말하잖아요? 하지만 사전에
실려 있지 않았습니다. 저는 이 말을 좋아하거든요. 어쩌면
좋아한다기보다는 이 정신을 계속 갖고 있고 싶어서 스스로
를 경계하는 말로 사전에 넣었습니다."

겐보 선생이 세상을 떠나고 4년 후인 1996년 2월 6일. 79
년의 생애에 막을 내리고 야마다 선생은 저세상으로 떠났
다. 야마다 선생이 세상을 떠나고 1년 반 후인 1997년 11월
3일, 『신메이카이 국어사전』 제5판이 간행되었다. 제5판에
서는 어떤 말이 야마다 다다오다운 '장문의 상세한' 뜻풀이
로 바뀌어 있었다. **은인**이라는 말이다.

은인(恩人) 은혜를 받은 사람. 신세를 진 사람.

—『신메이카이 국어사전』 제4판

제4판에서는 마치 겐보 선생의 『산세이도 국어사전』처럼 이렇게 간결한 뜻풀이였다. 그런데 제5판에서는 잘못 본 것처럼 바뀌어 있었다.

은인(恩人) 재난에서 구해주거나 물심양면에 걸쳐 지원의 손길을 뻗어주거나 분발할 기회를 주는 등, 그 사람이 그 후 무사하고 안온하게 살아가는 데 크게 이바지한 사람.

－『신메이카이 국어사전』 제5판

야마다 선생은 학자의 책무로서 '서적 구입'을 중시했다. 하지만 젊었을 때는 돈이 없어 값비싼 사본(寫本) 등을 사고 싶어도 살 수 없었던 때가 많았다.

시바타 다케시 선생은 야마다 선생에게서 들은 이야기를 인터뷰에서 증언했다.

"젊었을 때 야마다 선생은 겐보 선생에게 상당히 신세를 졌다, 겐보 선생한테 돈을 빌렸다고 했습니다."

곤궁할 때 손길을 뻗어준 것은 '좋은 벗'이었다. "분발할 기회를 주"거나 했다고 말할 때는 물론 도쿄 대학 동기이자 최고의 라이벌이었던 겐보 선생을 마음속에 떠올렸을 것이다.

만년의 야마다 선생은 마치 "말은 소리도 없이 변한다"고 말한 겐보 선생의 사상처럼 말의 변화에 관용적인 입장을 취한 측면이 있었다.

흔히 일본어의 '오용'으로 거론되는 이키자마(生きざま)라는 말이 있다. 예컨대 소설가 엔도 슈사쿠(遠藤周作)는 자신의 저작에서 솔직히 불쾌감을 나타냈다.

> 내가 아는 한 '시니자마'(死にざま, 죽을 때의 모습)라는 단어는 옛날에 있었지만 '이키자마'(生きざま, 살아가는 모습)라는 말은 일본어에 없었던 것 같다.
>
> 그러므로 텔레비전에서 '이키자마'라는 말을 들으면 '맙소사' 하고 생각한다. 그리고 머지않아 '이키자마'라는 아름답지 못한 일본어가 새로운 국어사전에 게재되는 상황을 우려하게 된다. 그런 말은 아름답지 않기 때문이다.
>
> – 엔도 슈사쿠, 『변하는 것과 변하지 않는 것』[49]

'자마'(ざま)는 '자마오미로'(ざまをみろ, 꼴 좋다)라고 하듯이 사람의 실패를 비웃는 말로서 멀리는 에도 시대부터 사용되었다. 그러므로 지금도 저항감을 느끼는 사람이 적지 않다. 야마다 선생은 이 이키자마를 『신메이카이 국어사전』 제4판에서 철저하게 옹호했다.

---

49) 遠藤周作, 『変るものと変らぬもの』, 文藝春秋, 1990.

살아가는 모습(生き様). 그 사람의 인간성을 생생하게 보여주는 생활 태도. ['자마(ざま)'는 '사마(様)'의 탁음화 현상에 의한 것으로 '자마오미로(ざまをみろ)'라고 할 때 의 '자마(ざま)'와는 의미가 다르며 나쁜 우의(寓意)가 전혀 없다.] 일부 사람들이 위와 같은 이유로 이 말을 싫어하는 것은 전혀 근거가 없다.

-『신메이카이 국어사전』 제4판

　『신메이카이 국어사전』의 독특한 뜻풀이는 그 후 여러 매체에서 대대적으로 다뤄져 화제가 된다. 1980년대 전반, TBS 라디오에서 일요일이나 월요일 심야에 방송했던 오하시 데루코(大橋照子)의 〈라디오는 아메리칸(ラジオはアメリカン)〉에서는 청취자로부터 투고된 『신메이카이 국어사전』의 독특한 뜻풀이를 소개하는 코너가 인기를 얻었다.

　다만 그 프로그램에서는 『신메이카이 국어사전』을 '긴다이치 선생의 사전'으로 소개했다. 야마다 선생이 세상을 떠나기 4년 전인 1992년 7월에는 월간지 〈분게이슌주(文藝春秋)〉에 나중에 단행본 『신카이 씨의 수수께끼』로 출판되는 아카세가와 겐페이의 에세이 「신기하고 신기한 사전의 세계(フシギなフシギな辞書の世界)」가 게재되었다. 당시 이 기사를 읽은 야마다 선생은 화를 내기는커녕 웃었다고 한다.

그리고 야마다 선생이 세상을 떠나고 반년 후인 1996년 7월, 『신카이 씨의 수수께끼』가 발표되어 큰 반향을 불러일으키며 베스트셀러가 되었다.

『신카이 씨의 수수께끼』가 결정적이 되어 2000년대에는 후지텔레비전의 일본어 관련 예능 프로그램 〈다모리의 자포니카로고스(タモリのジャポニカロゴス)〉의 한 코너에서 『신메이카이 국어사전』의 독특한 뜻풀이뿐만 아니라 야마다 다다오의 이름도 소개되었다.

많은 사람들이 '사전계의 혁명아'가 남긴 업적을 알게 된 것은 야마다 선생이 세상을 떠난 후의 일이다.

마지막 페이지에 실리는 말, '~려 하다(んとす)'

『신메이카이 국어사전』 초판을 만들 때 야마다 선생의 권유를 받았고 그 후에도 편찬에 가세했던 구라모치 야스오 씨는, "1990년대에는 이미 『신메이카이 국어사전』에 염증이 났습니다" 하고 말했다. 이유는 야마다가 내세운 편집 방침이나 뜻풀이 방식에 동의할 수 없었고 오히려 반발을 느꼈기 때문이었다.

점차 짜증이 심해져 『신메이카이 국어사전』 제3판을 위한 개정 작업을 진행하고 있던 무렵에 결국 야마다 선생에게 직접 자신의 의견을 말했다.

"그렇게까지 쓸 필요는 없는 거 아닙니까!"

그러자 야마다 선생은 이렇게 대답했다.

"그렇게 생각하는 건 자네 마음이네. 나한테는 내 방식이 있는 거고. 자네의 생각은 자네가 편집 주간이 되었을 때 실현하게."

제3판을 위한 개정 작업이 한창이던 1980년 구라모치 씨는 국제교류기금의 파견으로 한 차례 태국으로 건너갔다. 이후 한동안 『신메이카이 국어사전』의 편찬과는 거리를 두게 되었다.

1996년 2월 6일 야마다 선생이 세상을 떠나자 당시 산세이도의 사전출판 부장으로부터 앞으로 『신메이카이 국어사전』의 편찬을 주도적으로 맡아달라는 의뢰를 받았다.

"그건 상관없습니다만…."

이렇게 말하며 받아들였지만 구라모치 씨는 한 가지를 확실히 전했다.

"그러나 저는 『신메이카이 국어사전』을 재미없는 사전으로 만들 겁니다."

『신메이카이 국어사전』을 이어받기는 하지만 구라모치 씨에게도 양보할 수 없는 신념이 있었다.

"개성적이라는 것은 한 개인의 치우친 견해를 강요하는 것과 결코 같은 게 아니라고 생각합니다. 야마다 선생님이 독선적이었던 부분은 고쳐서『신메이카이 국어사전』을 더욱 발전시켜가겠다고 생각했습니다."

야마다 선생이 세상을 떠난 후 편수 책임자가 된 시바타 다케시 선생도 구라모치 씨와 같은 생각이었다. 야마다 선생이 편수 주간이었던 때의 강한 개성은『신메이카이 국어사전』이 개정을 거듭할 때마다 점차 옅어져갔다.

2007년 7월 12일 시바타 다케시 선생이 세상을 떠나고 현재 구라모치 씨가『신메이카이 국어사전』의 편집 책임을 맡고 있다. 구라모치 씨에게는 그때 야마다 선생이 말한 "자네의 생각은 자네가 편집 주간이 되었을 때 실현하게"라는 말이 되살아났다.

"그때 야마다 선생님의 그 말이 지금 저의 기반이 되었습니다."

앞으로『신메이카이 국어사전』이 어떻게 될 것 같으냐고 물으니 구라모치 씨는 웃으며 대답했다.

"저 나름대로 해야지요. 아무튼 야마다 선생님이 할 때까지는 좋았는데 그 후에는 엉망이 되었다는 말은 절대 듣지 않게 하려고 합니다. …그렇게 생각하고 있습니다."

말이 시대와 함께 변하는 것처럼 사전도 계속 진화한다.

『신메이카이 국어사전』은 이제 일본에서 가장 잘 팔리는 국어사전이 되었다. 새로운 편자도 가세하여 새로운『신메이

카이 국어사전』이 태어나려 하고 있다. 그러나 『신메이카이 국어사전』의 마지막 페이지에 실리는 말인 **〜려 하다(んとす)** 의 용례는 초판부터 전혀 변하지 않았고, 최신판인 제7판에 도 이어지고 있다. 그것은 야마다 선생의 의지 그 자체였다.

> **〜려 하다(んとす)** "우리 일동은 현대어 사전의 규범이 되려는 포부 를 갖고 이 책을 엮었다. 바라건대 독자여, 진심을 헤아려주기를.
>
> ―『신메이카이 국어사전』 초판

좋은 벗과 두 영웅은 양립할 수 없다

취재를 진행하면서 '만약 겐보 선생과 야마다 선생이 그 때 결별하지 않고 그대로 계속 사전을 함께 만들었다면 그 후에는 과연 어떻게 되었을까' 하는 생각이 들었다.

전 『산세이도 국어사전』의 편집 담당자인 다나카 미쓰오 씨는 겐보 선생의 작업을 가까이서 봐왔다.

다나카 씨는 그 '결별' 이후 겐보 선생의 사전관이 확립 된 것으로 보고 있었다.

"제2판 이후 『산세이도 국어사전』을 책임진 겐보 선생님 의 개성도 굳어졌다고 생각합니다."

이어서 사전에 나타나는 '개성'에 대해 언급했다.

"뭐, 거기서 편수 주간의 인품이 나오는 거지요. 『신메이카이 국어사전』은 개성이 강합니다. 평탄하게 기술하는 겐보 선생님에게도 개성은 존재하고요."

ㅡ그 '결별'에 대해서는 어떻게 생각합니까?

"두 사람의 개성이 그대로 부딪치고 견해 차이가 있어서 겐보 노선과 야마다 노선이 생겼습니다. 서로 완전히 독자 노선이었으니까요."

ㅡ어리석은 생각일지도 모르지만 만약 두 사람이 '결별' 하지 않았다면 어땠을까요?

"원래는 나이도 비슷하고, 서로 함께 걷다가, 자연스럽게 각자의 개성이 갈라지면서 노선이 갈라졌다고 봐야 한다고 생각합니다."

그 '결별'은 일어나야 해서 일어났다. 피할 수 없었다. 다나카 씨는 무척 온화한 어조로 이야기했지만, 결별에 대해 생각하기보다는 그 후 두 사전의 발전을 보는 것이 낫다고 일갈하는 것 같았다. 그리고 다나카 씨는 웃으며 단언했다.

"독자 노선을 독자적으로 힘차게 나아갔기에 정말 다행이었다고 생각합니다."

산세이도의 사전출판 부장으로서 만년에 겐보·야마다 두 사람 모두와 관계가 있었던 구라시마 도키히사 씨는 그 '결별'이 없었을 경우에 대해, 억측에 지나지 않는다고 서론을 깔고 나서, "결과적으로 '두 영웅은 양립할 수 없다'는 식이 되었을 거라고 생각합니다. 어쨌든 의견 대립이 일어났겠지요. 다시 말해 마지막까지 협력 관계를 유지할 수 있었을지는 알 수 없지요" 하고 말했다. 결국 두 영웅과 좋은 벗은 양립할 수 없다는 견해였다.

산세이도를 퇴직한 후 사전학 전문가로서 연구 활동을 계속한 구라시마 씨는 사전의 내용에 대해서도 언급했다.

"만약 『메이카이 국어사전』에서 둘로 갈라지지 않았다면…, 정통적인 사전이 되었을지도 모르겠습니다. 역시 둘로 갈라졌기 때문에 각자의 개성이 두드러지게 드러났다고 생각합니다."

두 사람은 우정과 교환하여 강렬한 개성을 발휘했다.

이율배반이자 표리일체

두 사람의 개성은 '물'과 '기름'처럼 대조적이었지만, 평생 두 사람과 관계를 지속한 시바타 다케시 선생은 인터뷰에서 두 사람의 공통점에 대해 이야기했다.

"『산세이도 국어사전』과 『신메이카이 국어사전』의 공통점은 한 사람이 통일해서 만들었다는 것입니다. 다른 사전은 보통 여러 사람이 협력해서 만드니까요."

구라시마 도키히사 씨도 두 사람의 공통점에 대해 언급했다.

"자신이 만드는 사전은 다른 사전과는 다르다는 강한 생각, 그리고 최종적으로는 두 사람 다 자신이 책임을 진다는 자세가 공통적이었습니다. 모든 항목을 자기 혼자 보는 거지요. 보통 사전은 '독선'보다는 '공동 작업'으로 만들어지니까요."

『산세이도 국어사전』도 『신메이카이 국어사전』도, 겐보 선생과 야마다 선생이 세상을 떠난 후에는 여러 편자에 의해 통상의 편집 체제로 바뀌었다. 두 사람의 개성 차이를 단적으로 말하자면 고바야시 야스타미 씨가 말한 것처럼 "'유(柔)'의 겐보, '강(剛)'의 야마다"라고 할 수 있을 것이다.

그러나 만년의 두 사람 사이를 왕래한 전 요미우리신문 기자 이시야마 모리오 씨는 세상 사람들의 일반적인 견해와는 정반대의 인상을 받았다고 자신의 저서에서 말했다. 그는 우선 야마다 선생에 대해 이렇게 썼다.

야마다 선생과 알게 된 지 십수 년이 된다. 처음으로 취재하러 갔을 때 친한 국어학자로부터 "야마다 선생님은 까다로운 구석이 있는 사람이야"라는 충고를 받았는데 한 번도 그런 면을 본 적이 없다. 오히려 내게는 이 학자만큼 취재하기 쉬운 사람은 없었다. 일단 떠맡은 것은 무리를 해서라도 조사해준다. 최고의 자료를 사용해 최고의 두뇌를 아낌없이 써준다.

- 이시야마 모리오, 『일본어 이리 보고 저리 보고』[50]

그리고 겐보 선생에 대해서는 이렇게 썼다.

『산세이도 국어사전』의 편집 주간 겐보 히데토시 선생
은 평소에는 온화해 보이지만, 사실 경쟁심이 강하고 반
골 정신으로 뭉친 사람인 듯하다.

- 이시야마 모리오, 『일본어 이리 보고 저리 보고』

이시야마 씨는 오히려, "'강'의 겐보, '유'의 야마다"라는
인상을 갖고 있었다. 사전출판 부장과 상무를 지냈으며 만
년의 겐보·야마다 두 사람과 관계가 깊었던 구라시마 도키
히사 씨도, "겐보 선생님과는… 잡담하기가 어려웠지요" 하
고 차분히 이야기했다.

"24시간 사전 편자였으니까 조금이라도 일에 방해가 되
지 않도록 신경을 썼습니다."

한편 야마다 선생과 만날 때는 정반대였다.

"회의가 끝나면 야마다 선생님이 '자! 탁구나 칩시다' 하

---

50) 石山茂利夫, 『日本語矯めつ眇めつ』, 徳間書店, 1990.

고 말했습니다(웃음)."

사실 야마다 선생은 탁구가 장기였고 상당한 실력의 소유자였다. 야마다 선생의 집 서재에는 책에 둘러싸이듯이 탁구대가 놓였고, 거기서 정기적으로 '야마다 탁구회'가 열렸다. 고전 연구 모임을 여는 한편 탁구도 치는 것이 상례였다. 일에 관한 회의를 한 후에도 자주 탁구를 쳤다. 탁구회에 참여한 사람에게는 야마다 선생이 음식을 주문해서 대접했다고 한다.

"야마다 선생님의 서재에 냉장고가 있었는데 거기에 시원한 맥주가 있었습니다. 회의가 끝나면 곧장 '자, 맥주네' 하며 권했지요. 하지만 대낮부터 '마셔, 마셔'라고 해도 그렇게 마실 수 있는 사람이 아니라서 난감했습니다(웃음)."

야마다 선생은 손님을 탁구나 맥주로 대접했다. 잘 돌봐주는 보스 기질이 있었다. 사실 나도 취재를 진행하면서, "'강'의 겐보, '유'의 야마다"라는 인상을 받은 적이 있었다.

두 사람의 육성 테이프의 목소리를 처음으로 들었을 때였다. 야마다 선생의 목소리는 실로 경쾌하고 따뜻했으며 포용력이 있다는 인상을 주었다. 한편 겐보 선생의 목소리는 몸이 약해진 말년이긴 했으나 기계처럼 딱딱한 저음으로 느껴졌다.

개성이 대조적인 두 사람은 만년에 만나지도 않고 완전

히 다른 성격의 사전을 편찬했다. 하지만 신기하게도 상대의 개성이 마치 자리를 바꾼 듯한 일면도 보였다.

젠보 선생은 다른 편자의 의견을 듣지 않고 자기주장을 밀고 나가 주관적인 기술을 남기는 일이 있었다. 야마다 선생은 계속 변화하는 말의 실태를 파악하려고 본격적으로 용례 수집에 몰두했다.

'빛'과 '그림자'는 끊임없이 갈마든다. 두 사람의 관계는 이율배반이자 표리일체였다.

야마다 선생의 10분간의 독백

마지막으로 두 사람이 남긴 '말'을 소개하고자 한다. 어느 것이나 취재 중에 들은 감회 깊은 '말'이다.

첫 번째는 야마다 선생이 육성 테이프에 남긴 '말'이다. 인터뷰의 청자인 무토 야스시 씨가 처음으로 던진 질문에 야마다 선생은 무려 10분간이나 일방적으로 대답했다. 이를 처음 들었을 때의 충격은 무척 컸다. 뭔가 예사롭지 않은, 중요한 '말'을 하고 있다는 걸 직감했다.

이것을 처음 들었을 때 나는 분명히 야마다 선생이 사전에 생각해서 온 말을, 깊이 생각해온 말을 암송하는 듯한 인상을 받았다. 당시 그 인터뷰에 동석한 산세이도의 전 직원 이토 마사아키 씨에게 그런 생각을 전하자, "저도 야마다 선생님이 사전에 준비해온 말을 하는구나, 하고 느꼈습니다" 하고 말했다.

실제로 첫 번째 질문에 대답한 후에는 통상의 인터뷰처럼 청자와 짧은 문장으로 대화하는 형식으로 바뀌었다. 첫 질문에 대한 답변만이 이질적이었다. 〈『신메이카이 국어사전』을 말한다〉라는 제목의 이 인터뷰는 성립 과정의 이야기를 말하기로 미리 정해져 있었다. 당연히 겐보 선생과의 관계에 대해서도 언급할 필요가 있었다. 첫 질문을 받고 야마다 선생은 실로 느긋하고 온화한 어조로 품고 있던 갈등이나 딜레마, 당시의 사정, 이상으로 여기는 사전관을 단숨에 죄다 이야기했다.

이미 인용하여 중복되는 부분도 있지만, 그때 야마다 선생이 한 '말'을 한마디도 빼지 않고 여기에 옮긴다.

　　—『신메이카이 국어사전』의 연혁에 대해 듣고 싶습니다.
　　"처음에 겐보는 『메이카이 국어사전』과 『산세이도 국어사전』의 주간으로서 두 사전을 혼자 도맡고 있었습니다. 사회도 그가 맡고, 뜻풀이도 그가 다 썼습니다. 나는 모임에 참여해 합당하지 않은 부분을 고치는 일을 했습니다. 이건 『메이카이 국어사전』(의 항목)을 말합니다.
　　겐보가 아주 싫어하는 표현을 쓰자면 나는 겐보의 '조

336

수'였습니다. 그는 돈으로 나를 고용한 것이지요. 한 달에 55엔이었습니다. 초임이 90엔 하던 시대였으니까요. 주어진 일을 꾸준히 해나갔습니다만 그는 나를 조수로 보는 의식을 없애지 못한 것 같았습니다. 지금도 없애지 못한 것으로 보입니다.

나는 이를 은혜로 느끼는 한편 점차 독립 의식이 싹텄고, 지금은 완전히 독립한 것이 현실입니다. 그다지 겉으로 드러낼 수 없는 것이지만 굳이 말하자면 그렇습니다.

내가 뜻풀이가 부족한 부분을 고치고, 그는 그 이외의 일을 도맡아 관리했습니다. 그는 주로 용례를 수집하거나 뜻풀이를 썼습니다.

그런데 그(겐보)에게 문제가 생겼습니다. 그는 어휘 수집의 범위를 점점 넓혀나갔습니다. 그러나 규모가 커질수록 뜻풀이에 쓸 시간이 없어졌습니다. 그래서 『메이카이 국어사전』의 개정판을 다시 내야 할 때가 되었는데도 좀처럼 그 일에 착수할 수가 없었어요. 20년쯤 되었으니까요. 회사 쪽에서도 속이 탔고 나도 애가 달아 어떻게든 하지 않으면 안 되게 되었습니다. 그래서 회의석상에서 겐보가 나한테 "해주게" 하고 말했습니다. 『메이카이 국어사전』 쪽을 해달라고 한 것이지요. 자신은 『산세이도 국어사전』 쪽을 하겠다면서요. 요컨대 일을 그런 형태로 나누자는 말을 꺼낸 것입니다.

그때까지는 그가 용례 수집과 뜻풀이를 담당하고 나는 그 뜻풀이에서 합당하지 않은 것을 지적하는 식으로 운용했습니다. 그런데 이번에는 각자 하나씩 일을 떠맡게 된 것입니다. 그렇게 나누어야만 하겠다고 그(겐보)가 판단한 것이지요.

그런데 나는 그때 꽤나 고민했습니다. 왜냐하면 내 전공은 현대어가 아니라 고전어니까요. 만약 그 일에 관여하면 내 전공에 소홀해집니다. 사실 망설이긴 했지만, 지금까지 겐보와 해온 일도 있고 회사의 난처한 입장을 생각하면 역시 시작하지 않을 수 없었습니다. 그런 사정으로 내가 『메이카이 국어사전』 새 개정판의 주임이 된 것입니다.

그런데 그때 나는 『신메이카이 국어사전』이라는 이름을 생각해냈습니다. 그리고 내가 『신메이카이 국어사전』의 주임이 된 이상, 시간을 희생해서 익숙지 않은 일에 관여하는 거니까 지금까지의 국어사전에서 할 수 없었던 새로운 것을 해보자고 생각했습니다.

간단히 말하자면 기존 사전은 대체로 무로마치 시대에 만들어진 일본어 사전인 『세쓰요슈(節用集)』처럼 글자 설명에만 그치는 것, 그러니까 『겐카이』의 아류에 지나지 않았습니다. 대체로 거기서 그친다고 생각했지요. 그렇다면 사전의 세계에 전혀 발전이 보이지 않습니다. 이를 타파하고 어떻게든 문장에 의한 설명, 바꿔 말하기가 아니라 '문장에 의한 뜻풀이'를 가능한 한 많이 넣자고 생각했습니다.

그리고 말이 지닌 의미란 문자에 대한 설명뿐만 아니라 그 말이 지닌 본래의 뜻을 말하는데, 이를 잘 해명할 수 있다면 '세이코'라고 생각했지요. '성공'(成功, 세이코)과 '정공'(正攻, 세이코)이라는 두 가지 의미로요.

또 한 가지, 말에는 '표면'적인 의미와 동시에 반드시 '이면'에 숨겨진 의미가 있습니다. 그 '이면'의 의미를 숨기지 않고 지적할 수 있다면, 말을 사용하는 사람에게 무척 기쁜 소식이 아닐까, 하는 생각을 한 겁니다. 이를 『신메이카이 국어사전』에서는 뜻풀이 다음에 괄호에 넣어 보여주었습니다.

여기까지 대체로 10분 동안 야마다 선생의 독백이 흘렀다.

겐보가 낭독한 조사

두 번째 '말'은 겐보 가에 지금도 남아 있는 겐보 선생의 유품 가운데 있던 것이다. 자신을 사전의 세계로 이끈 계기를 만들어준 은사 긴다이치 교스케가 세상을 떠났을 때 장례식에서 겐보 선생이 직접 적은 조사(弔辭)다. 긴다이치 교스케가 세상을 떠난 것은 1971년 11월 14일이다. 야마다 선생의 『신메이카이 국어사전』 초판이 간행되기 불과 두 달 전의 일이었다.

이 조사에서 겐보는 나중에 『신메이카이 국어사전』이 되는 사전과 야마다 다다오에 대해 언급하고 있다. 여기에는 두 달 후 '1월 9일'을 맞이하여 두 사람에게 절교에 이를 만큼의 알력이 생기는 '그림자'가 전혀 보이지 않는다. 단지 은사에 대한 감사와 미래에 대한 희망으로 가득 찬 '빛'만이 따뜻하게 적혀 있었다.

조사

삼가 긴다이치 교스케 선생님의 영혼에 말씀드립니다. 언젠가는 작별 인사를 하는 날이 찾아올 거라고 생각했지만 그 슬픈 날이 설마 11월 14일일 거라고는 미처 생각지도 못했습니다.(중략)

『메이카이 국어사전』에 관계한 이래 저는 사전을 통해 생활에 이르기까지 평생 잊을 수 없는 깊은 은혜를 받았습니다. 오늘날 이렇게 사전 편집이나 그 기초 작업으로서 현대 일본어의 용례 수집과 정리에 전념할 수 있는 것도 오로지 선생님 덕분입니다.

선생님이 모든 책임을 지고 마지막 한 행까지 교열해주신 『메이카이 국어사전』이 다행히 세상에서 호평을 받았고 전후(戰後) 한때는 시장을 독점했고 또 그 후의 소형 국어사전의 모델이 될 수 있었던 것은 다 선생님 덕분입니다. 그런데 『메이카이 국어사전』은 이번에 야마다 다다오가 중심이 되어 아주 획기적인 소형 사전으로 다시 태어나려 하고 있습니다.

선생님의 따뜻한 언어관에 딱 들어맞는 적절하고 빈틈없는 뜻풀이가 한 항목마다 충분히 실려 있어 소형이지만 본격적인 사전으로서 오랫동안 화제가 될 것입니다.

두루마리 종이에 쓰인 조사의 '말'은 여기서 끝났다.

발문

'사람, 과 '사람,

'불화의 씨앗이 된 사과'

두 편찬자의 정열과 상극의 이야기는 〈겐보 선생과 야마다 선생 – 사전에 인생을 바친 두 남자〉라는 제목으로 2013년 4월 29일 NHK-BS 프리미엄 채널에서 방송되었다. 방송 후 두 사람이 결별에 이르렀던 당시 사전출판 부장 대리였던 고바야시 야스타미 씨가 편지 한 통을 보냈다. 고바야시 씨는 이번 프로그램에서 처음으로 당시의 사정을 회사 측의 입장에서 이야기해주었다. 고바야시 씨는 나에게 편지가 배달되기 전에 메일로 편지를 보낸 사실을 알려주었다. 그 메일에는 "'불화의 사과'를 내민 당사자로서 주제넘은 말을 할 수는 없지만…"이라고 쓰여 있었다.

방송 후에 편지를 보낸 이유는 프로그램을 본 딸이, "회사 측이 저자들(겐보와 야마다)의 분열을 꾀한 이유를 알 수 없다"고 지적한 게 계기가 되었다. 편지에는 한 발 더 들어간 내부 사정이 쓰여 있었다. 고바야시 씨의 편지는 "이는 여러 해 동안의 경위를 설명하지 않으면 납득이 가지 않을 거라고 생각합니다"라는 서두로 시작했다.

나중에 일어날 분열의 계기는 전시의 『메이카이 국어사전』 초판으로 거슬러 올라간다. 1939년에 긴다이치 교스케의 소개로 대학원생이던 겐보는 산세이도에서, 문어문이었던 『쇼지린』의 뜻풀이를 구어문으로 고치라는 의뢰를 받았다.

"뜻풀이를 구어문으로 고치는 것이 주된 목적이었기에 그렇게까지 큰 일이 아닐 거라고 판단했기 때문인지 기한은 1년이고, 원고료는 회사 측이 매절로 지급하기로 하고 시작한 일이라고 합니다."

그런데 겐보는 구어문으로 고쳤을 뿐 아니라 새롭게 방대한 양의 말을 게재하여 『쇼지린』을 완전히 새로운 사전 『메이카이 국어사전』으로 다시 만들었다. 게다가 그 일을 거의 1년 만에 해치우고 만 것이다. 천재 겐보의 뜻밖의 일솜씨에 산세이도는 예상 밖의 전개를 맞게 된다.

"조판이 시작되고 나서가 아닌가 하고 상상하겠지만, (겐보 선생님이) 교정쇄를 돌려주기를 거부하며 인세로 할 것을 요구하고 나선 겁니다."

겐보는 일에 대한 대가를 '원고료'가 아니라 '인세'로 지불해달라고 요구했다. 『메이카이 국어사전』 초판 간행 때의 인세 요구에 대해서는 겐보 자신도 무토 야스시 씨와의 인터뷰에서 이렇게 대답했다.

— 원고료 이외에 인세가 있었습니까?

"처음에는 원고료였는데 도중에 인세로 바뀌었습니다."

— 보통은 원고료를 받았다면 인세는 안 나올 것 같은데요.

"예, 보통은 그렇습니다. 그런데 뒷이야기가 좀 있거든요.

제 사전 담당자가 원고를 읽고 교정쇄로 만드는 일을 도와주었는데, 원고료로 끝내기에는 내용이 아깝다고 했습니다. 그래서 이건 인세 계약으로 하는 편이 나으니까 그렇게 요구하라고 일러주었습니다."

겐보의 증언에 따르면 인세로 하도록 권한 사람은 당시 산세이도의 편집 담당자였다. 그 밖에도 겐보 선생의 귀에는 다양한 목소리가 들려왔다.

"마치 갓난아이의 팔을 비트는 것 같은 일을 당해서 딱하다는 듯이 부추기는 이야기도 있었습니다."

— 원고료가 '갓난아이의 팔을 비트는 것 같은 일'인 겁니까?

"예, 원고료로 끝내는 것이요. 그러니까 원고료보다 몇 배나 훌륭한 일을 했다면 그렇다는 생각이겠지요."

그래서 겐보 선생은 회사에 인세로 해달라고 직접 요구했다.

"물론 바로 그렇게 하자고 하지는 않았습니다. 그래서 결국 다툼이 일어나 작업이 몇 달 정체된 적이 있습니다."

— 교정 기간에요?

"예, 교정 기간이었을 겁니다."

— 그럼 선생님은 파업을 한 거네요?

"그렇습니다(웃음). 그렇게 해서 인세 계약으로 바꿨습니다."

　당시 26, 7세의 청년 겐보는 인세 계약을 둘러싸고 교정쇄를 돌려주지 않는 강경 수단을 쓰면서까지 회사 측과 맞서 최종적으로 요구를 관철시켰다.

　『메이카이 국어사전』 초판 때의 인세를 둘러싼 이 일이 발단이 되어 그 후에도 산세이도와 겐보 사이의 관계는 원만하지 않았다고 한다. 고바야시 씨의 편지에는 양자 사이에 오간 이야기가 생생하게 쓰여 있었다.

　"겐보 선생님은 끊임없이 '자신이 대학원생 때부터 일을 해왔기 때문에 인세가 지나치게 낮으니 올려야 한다'고 주장했습니다. 이에 대해 회사는 '인세를 낮춤으로써 정가도 낮게 책정해 결과적으로 매상이 늘고 인세 총액도 늘어난다'고 주장했습니다. 저자는 대부분 책의 발행에 의의를 두고 인세를 문제 삼지 않는 경우가 많아 저도 나름대로의 주장으로 자신 있게 저자에게 설명해왔습니다."

　하지만 실정은 그렇게 허울 좋은 것이 아니었다.

　"그런 논리를 생각해낸 대선배로부터 훗날 그 이면은 '당시 어떻게든 인세를 낮출 수 없겠느냐는 사장의 이야기를 듣고 나서 꺼낸 방침'이었다는 말을 듣고 실망한 적이 있습니다."

편지에는 겐보에 대한 의외의 내용이 쓰여 있었다.

"겐보 선생님은 회사에 요구하는 것이 많아 거북하게 여기는 존재였습니다."

겐보의 요구에는 인세의 인상뿐만 아니라 편찬과 관련된 경비도 회사가 좀 더 부담해야 한다는 의견도 있었다.

"발행부수도 방대해져 회사의 업적에 다대한 공헌을 한 것도 사실이고, 그래서 저자 쪽에서는 공공연하게 좀 더 보상을 받아야 한다고 주장하게 되었습니다."

겐보 선생이 회사에 되풀이해 요구했다면, "야마다 선생은 산세이도와 겐보 선생 사이의 완충 역할, 조정 역할을 했습니다" 하고 쓰여 있었다.

그런 두 사람의 관계를 보여주는 한 일화가 거론되었다. 전후의 『메이카이 국어사전』 개정판 교정 단계에서 겐보의 가필이나 교정이 너무나 많아 공장에서 사전출판부에 정정하는 빨간 글씨를 줄여달라는 이의 제기가 들어왔다. 출판부의 입장에서는 조금이라도 내용이 좋아진다면 어쩔 수 없다는 마음도 있었지만, 빨간 글씨가 너무 많아 그것이 오히려 새로운 오류의 원인이 되기도 하고 다른 작업의 진행에 방해가 되기도 했다. 그래서 야마다에게 부탁하여 겐보가 정정한 빨간 글씨를 줄이게 한 일도 있었다. 회사로서는 야마다가 고마운 존재였다. 하지만 고바야시 씨는 내심 애써 정정한 빨간 글씨를 삭제당한 겐보를 동정했다.

산세이도의 전 직원으로 사전출판 부장과 상무를 역임한 구라시마 도키히사 씨에게도 겐보와 회사 사이의 관계에 대해 물었다. 구라시마 씨도 고바야시 야스타미 씨가 말한 대로 인세 교섭이 거듭 이루어졌다는 이야기를 들은 적이 있다고 말하며, 겐보와는 또 '인지'를 둘러싸고도 한바탕 말썽이 있었다고 했다.

예전에는 출판사에서 간행되는 책에는 반드시 '인지'가 붙었다. 저자 스스로 도장을 찍은 '인지'가 책에 붙어 있지 않으면 출판사는 책을 판매할 수 없었다. 저자가 스스로 도장을 찍어 인지를 발행하기 때문에 출판된 책의 숫자를 인지로 확인할 수 있었다.

하지만 시대의 흐름과 함께 인지는 점차 폐지되었다. 그러면 저자는 실제 발행부수를 직접 확인할 수가 없게 된다. 겐보는 인지의 폐지에 마지막까지 저항했다고 한다.

"인지가 폐지되어 겐보 선생님은 '출판대장을 보여달라'고 했다고 합니다. 몇 부가 출판되었는지 자신이 확인하지 않으면 성에 차지 않는, 비교적 까다로운 구석이 있었던 것 같습니다. 하지만 출판사로서는 자신들이 신뢰받지 못하는 것 같아 그다지 좋게 생각하지 않았지요. 실제로 출판대장을 보여달라고 한 저자는 겐보 선생 이외에는 들어본 적이 없습니다."

1960년대 내내『메이카이 국어사전』도『산세이도 국어사전』도 매출이 떨어지지 않는 상황이 지속되는 가운데 영업부에서는『메이카이 국어사전』제3판의 간행을 재촉한다. 그러나 겐보 선생은『산세이도 국어사전』초판이 실질적으로『메이카이 국어사전』제3판이라는 견해를 갖고 있었다.

"자기 나름의 방식으로 진행하더라도 저자로서의 책임은 다한다는 견해였습니다. 그러나 그런 견해는 세상에 통용되지 않았고 우리 속은 바작바작 타들어갔습니다."

고바야시 씨의 편지에는 이렇게 쓰여 있었다.『산세이도 국어사전』초판이 나온 1960년경부터 겐보 선생이 용례 수집에 몰두하게 되면서 개정 작업의 속도가 눈에 띄게 떨어졌다.

"모두 무책임한 월급쟁이인지라 감히 고양이 목에 방울을 다는 사람이 없었고, 물론 저도 그대로 지나쳤습니다."

겐보와 회사 사이에 지금까지 여러 가지 일이 있어서 아무도 그 문제에 손을 쓰려고 하지 않은 채 시간만 지나갔다. 그 무렵 겐보 선생은 이상론으로서 '주간 교대제'를 주장했다.

한편 야마다는 진작부터 자신이 이상으로 여기는 사전을 만들고 싶다는 바람을 품고 있었다. 야마다는 "회사 측에서 소형 사전 여섯 종의 항목을 붙인 카드만 준비해주면 그걸

참고로 단기간에 간행해보이겠다"고 주장했다. 그리고 당시의 사전출판 부장이 겐보 선생에게 한 가지 의견을 제시했다고 한다.

"『메이카이 국어사전』 제3판의 발행이 급하니 (야마다와) 편집 주간의 교대라는 형태를 취할 수는 없겠습니까?"

이 제안에 대해, "겐보 선생님이 사람 좋은 구석이 있기도 해서 그 시점에는 특별히 인세 배분도 문제 삼지 않고 이를 승낙했습니다." 고바야시는 이렇게 썼다. 그 시점에서는 겐보 선생도 납득한 상태에서 한 일이었던 것이다. 어디까지나 '주간 교대제'에 따른 일시적인 편수 주간에 야마다가 앉는다고 인식했을 것이다.

여기까지의 흐름을 보면 회사가 야마다 선생에게 『신메이카이 국어사전』의 편찬을 의뢰한 배경이 떠올랐다. 누구에게 물어도 "대범하고 온화한 성격이었다"고 말하는 겐보 선생이 실은 회사에 요구가 많아 산세이도에서는 "거북하게 여기는 존재였다"는 것은 놀라운 사실이었다. 또한 성가신 존재였던 겐보 선생과 회사 사이의 '완충 역할, 조정 역할'을 야마다 선생이 담당했다는 견해도 뜻밖이었다.

다양한 요구가 되풀이되는 한편, 겐보 선생이 용례 수집에 몰입하여 새로운 사전의 개정 작업이 진행되지 않는 데에 회사 상층부가 초조함을 느끼는 것도 무리는 아니었다. 산세이도에 고마운 존재인 야마다 선생에게 그가 염원하는 이상의 사전을 만들 기회를 주는 과정도 이런 사정을 들으면 필연적인 것처럼 보였다. 또한 사전(事前) 단계에서는 겐보 선생도 주간 교대를 일시적인 것으로서 인정했던 것이다.

그러나 그 뒤에는 경악할 만한 내부 사정이 고바야시 씨의 편지에 쓰여 있었다. 사실 『신메이카이 국어사전』 탄생의 이면에는 당시의 회사 상층부의 숨겨진 의도가 있었다고 한다.

"산세이도는 두 사람(겐보와 야마다)을 떨어뜨려 놓으려고 했습니다."

항상 회사와 교섭하는 자리에 선 것은 겐보 선생이었다. 그러나 어느 날 회사는 의외의 사실을 알게 된다.

"회사에 대한 대부분의 요구는 야마다 선생님의 생각을 겐보 선생님이 대변한 경우가 많았다고 합니다."

인세 인상이나 편집 경비의 회사 부담을 늘려야 한다는 등 다양한 요구는 사실 야마다가 주축이 되어 생각하고, 겐보가 회사에 직접 호소하는 교섭인의 역할을 하는 구도로 이루어졌던 것이다.

"제 생각에도 겐보 선생님은 아무튼 자신의 주장이 통과되면 그에 만족하고 결과까지는 그다지 관심이 없었던 것 같습니다. 그런 의미에서 사람이 좋았다고 할 수 있겠지요. 한편 야마다 선생님은 '나는 학문상 도움이 되는 사람과만 교제한다'며 (교섭 등을) 꺼리는 면이 있었습니다."

겐보 선생은 젊었을 때부터 교섭하는 일로 회사와 대립하며 정면에 나서는 데 익숙했다. 다만 요구를 뒷받침하는 논리를 생각하는 성격은 아니었다. 『메이카이 국어사전』 초판의 인세를 요구할 때도 주위의 목소리를 받아들여 교섭하는 자리에 섰을 뿐이다. 야마다는 회사와 대립하는 입장보다는 완충이나 조정하는 역할을 했다. 야마다가 생각한 요구도, 사람 좋은 겐보가 그 때문에 이용당하지나 않을까 하는 염려에서 한 조언이었을 것이다.

그러나 당시의 회사 상층부는 어떤 시점에 두 사람의 '밀접한 연계'를 알아차려버렸다. 야마다의 '두뇌'와 겐보의 '교섭력'이 합쳐짐으로써 과도한 요구가 되풀이되고 있다고 파악한 것이다. 그리고, '이 두 사람을 분열시키지 않으면 이대로는 끝이 없다' 하고 생각하기에 이르렀다고 한다.

회사가 어떤 시점에 그런 두 사람의 관계를 알았고, 『메이카이 국어사전』 제3판의 간행이 늦어진다는 사정과 겐보의 용례 수집 몰입, 이상론적인 '주간 교대제', 여러 해 동안 쌓인 생각을 실현하고 싶은 야마다의 강한 바람이라는 다양한 요소가 복잡하게 얽혔으며, 그 결과로 태어난 것이 『신메이카이 국어사전』이었던 셈이다.

고바야시 씨는 인터뷰 때 이런 말을 했다.

"우리들로서는 두 사람 사이의 우정도 있고 해서 그렇게 결별까지 하게 될 줄은 몰랐는데…. 이쪽의 이기주의가 화근이었다고 말할 수 있겠지요."

그 말의 의미를 그때 확실히 알 수 있었다. 겐보와 야마다 사이에 결정적인 균열이 시작된 원인에는 인세를 둘러싼 문제도 있었다고 한다. 『신메이카이 국어사전』의 편수 주간이 된 야마다는 인세율의 인상에 성공하고 다른 편자의 인세 배분도 혼자서 결정했다. 『신메이카이 국어사전』 전체를 자신의 손으로 만든 야마다로서는 아주 당연한 일이었을 것이다. 더욱이 당시에는 『신메이카이 국어사전』이 일본에서 제일 많이 팔리는 사전이 될 거라고는 아무도 상상하지 못했다.

고바야시 씨는, "인세 배분도 주간이 결정하는 것이라며 겐보 선생님에게 특별히 의논하지도 않고 결정했기 때문에 겐보 선생님이 '행랑을 내주었다가 안방까지 빼앗긴' 기분을 느낀 것도 부정할 수 없겠지요"라고 적었다. 고바야시 씨는 마지막에 이렇게 적었다.

"겐보 선생님은 경제적인 요구를 많이 했지만 금전적인 면에서는 담박한 사람이어서 몇 년간 계속해서 『메이카이 국어사전』을 사서 벽지 초등학교에 기증했습니다."

구라시마 도키히사 씨도, "겐보 선생님이 욕심이 많아서 다양한 요구를 했던 것은 결코 아닙니다. 어디까지나 사전의 편자로서 정당한 평가를 요구했다고 생각합니다. 실제로 요구가 관철되면 인세 배분표를 회사에 건네며 '나머지는 다 맡기겠습니다'라고 말했고 그것으로 끝났으니까요" 하고 말했다.

또한 고바야시 야스타미 씨는 야마다 선생님에 대해서도 이렇게 적었다.

"야마다 선생님은 학자의 책무 중 하나로서 '서적 구입'을 들었고, 책을 사려고 금전적인 면에도 집착했던 것이 아닐까 합니다."

두 사람 다 만년에는 연구소나 대학을 그만두고 사전의 인세 수입에만 의존하여 생활했다. 두 사람이 세상에 내보낸 사전은 전부 경이적으로 많이 팔려 상당한 액수의 수입이 있었다. 그렇지 않았다면 두 사람이 인생의 모든 것을 사전에 바치는 일도 없었을 것이다.

야마다 다다오의 진정한 목적

누구보다도 사전계의 현실을 염려했던 야마다는 겐보와의 우정을 버리면서까지 자신의 손으로 『신메이카이 국어사전』을 만들기 시작하여 완수해야만 했던 여러 해 동안 쌓인 생각이 있었다. 이에 대해 시바타 다케시 선생이 인터뷰에서 말했다.

"그에 관해 말하자면 (야마다 선생에게는) 다음 목표가 있었습니다. 다음 판부터 '긴다이치 교스케'의 이름을 빼는 것이었습니다. 이른 시기부터 그렇게 주장했습니다. 하지만 산세이도는 쇼가쿠칸이 (긴다이치 교스케의 이름을) 싣는 한 빼고 싶지 않았을 겁니다."

사전계에서는 '감수'나 '공저'라는 이름으로 나와 있지만 단순한 '명의 대여'가 버젓이 통용되고 있었다. 당시 '긴다이치 교스케'의 이름을 내세우는 국어사전은 산세이도의 『메이카이 국어사전』, 『산세이도 국어사전』, 그리고 쇼가쿠칸의 『신센 국어사전』 등이 있었다. 사전계에 절대적인 '긴다이치 교스케 브랜드'가 존재하는 한 회사로서는 이름을 뺄 수가 없었다.

당시 야마다의 안타까운 심정이 『신메이카이 국어사전』 제4판의 판권 면에 엿보인다. 제3판까지는 '편자'라는 글자 아래 '긴다이치 교스케'라는 이름이 병기되어 있었다. 하지만 제4판에서는 다음과 같이 '긴다이치 교스케'만 직함이 없이 어중간한 상태로 쓰였다.

긴다이치 교스케

편자　시바타 다케시

　　　 야마다 아키오(山田明雄)

　　　 야마다 다다오 [주간]

제5판도 마찬가지로 기재되었다.

산세이도의 전 직원인 고바야시 야스타미 씨는 『메이카이 국어사전』 개정판 작업을 진행하던 1951년경, 실질적으로 관여하지 않는데도 '감수'라는 직함을 두는 것에 의문을 품고 야마다 선생에게 직접 긴다이치 교스케 선생 정도의 관여를 '감수'라고 할 수 있을까, 하고 물은 적이 있었다. 이에 대해 야마다는, "긴다이치 교스케 선생님은 감수에 가장 많이 관여하는 편입니다" 하고 변호했다고 한다.

그런데 그 4년 후에는 사전계를 염려하는 야마다의 마음이 겉으로 드러나기 시작했다. 야마다 선생에게는 『신메이카이 국어사전』을 출판하기 전에 편수 주간을 맡은 사전이 있었다. 1955년에 간행한, 초·중·고등학생을 위한 『음과 훈으로 찾는 국한사전(音訓両引き国漢辞典)』이었다. 처음으로 자신이 중심적인 역할을 했던 야마다는 속마음을 사전에 담았다.

"**감수** 항목에 '자신은 집필하지 않고 이름만 빌려주는 것'

이라는 해설을 썼기 때문에 당시의 사전출판 부장이 '그것만은 그만두라'며 쓴웃음을 지었습니다."

'긴다이치 교스케'의 이름이 『신메이카이 국어사전』에서 사라진 것은 야마다가 세상을 떠나고 9년 후, 2005년 2월 10일에 간행된 제6판 때였다.

사전출판 부장이었던 구라시마 도키히사 씨는 '긴다이치 교스케'의 이름을 『신메이카이 국어사전』에서 빼는 건에 대해 의논하기 위해 아들인 하루히코 씨를 찾아갔다. 회사 측의 본심은 아직 '긴다이치 교스케'라는 이름을 남기고 싶은 것이었는데, 하루히코 선생의 반응은 달랐다고 한다.

"하루히코 선생님은 '아버지는 이런 형태의 사전(『신메이카이 국어사전』)을 바라지 않았다'고 분명히 말했습니다. 하루히코 선생님은 야마다 선생님이 말하는 '사전은 문명 비평'이라는 신념을 좋게 생각하지 않았던 것 같습니다. 그래서 교스케 선생님의 이름을 빼는 것에 곧바로 찬성했습니다."

처음으로 '긴다이치 교스케'라는 이름이 사라진 제6판이 간행되었을 때는 이미 『신메이카이 국어사전』이라는 이름을 보고 수많은 독자가 구입하여 일본에서 제일 많이 팔리는 사전이 되어 있었다.

좋은 벗을 먼저 잃은 야마다 선생

야마다 선생은 겐보 선생을 어떻게 생각했을까. 실제로 그 진의를 추측할 수 있는 일도 있었다. 예컨대 『신메이카이 국어사전』 제3판까지는 "조수 자리에 있었던 기간이 실로 17년"이라는 원망 섞인 불평이 쓰였던 **실로**의 용례가 제4판에서는,

> **실로(実に)** "이런 좋은 벗을 잃는다는 것은 자신에게도 실로 커다란 불행이라고까지 말했다."
>
> -『신메이카이 국어사전』 제4판

이라고 나쓰메 소세키의 『도련님』에 나오는 한 구절을 인용하며 '좋은 벗'을 잃어버린 슬픔을 말하는 용례로 바꾸었다. 그런데 출전인 『도련님』에서 이 구절은 악의와 빈정거림을 담은 대사로 쓰인 것이었다.

'좋은 벗'이라는 구절은 영어 교사인 '끝물호박'을 좌천시킨 장본인인 악역 교감 '빨간 셔츠'가 송별회 자리에서 한 대사였다.

> 세 사람 중에서 특히 빨간 셔츠가 끝물호박 칭찬을 가장 많이 했다. 이런 좋은 벗을 잃는다는 것은 자신에게

도 실로 커다란 불행이라고까지 말했다. 게다가 그 말투가 너무나도 그럴듯하고 평소의 부드러운 목소리를 한층 더 부드럽게 하여 말했으므로 처음 듣는 사람은 누구라도 속아 넘어갈 것이다.

- 나쓰메 소세키, 『도련님』[51]

나쓰메 소세키의 『도련님』에 등장하는 "이런 좋은 벗을 잃는다는 것은 자신에게도 실로 커다란 불행이라고까지 말했다"는 구절은 본심을 보면 악의와 빈정거림이 담긴, 남을 속이는 허울뿐인 '말'이었다.

그러나 이를 가지고 야마다 선생도 악의나 빈정거림을 담아 이 문장을 용례로 들었다고 보는 것은 다소 경솔한 생각일지도 모른다. 왜냐하면 평생 변하지 않은 야마다 선생의 언어관이, "말이란 부자유스러운 전달 수단이다"라는 것이었기 때문이다.

같은 '말'이어도 문맥이나 상황에 따라 '의미'는 간단히 변해버린다. 우리 인간은 그렇게 부자유스러운 전달 수단인 '말'을 사용하지 않으면 안 된다. 그것이 인간의 숙명임을 아는 야마다 선생이 실었던 용례인 것이다.

---

51) 나쓰메 소세키, 송태욱 옮김, 『도련님』, 현암사, 2013.

우연히 치과병원에서 마주친, 몹시 약해진 말년의 겐보 선생을 보고 "금방이라도 고꾸라질 것 같더군" 하고 말한 야마다 다다오가 실었던 '말'인 것이다.

경솔하게 속마음을 말하지 않는 야마다 선생이 생전의 겐보 선생에게 어떻게든 전하고 싶었으나 전할 수 없었던 '말'이 있었다.

겐보 가에서 겐보 선생의 유품이나 사진 등을 보고 있을 때의 일이었다. 그날은 세 형제를 모이게 해서 아버지와의 추억 이야기를 듣고 있었다. 그때 뜻밖에 가족끼리 치른 장례식에 모습을 보이지 않았던 야마다 선생 이야기가 나왔다.

"그러고 보니 장례식에는 오지 않았지만 얼마 후에 야마다 선생님한테서 편지가 오지 않았나?"

"아아, 맞다! 분명히 어머니한테 편지가 와서⋯."

— 예? 야마다 선생님한테서요? 어떤 내용이었습니까?

"자세한 내용은 잊어버렸지만, '사실 나는 잘못이 없다' 하는 내용이 일방적으로 쓰여 있었다고 했던가⋯."

"맞아, 편지를 읽고 어머니가 굉장히 분개했으니까."

— 그 편지는 남아 있습니까?

"화를 내며 바로 찢어버렸다고 했습니다. 그래서 남아 있지 않습니다."

이 이야기는 촬영에 들어가기 전, 취재를 시작한 직후에 들었다. 그때는 절교에 이를 만큼 알력이 생긴 두 사람이니 야마다 선생의 편지에 대한 겐보 가의 반응도 어쩔 수 없는 거라고 느꼈다.

그러나 많은 말을 하지 않았던 말년의 두 사람이 느꼈던 심정을 다양한 실마리를 통해 꼼꼼히 살펴본 지금, 야마다 선생이 보낸 편지가 찢어졌다는 것은 너무나도 슬프고 안타깝다. '1월 9일' 이래 두 사람은 절연 상태였기 때문에 야마다 선생은 굳이 편지를 보낼 필요도 없었다. 그러나 야마다 선생에게는 무슨 일이 있어도 전해두고 싶은 '말'이 있었다. 하지만 그 '말'의 진의는 전해지지 않았다.

"겐보의 족적은 대단히 크다"

야마다 선생의 육성이 녹음된 인터뷰 테이프에 잡담 같은 대화가 남아 있었다. 거기서 야마다 선생은 겐보 선생에 대해 말했다.

― 겐보 선생의 첫인상은 어땠습니까?

"으음, 아주 꼼꼼한 사람이었지요. 그건 줄곧 변하지 않았습니다."

실로 담박한 표현이었다. 처음 만났을 무렵의 일을 떠올리는 것 같았다. 그리고 예전에는 그다지 좋게 평가하지 않았다는 용례 수집에 대해서도 좋게 평가했다.

"겐보의 어휘 수집도…, (도쿄 대학을) 졸업한 것이 1939년 3월이니까 벌써 50년이 지났네요. 나 같은 사람은 도저히 따라갈 수 없지요."

겐보가 본격적으로 용례 수집을 시작한 것은 『산세이도 국어사전』 초판을 간행한 후였다. 하지만 전쟁 전의 『메이카이 국어사전』 초판을 만든 무렵부터 사전을 만들기 위한 용례 수집은 이미 시작한 상태였다. 약 50년 전에 야마다는 도준카이 에도가와 아파트에 틀어박혀 혼자 묵묵히 작업하는 겐보의 모습을 봤다.

이 인터뷰를 했을 때 야마다 선생은 '1월 9일'이나 '좋은 벗'이 더해진 『신메이카이 국어사전』 제4판의 간행을 얼마 남겨두지 않은 일흔세 살이었다. 평생 『산세이도 국어사전』과 『신메이카이 국어사전』의 편자로서 두 사람과 관계가 이어졌던 시바타 다케시 선생은 만년의 야마다 선생이 겐보 선생을 어떻게 보고 있었는지를 이야기했다.

"야마다 선생은 겐보 선생의 작업에 대해 사전의 역사에서 대단한 공적이라고 쓰기도 했고, '요새 겐보는 잘하고 있다'고 말하는 걸 저도 들은 적이 있습니다."

야마다 선생이 겐보 선생과 결별하고 모든 것을 일일이 자신의 손으로 엮어, 진정한 의미에서 독자적인 색깔을 강

하게 내세운 것이 그 **연애**가 실린 『신메이카이 국어사전』 제
3판(1981)이었다.

제3판의 「후기」에는 이런 글이 게재되었다.

> 성립 사정: 이 책은 1943년 5월 초에 간행된 『메이카이
> 국어사전』을 이어받아 1972년 1월 주간 야마다가 새로
> 운 구상 아래서 허물을 벗고 새로 탄생시킨 것이다.
> 구판에 드러나는 겐보의 족적은 대단히 크다. 현대어를
> 주로 싣는 오늘날 소형 국어사전의 형태는 실로 그가 창
> 시한 것이다.
>
> —『신메이카이 국어사전』 제3판 「후기」

"나는 야마다를 용서합니다"

생전의 두 사람과 귀중한 인터뷰를 한 평론가 무토 야스
시 씨는 이렇게 말했다.

"주위에서는 두 사람의 사이가 나쁜 게 아닐까 하고 말하
는 사람도 있었지만, 두 사람은 인터뷰에서 그런 기색을 전
혀 보이지 않았습니다."

결별에 대해서도 결국 두 사람은 많은 말을 하지 않았다.
쓸데없는 말은 전혀 하지 않았으며 상대를 공격하지 않았다.

현재 『산세이도 국어사전』의 편자를 맡고 있는 이마 히로

아키 씨에게 두 사람의 관계에 대해 물었다.

"어디까지나 상상이지만 두 사람이 서로를 부정했다고
는 생각하지 않습니다. 오히려 서로 인정했지요. 나아가는
방향은 다릅니다. 야마다 선생님은 규범주의, 겐보 선생님
은 현실주의입니다. 그렇다고 해서 다른 쪽을 버린 것도 아
닙니다. 상대방의 사전을 깊이 존경하고 있었다고 생각합니
다. 성격은 다르지만 그 차이를 넘어 서로를 존경하고 있었
던 것 같습니다."

사전의 개성이나 이상이 달랐어도 부정하지 않았고 오히
려 서로에게 경의를 표했다. 겐보 히데토시와 야마다 다다
오는 그런 사람들이었다.

프로그램을 방송한 후 산세이도의 전 직원 구라시마 도
키히사 씨로부터 생각지도 못한 이야기를 들었다. '사전＝가
가미론'이 실린 『산세이도 국어사전』 제3판이 간행된 1982
년경, 당시 사전출판 부장을 역임했던 구라시마 씨는 겐보
선생의 자택에서 회의를 하고 있었다. 그 자리에는 겐보 선
생과 구라시마 씨밖에 없었다.

일에 관한 이야기가 대충 끝난 후 겐보 선생이 생각지도
못한 이야기를 꺼냈다.

"야마다는 어떻게 지냅니까?"

갑자기 야마다 선생에 대해 물어온 것이다.

"예, 건강하고 별일 없는 것 같습니다."

구라시마 씨는 당시 겐보의 집과 야마다의 집을 뻔질나게 드나들고 있었다. 어런무던한 대답을 하자 겐보 선생은 뜬금없이 이렇게 말했다.

"나는 야마다를 용서합니다."

이야기의 흐름도 맥락도 없이 갑작스레 나온 '말'이었다.

"당시 저는 일 문제로 머리가 꽉 차 있어 '나는 야마다를 용서합니다'라는 말이 어떤 의미인지 별로 깊이 생각하지 않았습니다."

구라시마 씨는 그 발언의 의미에 대해 겐보 선생에게 자세히 묻지 않았다.

시바타 다케시 선생도 겐보 선생이 "나는 야마다를 용서합니다"라는 발언을 한 사실을 간접적으로 들었다고 인터뷰에서 증언했다. 구라시마 씨는 시바타 선생에게 말하지 않았다고 했기 때문에 그 무렵 겐보 선생은 여러 명에게 그 발언을 했던 것 같다.

겐보 선생은 그 발언 후 이어서 구라시마 씨에게 이렇게 말했다.

"어느 쪽이든 '뒤주'를 갖고 있으니까 그걸로 됐다고 생각합니다."

이 '뒤주'라는 말이 구라시마 씨에게는 아주 강렬한 인상으로 남아 있다고 한다.

"뒤주란 '수입원'이라는 의미로 말했다고 생각합니다. 어느 쪽이나 자신의 손으로 국어사전을 만들고, 각자 인세를 받아 그것으로 생계를 꾸려나갈 수 있었으니 다행이었다는 의미라고 생각합니다."

겐보 선생은 사전의 명의를 야마다 선생과 나누게 된 일을 "그걸로 됐다"고 말했다. 그 말에는 이미 원망이나 증오 같은 감정이 담겨 있지 않았다. 왜 갑자기 야마다 선생 이야기를 화제로 꺼냈을까. 자신의 마음을 야마다 선생에게 전해주기를 바란 것일까. 지금으로서는 그 진의를 알 수 없다.

구라시마 씨는 겐보 선생이 그때 말한 "나는 야마다를 용서합니다"라는 발언에 대해 나에게 말하기까지 아무에게도 말한 적이 없다고 했다.

"저는 '용서한다'는 말을 어떻게 생각할까 싶어서 야마다 선생님에게도 전하지 않았습니다."

겐보 선생은 여러 명의 관계자에게 야마다 선생에게 보내는 메시지를 전한 것 같다. 그러나 그 후에도 두 사람의 사이가 안 좋다고 이야기된 것을 보면 "나는 야마다를 용서합니다"라는 '말'은 야마다 선생에게 전달되지 않았을 것이다.

말

'말'이라는 것

다양한 프로그램의 취재를 하며 늘 느끼는 것이 있다. 그것은 이름 없는 사람들이 하는 '말'이 지닌 눈에 보이지 않는 큰 '힘'이다.

이번 취재에서 만난 이들도 국어사전이라는 '그림자' 같은 존재의 더욱 어두운 '그림자' 부분에 서 있는 사람들이다. 두 편찬자의 말이나 그들과 연고가 있는 사람들의 다양한 말에 공감하고 번민하고 깊이 생각했다.

생각건대 이 취재를 하는 동안 나는 항상 '말'이 지닌 신기한 매력에 이끌렸다. '말'은 신기한 존재다. 실체가 없다. 그림자도, 형체도 없다. 말은 어디서 태어나고, 우리는 말에서 왜 그만한 '힘'을 느끼는 걸까. 구약성서에 등장한 '바벨탑'은 '말'이 가진 강대한 힘에 경종을 울린 우화다.

고대에 인간은 하나의 '말'(언어)을 했다. 인간이 말을 써서 의사소통을 하고 협력하면 천국으로 이어진 탑을 건설할 수도 있다고 생각했다. 하지만 자만에 빠진 인간들에게 신은 벌을 내리기로 했다. 두 번 다시 탑을 세울 수 없도록 인간을 혼란시키는 '어떤 책략'을 강구한 것이다. 그것은 원래 하나였던 말을 지역이나 민족에 따라 다양하게 변화하는 말로 바꾸는 일이었다.

'말'이라는 편리한 것이 이제 인간의 의사소통을 방해하는 아이러니한 벌이 되었다. 인간들은 의사소통을 할 수 없게 되어 혼란에 빠지고, 결국 탑의 건설도 그만두고 세계 각지로 흩어졌다.

'바벨탑'은 '인간의 오만에 대한 경계'나 '실현 불가능한 계획'이라는 비유로 쓰이지만, 지금 우리 인간이 사용하는 '말'의 본질을 말해주고 있다는 점에서 아주 뛰어난 비유라고 생각한다.

취재를 하다가 우연히 '말'의 본질에 대한 아주 흥미로운 영상을 봤다. 미국에서 매년 개최되는 'TED'라는, 학술 분야의 다양한 연구자가 프레젠테이션을 하는 강연회 영상이다. 지금은 일본어로 번역된 자막이 달린 영상을 인터넷에서 무료로 볼 수 있어 'TED'의 강연 내용을 기초로 만들어지는 NHK-E 텔레비전 프로그램도 방송되고 있다. 이 가운데 생물학자 마크 파겔(Mark Pagel)이 이런 이야기를 했다.

파푸아뉴기니에 가면 하나의 섬 안에서 800개에서 1000개나 되는 서로 다른 자연언어를 발견할 수 있습니다. 이 섬에는 3, 4킬로미터를 갈 때마다 다른 언어를 만나는 곳도 있습니다. 믿기 힘들겠지만 이전에 어떤 파푸아뉴기니 사람에게 이에 대해 질문하자 그는 이렇게 대답했습니다.

"아니에요! 3, 4킬로미터라니 너무 과장된 거예요."

실제로는 2킬로미터도 가지 않아 다른 언어를 만나게 되는 장소도 있습니다. 이런 현상이 나타나는 외딴섬은 그 밖에도 있습니다. 아무래도 언어를 사용하는 목적은 협력에만 그치지 않고 집단의 테두리를 만들어 내거나 아이덴티티를 확립하거나 자신들의 정보·지혜·기술의 도용을 막는 등 다양한 것에 걸쳐 있는 듯합니다.

약 20만 년 전에 말을 획득한 인류는 전 세계로 흩어져 7천 개에서 8천 개나 되는 언어를 발전시켰는데, 여기에 말을 둘러싼 수수께끼와 아이러니가 존재한다고 마크 파겔은 말한다.

"전 세계에서 가장 많은 언어를 갖고 있는 지역은 인구 밀도가 높은 지역입니다."

같은 지역에 사는 사람들은 같은 하나의 말로 이야기하는 것이 편리하다. 그러나 실제로는 사람이 모이면 모일수록 말은 다양화하고 의사소통이 곤란해진다는 것이다. 아무래도 말은 커뮤니케이션의 도구이면서, 집단의 정보나 기술의 유출을 막기 위해 커뮤니케이션을 방해하는 것으로도 진화한 듯하다.

다시 말해 '말'에는 원래 의사소통을 하기 위해 '전한다'는 요소뿐만 아니라 일부러 '전해지지 않도록 하는' 요소도 포함되어 있으며 다양하게 변화해간다는 이율배반의 요소도 갖추어져 있는 것이다.

겐보 선생은 "말은 소리도 없이 변한다"고 말했다. 야마다 선생은 "말은 부자유스러운 전달 수단"이라고 말했다. 사전에 인생을 바친 두 편찬자는 '말'의 본질을 훌륭하게 포착했다.

'객관'과 '주관'. '단문'과 '장문'. '가가미'와 '문명 비평'. 대립하면서도 서로에게 존재감을 발하며 우뚝 서 있다. '겐보 선생'과 '야마다 선생'은 이율배반적인 '말'처럼 표리일체의 관계인 채 50년에 이르는 사전 인생을 달려 나갔다.

겐보 선생과 야마다 선생의 '결별'에 대해 마지막으로 한 가지 수수께끼가 더 남아 있다. 이 두 사람이 '밀접한 제휴'를 맺어 회사에 요구한 것을 산세이도의 상층부가 어떻게 알게 되었는가다. 본인들 스스로 회사에 알렸을 리는 없다. 그것은 아직 '어둠' 속에 있다. 당시의 상황을 아는 산증인인 고바야시 야스타미 씨의 편지에는 그 수수께끼에 대해서도 적혀 있었다.

그 일화는 바로 '말'의 본질과 아이러니를 말해주고 있었다.

"긴다이치 선생이 당시 편수소(編修所, 산세이도의 한 부문)에 재적하고 있던 사람에게 산세이도에 대한 저자 쪽의 요구는 대부분 '야마다 선생이 생각한 것을 겐보 선생이 대변하고 있다'고 알려주었습니다."

편자 측의 내부 사정이 회사에 알려진 것은 '긴다이치 선생'이 계기였다고 쓰여 있었다. 여기서 말하는 '긴다이치 선생'이란 '교스케'인지 '하루히코'인지 알 수 없었다. 고바야시 씨에게 서둘러 다시 물었다.

— 여기서 '긴다이치 선생님'은 '긴다이치 교스케' 선생님을 말하는 건가요?

"하루히코 선생님입니다. 이야기하기를 좋아하는 분이어서 여러 가지를 얘기해주신 것 같습니다."

놀랍게도 나중에 두 사람의 '불화'를 부른 최초의 방아쇠가 된 것은 그것을 전혀 의도하지 않은, 그저 이야기하기를 좋아하는 긴다이치 하루히코 선생의 '말'이었던 것이다. 이것이 마지막 수수께끼의 답이다.

긴다이치 하루히코 선생의 인품이나 입장으로 보아 두 사람을 분열시키거나 깎아내리려는 의도가 있었다고는 생각할 수 없다. 같은 편자의 교섭 상황을 회사 쪽에 누설해봐야 이점도 없다. 대화 중에 흘러나온 단순한 '말'이었을 것이다.

하루히코 선생의 말을 들은 산세이도의 직원에게서 그 이야기가 그 후 어떻게 사전출판부나 회사 상층부로 전해졌는지는 확실하지 않다. 하지만 하루히코 선생이 가벼운 마음으로 내뱉은 말이 전혀 다른 의미로 파악된 것만은 틀림없는 사실이다.

실체 없는 '말'이라는 존재에 다양한 사람들의 감정이 움직였고, 그 후 두 편찬자는 '결별'에 이르렀으며, 두 개의 국어사전이 탄생했고 발전해나갔다. 너무나도 아이러니한 사실에 어안이 벙벙했다. 여기서도 '말'은 사람들을 농락하듯이 모습을 바꾸었다.

'사전'이라는 것

무턱대고 취재하고 프로그램을 만드는 날들이 끝나려 하고 있었다. 취재 중에 자주, "국어사전의 종류가 왜 그렇게 많은 거죠? 한 권으로 정리하면 될 텐데 말이에요"라는 의견도 들었다.

확실히 중국의 『강희자전(康熙字典)』처럼 세상에는 국가적인 대사업으로 편찬되는 사전도 존재한다. 한편 일본에는 그런 것이 없다.

일찍이 '근대 국어사전의 아버지'라 불리는 오쓰키 후미히코가 편찬한 메이지 시대의 『겐카이』도 자비출판으로 간행된 것이다. 이후 일본에서는 민간사업으로서 각 출판사가 독자적인 편집 방침으로 엮은 사전이 난립하고 있다. 그렇기 때문에 하나의 '말'의 의미가 사전에 따라 달라지는 일도 적지 않다. 그래서는 곤란하기 때문에 국가가 주도하여 국어사전 한 권을 엮어야 한다는 이야기도 몇 번쯤 나온 적이 있다.

하지만 그것은 '말'의 본질을 생각하면 너무나도 위험한 생각이다. 소리도 없이 변하는 '말'을 절대적으로 정해진 의미로 한정하는 것은, 국가나 권력이 사람들의 사상을 억압하는 것으로 이어진다. 많은 출판사가 각각의 해석으로 국어사전을 세상에 내보낸다는 사실을 우리는 좀 더 자랑스럽게 생각해야 하지 않을까.

국어사전이 틀리지 않는 '신'처럼 숭배되고 어떤 독자의 용도에나 부응하는 '전능한 존재'처럼 이해되기도 하지만, 사실 사전은 그런 게 아니다. 사전이 사람의 손으로 만들어지는 한 '개성'도 천차만별인 것이다.

야마다 선생이 인터뷰에서 말한 이야기가 강한 인상으로 남아 있다.

> 일본 국어사전의 수준은 아주 낮습니다. 앞으로가 중요하겠지요. 경쟁하는 사전이 나타났으면 좋겠습니다. 경쟁하는 사전이 많이 나오면 더 나은 사전이 많이 나올 테니까요.

야마다 선생은 자신이 만든 『신메이카이 국어사전』에 절대적인 자신감을 갖고 있었다. 하지만 그것이 '절대적인 존재'라고는 생각하지 않았다. 오히려 자꾸 다른 사전이 나타나 백화요란(百花燎亂)한 상태가 되기를 바랐다.

"말은 항상 변하고 있다."

"말은 부자유스러운 전달 수단이다."

그렇기에 사전은 항상 진화해야 한다. 면면히 계승되면서도 변해야 하는 숙명을 안고 있다.

겐보 선생의 후계자인 현『산세이도 국어사전』의 이마 히로아키 씨에게 마지막으로 이런 질문을 던졌다.

— '사전'이란 대체 뭘까요?

"사전은 모르는 말을 알기 위한 '실용품'입니다. 하지만 그뿐만이 아닙니다. 사전은 우리를 둘러싼 '세계'의 작은 '모형' 같은 거라고 생각합니다. 예를 들어 큰 우주, 또는 지구는 실제로도 크고 우리 인간에게는 헤아릴 수 없는 것입니다. 그런 우주 전체를 우리는 '말'을 통해 인식합니다. 세계를 '말'로 '미니어처화'해서 인식하는 것입니다. '말'에 의해 만들어진 현실 세계의 '모형', 그것이 사전이 아닐까 생각합니다. 그러므로 우리가 '세계'를 어떻게 인식하는가는 사전을 보면 알 수 있습니다."

다양한 세계관으로 포착한 손바닥에 들어가고, 무한하게 펼쳐지는 '우주'. 그것이 '국어사전'이다.

세상

사람과 사람 사이를 메우는 '말'이라는 것. '말'은 눈에 보이지 않는다. 실체가 없다. 변덕스럽게 모습을 바꾸는 불완전한 전달 수단이다. 그러나 사람은 '말' 없이는 살 수 없다. '쇼와 사전사의 수수께끼'의 강렬한 인력에 이끌려 사전에 새겨진 '말'을 좇으며 두 사람이 살아온 발자취를 살펴보았다. 이는 곧 '사전은 소설보다 기이하다'는 말의 연속이었다. 마지막으로 야마다 선생이 사전에 '인간 세계'의 심오함을 적은 '말'을 소개하고자 한다.

그것은 **세상**의 뜻풀이다. 『신메이카이 국어사전』 초판과 제2판의 뜻풀이는 무미건조했다.

세상(世の中) ① 사람들이 서로 관련을 맺으며 살고 있는 곳. 세간. 사회.

-『신메이카이 국어사전』 초판

이것이 제3판에 쓰인 **세상**에서는 겐보 선생과 야마다 선생이 걸어온 인생을 그대로 투영한 듯한 뜻풀이로 바뀌었다.

세상(世の中)

① 동시대에 속하는 넓은 지역을, 복잡한 인간상이 엮는 것으로 파악한 말.

서로 사랑하는 사람과 서로 미워하는 사람, 구조상 성공한 사람과 실의에 빠지고 불우한 사람이 동거하고, 항상 모순에 차 있지만, 한편으로는 서로 도움을 주고받는 관계에 있는 사회.

-『신메이카이 국어사전』 제3판

국어사전에는 수만 개의 '말'이 실려 있다. 겐보 선생과 야마다 선생이 남긴 수만 개의 말 중에서 실마리를 찾아내 두 사람의 관계나 심정에 다가갔다. 하지만 그 실마리는 사전에 실린 말이라는 큰 사막의 아주 작은 모래알 하나에 지나지 않는다.

두 거성의 생애를 좇으며 나는 인간의 본질은 '믿는다'는 데 있는 게 아닐까 하고 절실히 생각하게 되었다.

오모이코무(思い込む) ① 굳게 믿어 의심치 않게 되다. ② 마음 깊이 생각하여 그 생각대로 하려고 하다.

－『신메이카이 국어사전』 초판

『신메이카이 국어사전』에 두 가지 의미가 적혀 있는 대로 '오모이코미(思い込み)'가 나쁘게 말하면 '오해'나 '착각'이라는 의미지만, 좋게 말하면 '믿는 것', 즉 '신념'을 뜻한다.

예컨대 화폐의 유통은 모두가 돈에 가치가 있다고 믿지 않거나 '오모이코미(착각)'하지 않으면 성립하지 않는다. 기술적인 혁신이나 불가능한 것을 성취하는 인간 의지의 원동력도, 꿈이나 희망은 반드시 이룬다는 '오모이코미(신념)'가 없으면 달성되지 않는다.

그리고 '말'도 인간 특유의 성질인 '오모이코미(믿음)'가 없으면 성립하지 않는다. 커뮤니케이션을 하기 위해서는 서로가 하나의 말을 '같은 의미'라고 '오모이코미'하며(믿으며) 공유할 수 있어야 한다. '같은 말'이라도 받아들이는 쪽이 '다른 의미'라고 '오모이코미'하면(믿으면) 결과는 '착각'이 된다. 야마다 선생이 말하는 "말은 부자유스러운 전달 수단"이라는 것은 바로 그런 뜻일 것이다.

그리고 '오모이코미'의 강력함은, 전혀 실체가 없고 그림자도 형체도 보이지 않는 '말'에서 '강대한 힘'을 느끼는 것과 동일하다. 때로는 마음에 없는 사소한 말 한마디에 크게 상처 입고, 아무렇지 않은 말 한마디에 힘차게 분발하기도 한다.

'말'과 인간의 '마음'에는 아무리 끊으려 해도 끊을 수 없는 관계가 있다. 인간은 약 20만 년 전에 '말'을 획득하여 지구상의 어떤 생물보다 복잡한 말을 구사하게 되었다. 이를 계기로 인간은 폭발적인 진화와 발전을 이루었다. 그러나 그것은 인간에게 '금단의 열매'였을지도 모른다.

말을 가진 인간은 자신의 심적 세계도 말로 분석할 수 있게 되어 '마음'을 낳고 키웠다. 마음을 가짐으로써 자아가 싹트고 자존심이나 허영심, 시의심도 가졌다. 도덕심을 갖고 타인과 협력하게 되었지만, 타인에게 거짓말도 하게 되었다. 고뇌나 갈등도 안게 되었다.

장대한 인류 창세기 같은 이야기를 한 까닭은 겐보 선생과 야마다 선생이라는 불세출의 대편찬가 이야기를 국어사전이라는 세계에 한정한 이야기로 파악하지 않기를 바라기 때문이다. 두 사람은 지금까지 거의 무명의 존재로서 보통 사람이 도저히 할 수 없는 양의 일을 해낸 위인이다. 하지만 그 정열과 상극의 이야기는 누구나 자신의 인생으로 치환할 수 있는 '보편적인 이야기'라고 생각한다. 두 사람은 말의 전문가였지만 그런 그들도 '말'을 사용해야 살 수 있는 인간의 숙명과 비극에 농락당했다.

사고라는 말을 둘러싸고 깊어진 오해나 두 사람이 '결별'에 이르는 최초의 계기를 만든 것도 전혀 의도하지 않은 '말'이었다. 누군가와 마음이 엇갈리고 인생에 문제가 발생했을 때는 늘 '말'이 얼굴을 내밀었고 '착각'이라는 '오모이코미'가 작용했다.

한편 전인미답의 145만 개 용례 수집이나 상식을 뒤집는 독특한 뜻풀이를 낳은 것은 자신이 믿는 길을 밀고 나가는 강한 '신념'이라는 '오모이코미'였다. 얼핏 무관하게 보이는 사항에 관계성을 발견하는 것도 '오모이코미'의 작용이다. 두 편찬자가 남긴 사전의 기술에서 두 사람의 인생이나 심정을 헤아리는 것도 '오모이코미'라고 할 수 있을 것이다.

한편 국어사전의 기술에는 편찬자의 인생이나 심정이 나타나는 일이 전혀 없다는 견해도 하나의 '오모이코미'였다. 중요한 것은 무관하다고 일방적으로 단정한 것을 서로 연결함으로써 새로운 '발견'을 하는 게 아닐까. 지금까지 인간은 그런 '오모이코미'에 의해 다양한 혁신이나 유익한 결과를 얻어냈으니까. 사전에 남아 있는 '말'에서 두 사람의 심정을 찾아내는 작업은 바로 새로운 '발견'의 연속이었다.

방송한 프로그램은 로케이션 내용에 더해 두 사람이 걸어온 인생과 사전의 추이를 하나의 세트로 진행해 색다르게 연출했다. 배우들이 출연한 드라마 부분과 도입이나 구성을 잇는 내비게이션브리지(navigation bridge)까지 모두 한 스튜디오 세트에서 촬영했다. 프로그램의 진행은 자신도 『산세

이도 국어사전』을 애용했다는 배우 야쿠시마루 히로코(藥師
丸ひろ子) 씨가 맡아주었다.

방송 후에는 큰 반향을 불러일으켰고 그 하나가 이 책으
로 이어졌다. 프로그램 제작은 항상 한정된 방송 시간 안에
내용을 얼마나 응축하느냐 하는 싸움이어서 취재한 성과도
어쩔 수 없이 삭제해야만 하는 경우가 있다. 이 책에는 프로
그램에서는 소개할 수 없었던 많은 내용을 다 담을 수 있었
다. 협조해준 사람들의 은혜에 조금이라도 보답할 수 있기
를 바란다.

취재 과정에서 다양한 사람들을 만나 귀중한 이야기를
들었다. 많은 사람들이 따뜻하게 손을 내밀어준 데 대해 이
자리에서 다시 한 번 감사드리고 싶다.

겐보 유키오 씨, 나오야 씨, 하야시 가요코 씨에게는 몇
차례나 집으로 찾아가 이야기를 들었다. 야마다 선생의 아
들 야마다 아키오 씨로부터는 어머니 간호에서 손을 뗄 수
없어 프로그램에 협조하기 어렵다는 답장을 받았지만 사진
확인 등에서 도움을 받았다. 산세이도의 사전출판 부장 야
마모토 고이치 씨를 비롯하여 『산세이도 국어사전』, 『신메
이카이 국어사전』의 편집 담당자 여러분, 구라모치 야스오
씨, 히다 요시후미 씨, 이마 히로아키 씨, 고바야시 야스타

미 씨, 다나카 미쓰오 씨, 고미 도시오 씨, 구라시마 도키히사 씨 등 산세이도 관계자들에게는 취재·촬영 등 정말 많은 신세를 졌다. 야마다 선생의 조카 곤노 신지 씨는 사진을 빌려주었다.

그리고 무토 야스시 씨, 이토 마사아키 씨는 귀중한 육성 테이프를 빌려주었다. 무토 씨의 『메이카이 이야기』가 없었다면 이번 프로그램도, 이 책도 없었을 것이다. 좀 더 상세하게 관계자 인터뷰나 메이카이 계열 국어사전의 역사를 알고 싶은 사람은 『메이카이 이야기』를 구입해서 볼 것을 강력하게 추천한다.

고(故) 이시야마 모리오 씨에게도 감사의 뜻을 전하고 싶다. 이전에 일본어에 관한 프로그램을 제작했을 때 이시야마 씨에게 연락한 적이 있는데 그때는 이미 타계한 뒤였다. 이번에는 이시야마 씨가 생전에 한 작업에서 도움을 받았다. 정말 세상의 신기한 인연을 느꼈다.

이 프로그램과 같은 시기에 기획·제작한 특별 프로그램 〈알려지지 않은 국어사전의 세계〉(TV 도쿄 계열의 BS 재팬에서 2013년 3월 23일 방송)에서는 산세이도를 포함한 각 출판사의 현역 편집자들을 한자리에 모셨다. 그때 출연했던 이와나미쇼텐 『고지엔』의 히라키 야스나리(平木靖成) 씨, 『이와나미

국어사전』의 아카미네 유코(赤峯裕子) 씨, 쇼가쿠칸『일본국어대사전』의 사토 히로시(佐藤宏) 씨, 다이슈칸쇼텐(大修館書店)『메이쿄 국어사전(明鏡国語辞典)』의 마사키 지에(正木千惠) 씨에게도 간접적으로 이번 프로그램과 관련된 사전 만드는 이야기를 많이 들었다.

프로그램 방송 후 정성스럽게 직접 쓴 편지를 보내 집필 경험이 없는 나에게 이런 기회를 준 분게이슌주의 하타노 분페이(波多野文平) 씨에게 깊이 감사드린다.

그리고 천국에 있는 겐보 선생, 야마다 선생에게 최대의 경의와 감사하는 마음을 전하고 싶다.

겐보 가에서의 촬영이 끝났을 때 장남 유키오 씨가 했던 말이 귓가에 남아 있다.

"예순 살이 지나 이런 제안을 해올 줄은 생각지도 못했습니다. 정말 인생은 무슨 일이 일어날지 모르는 건가 보네요. 그래서 재미있긴 하지만요."

나도 자신이 국어사전에 관한 다큐멘터리 프로그램을 만들 줄은 상상도 못했다.

"아버지에 대해서는 언젠가 역사가 증명해줄 거라 생각합니다."

유키오 씨가 마지막에 했던 말에 얼마나 공헌할 수 있었는지 모르겠지만, 겐보 선생과 야마다 선생의 업적이 세상에 좀 더 널리 알려지기를 간절히 바란다.

'말'이 변하는 것처럼 '사람'도 변한다. 한 사람의 인간도 항상 일정하지 않고 상황이나 입장에 따라 나날이 계속 변하는 존재다. 만약 사람이 '변할 수 있는 존재'가 아니라면 한번 미움을 느낀 상대를 평생 미워하게 된다. 상대를 용서할 수도 없게 된다.

'말'의 본질을 간파한 두 사람만은 그럴 리 없다고 나는 믿는다.

2013년 9월 29일

사사키 겐이치

참고문헌

■ 사전

『明解国語辞典』初版, 改訂版, 三省堂, 각 판의 간행 연도는 겐보 히
데토시·야마다 다다오 연보를 참조.

『三省堂国語辞典』初版~六版, 三省堂, 각 판의 간행 연도는 겐보 히
데토시·야마다 다다오 연보를 참조.

『新明解国語辞典』初版~七版, 三省堂, 각 판의 간행 연도는 겐보 히
데토시·야마다 다다오 연보를 참조.

アンブローズ·ビアス著, 奥田俊·倉本護·猪狩博訳, 『悪魔の辞典』,
創土社, 1972.

■ 겐보 히데토시의 저서

『ことばの海をゆく』, 朝日新聞社, 1976.

『辞書をつくる』, 玉川大学出版部, 1976.

『辞書と日本語』, 玉川大学出版部, 1977.

『ことばのくずかご』, 筑摩書房, 1979.

『ことばの遊び学』, PHP研究所, 1980.

『ことば さまざまな出会い』, 三省堂, 1983.

『〈'60年代〉ことばのくずかご』, 筑摩書房, 1983.

『新ことばのくずかご』, 筑摩書房, 1987.(공저)

『88年版ことばのくずかご』, 筑摩書房, 1988.(공저)

『日本語の用例採集法』, 南雲堂, 1990.

■ 야마다 다다오의 저서

『三代の辞書 国語辞書百年小史』, 三省堂, 1967.

『近代国語辞書の歩み―その摸倣と創意と』, 三省堂, 1981.

『私の語誌 1 他山の石』, 三省堂, 1996.

『私の語誌 2 私のこだわり』, 三省堂, 1996.

『私の語誌 3 一介の』, 三省堂, 1997.

■ 사전, 사전 편찬자, 일본어에 관한 책

赤瀬川原平,『新解さんの謎』, 文春文庫, 1999.

飯間浩明,『辞書を編む』, 光文社新書, 2013.

石山茂利夫,『日本語矯めつ眇めつ』, 德間書店, 1990.

石山茂利夫,『今様こくご辞書』, 読売新聞社, 1998.

石山茂利夫,『裏読み深読み国語辞書』, 草思社, 2001.

石山茂利夫,『国語辞書事件簿』, 草思社, 2004.

石山茂利夫,『国語辞書誰も知らない出生の秘密』, 草思社, 2007.

金武伸弥,『「広辞苑」は信頼できるか』, 講談社, 2000.

倉島節尚,『辞書と日本語 国語辞典を解剖する』, 光文社新書, 2002.

三省堂百年記念事業委員会編,『三省堂の百年』, 三省堂, 1982.

三省堂,『辞書 1972 DICTIONARY GUIDE』, 1972.

柴田武監修・武藤康史編,『明解物語』, 三省堂, 2001.

高田宏,『言葉の海へ』, 新潮社, 1978.

夏石鈴子,『新解さんの読み方』, 角川文庫, 2003.

夏石鈴子,『新解さんリターンーンズ』, 角川文庫, 2005.

松井栄一,『出逢った日本語・50万語 辞書作り三代の軌跡』, 小学館, 2002.

松井栄一,『国語辞典はこうして作る 理想の辞書をめざして』, 港の人, 2005.

三浦しをん,『舟を編む』, 光文社, 2011.

武藤康史,『クイズ新明解国語辞典』, 三省堂, 1997.

武藤康史,『続クイズ新明解国語辞典』, 三省堂, 1997.

武藤康史,『国語辞典の名語釈』, 三省堂, 2002.

安田敏朗,『金田一京助と日本語の近代』, 平凡社新書, 2008.

安田敏朗,『「国語」の近代史 帝国日本と国語学者たち』, 中公新書, 2006.

■ 기타

石川辰雄,『白紙庵 石川辰雄の懐石』, 柴田書店, 1981.

井上ひさし,『本の枕草紙』, 文春文庫, 1988.

遠藤周作,『変わるものと変わらぬもの』, 文春文庫, 1993.

夏目漱石,『坊っちゃん』, 新潮文庫, 2003.

渡辺綱也校訂,『宇治拾遺物語』, 岩波文庫, 1951.

■ 잡지

〈暮らしの手帖〉1971年2月号, 暮らしの手帖社.

〈朝日ジャーナル〉1975年4月18日号, 朝日新聞社.

〈朝日ジャーナル〉1972年4月14日号, 朝日新聞社.

■ 영상 자료

『ブルーフィルム 青の時代 1905~30』, 竹書房, 2005.

〈겐보 히데토시〉

1914년　11월 20일, 도쿄에서 태어남.

1923년　남만주의 다스차오(大石橋)로 이주.

1925년경 남만주의 잉커우(營口)로 이주.

1927년　4월, 안산(鞍山) 중학교 입학.

1932년　4월, 야마구치(山口) 고등학교 입학.

1936년　4월, 도쿄제국대학 문학부 국문과 입학.

1939년　3월, 도쿄제국대학 문학부 국문과 졸업 후 대학원 진학.

　　　　9월, 긴다이치 교스케로부터 사전 제작 의뢰를 받음.

　　　　11월, 『메이카이 국어사전』 집필에 착수.

1940년　『메이카이 국어사전』의 편찬에 야마다 다다오를 끌어들임.

　　　　2월경, 동기생 와타나베 쓰나야와 절교.

1941년	1, 2월경,『메이카이 국어사전』을 탈고. 원고를 산세이도에 넘김.
	4월 1일, 이와테 현 사범학교에 부임.
1943년	4월 1일, 이와테 사범학교 조교수로 부임.
	5월 10일,『메이카이 국어사전』(초판) 간행.
	8월 18일, 도쿄 고등학교로 전임.
1945년	8월 15일, 전쟁이 끝남. 몸 상태가 안 좋아져 이후 본가인 모리오카에서 요양.
1946년	2월 28일, 도쿄 고등학교 휴직 발령(사후에 신청).
1947년	5월 23일, 이와테 사범학교 교수 취임.
1949년	8월 31일, 이와테 대학 교수 취임.
1949~50년경	니혼 대학의 야마다연구실에서 **여자**의 뜻풀이 개선을 검토.
1952년	4월 5일,『메이카이 국어사전』(개정판) 간행.
1957년	1월 1일, 국립국어연구소로 전임.
1960년	12월 10일,『산세이도 국어사전』(초판) 간행.
1961년	1월, 현대어 용례 수집을 본격적으로 시작.
1962~3년경	이케부쿠로의 임대 빌딩 4실을 빌려 용례 수집.
1965년	7월, 용례 수집을 위한 작업실로 오즈미가쿠엔 초의 단독 주택을 구입. '메이카이 연구소'로 명명함.
1968년	3월, 국립국어연구소 퇴직.
1972년	1월 9일,『신메이카이 국어사전』완성 축하 파티에 참석.
1974년	1월 1일,『산세이도 국어사전』(제2판) 간행. 이 무렵 용례 수집 카드가 100만 매를 넘음.
1976년	11월 20일,『사전을 만들다』,『말의 바다를 가다』출간.

1977년	11월 20일, 『사전과 일본어』 출간.
1980년	6월 30일, 『말의 놀이학』 출간.
1982년	2월 1일, 『산세이도 국어사전』(제3판) 간행.
1983년	11월 20일, 『말 - 다양한 만남』 출간.
1990년	3월 20일, 『일본어의 용례 수집법』 출간.
1992년	3월 1일, 『산세이도 국어사전』(제4판) 간행.
	10월 21일, 기립성 저혈압에 의한 심부전으로 사망(향년 77세).

〈야마다 다다오〉

1916년	8월 10일, 태어남.
1936년	4월, 도쿄제국대학 문학부 국문과 입학.
1939년	3월, 도쿄제국대학 문학부 국문과 졸업.
	11월, 이와테 현 사범학교에 부임.
1941년	4월 1일, 육군 예과 사관학교로 전임.
1946년	5월 27일, 니혼 대학 법문학부 조교수 취임.
1949년	11월 10일, 니혼 대학 문학부 교수 취임.
1955년	『음과 훈으로 찾는 국한사전』(야마다 편수 주간) 간행.
1958년	4월 1일, 니혼 대학 문리학부 교수 취임.
1959년	4월 15일, 니혼 대학 문리학부 교수 퇴직.
1969년경	구라모치 야스오를 『신메이카이 국어사전』의 편찬에 끌어들임.
1971년	2월, 〈생활수첩〉에 국어사전 검증 기사가 실림.

1972년	1월 9일, 『신메이카이 국어사전』 완성 축하 파티에 참석.
	1월 24일, 『신메이카이 국어사전』(초판) 간행.
1974년	11월 10일, 『신메이카이 국어사전』(제2판) 간행.
1981년	2월 1일, 『신메이카이 국어사전』(제3판) 간행.
	7월 20일, 『근대 국어사전의 발자취』 출간.
1989년	11월 10일, 『신메이카이 국어사전』(제4판) 간행.
1992년	7월, 〈분게이슌주〉에 「신기하고 신기한 사전의 세계」가 게재됨.
1993년	8월, 희수(喜壽) 축하연. 참석자에게 『주조로쿠(寿蔵録)』를 배포.
1996년	2월 6일, 사망(향년 79세).
	7월, 아카세가와 겐페이의 『신카이 씨의 수수께끼』가 출간됨.
1997년	11월 3일, 『신메이카이 국어사전』(제5판) 간행.

『산세이도 국어사전』과 『신메이카이 국어사전』 진화 계통수

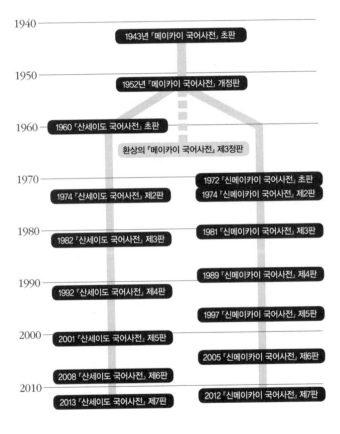

1940 ──────────────────────────────────────

1943년 『메이카이 국어사전』 초판

1950 ──────────────────────────────────────

1952년 『메이카이 국어사전』 개정판

1960 ──── 1960 『산세이도 국어사전』 초판

환상의 『메이카이 국어사전』 제3정판

1970 ──────── 1972 『신메이카이 국어사전』 초판

1974 『산세이도 국어사전』 제2판   1974 『신메이카이 국어사전』 제2판

1980 ──── 1982 『산세이도 국어사전』 제3판   1981 『신메이카이 국어사전』 제3판

1990 ──────── 1989 『신메이카이 국어사전』 제4판

1992 『산세이도 국어사전』 제4판

1997 『신메이카이 국어사전』 제5판

2000 ──── 2001 『산세이도 국어사전』 제5판

2005 『신메이카이 국어사전』 제6판

2008 『산세이도 국어사전』 제6판
2010 ────

2013 『산세이도 국어사전』 제7판   2012 『신메이카이 국어사전』 제7판

지금으로부터 2년 전, 단행본 『새로운 단어를 찾습니다』를 출간했을 때 어떻게든 읽어주기를 바랐지만 끝내 읽을 수 없었던 사람이 있다. 이 책의 기초가 된 프로그램 〈겐보 선생과 야마다 선생 – 사전에 인생을 바친 두 남자〉가 방송된 후, "'불화의 씨앗이 된 사과'를 내민 당사자로서 주제넘은 말을 할 수 없지만…"이라며 메일을 보내 두 편찬자가 결별한 진상을 밝혀준 산세이도의 전 직원 고바야시 야스타미 씨다.

고바야시 씨는 2013년 4월 29일에 방송된 이 프로그램을 보고, "제 발언의 의도를 벗어나지 않게 채택해주셔서 감사합니다. 프로그램으로서도 훌륭했다고 생각하고, 말년에 좋은 추억이 된 데 대해서도 감사의 말씀을 드립니다"라는 메일을 보내주었다.

방송 직후 분게이슌주의 하타노 분페이 씨가 책으로 내자는 이야기를 했다는 소식을 전하자, "(프로그램보다) 한 걸음 더 들어간 내용도 가능할 거라고 생각합니다"라고 말하며 며칠 뒤 일의 진상을 쓴 정성스러운 편지를 보내주었다. 그리하여 겐보 히데토시와 야마다 다다오를 둘러싼 이이야기가 완성되었다. 9월 말, 탈고했다는 이야기를 전하자, "많이 기대하고 있습니다. 저도 비교적 건강하게 지내고 있습니다"라며 곧 답장을 보내왔다.

그로부터 약 한 달 후, 프로그램이 제30회 ATP상 최우수상을 수상했다는 소식을 전하자 어찌된 일인지 고바야시 씨의 딸에게서 답장이 왔다.

"요즘 아버지는 메일을 읽을 수 없어서…"라고 쓰여 있어 그만큼 부지런히 글을 쓰고 성실하던 고바야시 씨가 어떻게 된 것일까, 하며 걱정하고 있었다.

그해가 저물어갈 무렵이던 2013년 12월 27일 제30회 ATP상 시상식이 텔레비전에 방영되었다. 그 이튿날 아침, 고바야시 씨의 딸로부터 메일이 왔다.

"어제, ATP상 시상식을 텔레비전에서 봤습니다. 수상 축하드립니다. 아버지는 12월 11일에 세상을 떠났습니다. 마

지막으로 좋은 추억을 이 세상에 남길 수 있게 되어 감사드
립니다."

너무나도 갑작스러운 일이라 할 말을 잃었다. 고바야시
씨는 이미 세상을 떠났던 것이다. 시상식이 끝날 때까지 그
사실을 전하지 않으려고 했던 배려에 마음이 아팠다.

고바야시 씨가 세상을 떠난 것은 프로그램이 방송되고
불과 반년쯤 지나서였다. 이 책의 간행을 기다리지 못하고
가장 중요한 증언을 남겨준 고바야시 씨가 돌아가신 것이
지금도 너무나 원통하다. 책은 딸이 불단 앞에 바쳐 주었다.

생각지도 못한 부고를 듣고 망연히 고바야시 씨가 이따
금 보내준 메일과 편지를 다시 읽었다. 문면을 다시 들여다
보다 무심코 흠칫하며 숨을 삼켰다.

"저의 말년에…."
"저도 비교적 건강하게 지내고 있습니다."

거기에는 자신의 최후를 의식하고 있었던 듯한 '말'이 늘
어서 있었다. 그때 나는 고바야시 씨가 보내온 '말' 하나하
나의 무게를 느끼지 못했다. 임종이 임박했음을 인식하며
쓴 것이라는 '의미'까지 받아들일 수 없었던 것이다.

고바야시 씨가 갑자기 돌아가셨다는 것을 알고 그때까지

의식하지 않고 바라보던 '말'이 돌연 그때까지와는 전혀 다른 감개를 주며 가슴이 쿵 내려앉았다. 고바야시 씨의 귀중한 증언이 없었다면 겐보 선생과 야마다 선생 사이에 일어난 사건도 아직 '어둠'에 쌓여있었을 것이다. '말'을 둘러싼 인간의 숙명과 본질에 대해서도 남김없이 쓸 수도 없었을 것이다. 고바야시 씨는 인생의 마지막 작업을 통해 그때까지 닫혀 있던 진상의 문을 열어주었다. 그 귀중한 '말'을 이 책에 남길 수 있었다는 것이 그나마 유일한 위안이었다.

이 책에서 나는 '말'에는 실체가 없으며 차례로 모습을 바꾼다고 되풀이하여 썼다. 하지만 그렇기에 '말'을 후세에 남기는 일에 의의가 있다고 생각한다. 시대의 변화나 각 개인이 놓인 상황에 의해 그 '말'에 새로운 의미나 가치가 부여되기도 하기 때문이다. 고바야시 씨가 생전에 했던 '말'에 내가 가슴이 내려앉았던 것처럼.

인간은 동물로서 '죽음'에서 도망칠 수 없다. 하지만 '말'은 실체가 없는 만큼 다시 '삶'을 잉태하고 뜻밖의 순간 숨을 되돌리는 일도 있다.

철학자 프리드리히 니체의,

"사실이라는 것은 존재하지 않는다. 존재하는 것은 '해석'뿐이다"

-니체, 『권력에의 의지』

라는 유명한 말이 있는데, '말'이라는 존재도 시대나 상황의 변화에 의한 새로운 '해석'으로 되살아나고 다시 '빛'을 받게 되는 일이 있다.

만년의 겐보 선생이 갑자기 주위에 흘린, "나는 야마다를 용서합니다"라는 말. 당시 그 발언은 너무나 갑작스러워서 그 말이 인편을 통해 야마다 선생에게 전해지지 못했다. 그 말은 관계자의 기억에 희미하게 남았지만 오랫동안 파묻혀 있었다.

하지만 이 책에 쓴 대로 프로그램 방송 후 산세이도의 전 직원인 구라시마 도키히사 씨가 나에게 처음으로 그 발언에 대해 말해주었다. 겐보 선생은 이미 세상을 떠났지만 생전의 '말'이 현대에 되살아났다.

문득 생각했다. 텔레비전 프로그램은 마치 '쏘아올린 불꽃' 같다고. 밤하늘을 휘황찬란하게 수놓아 한꺼번에 많은 사람들이 보지만 순식간에 사라져버린다. 한편 책은 장시간에 걸쳐 계속 타오르는 '수간화(樹幹火)' 같다. 계속 연기를 내며 좀처럼 꺼지지 않고 남아 있는 끈질긴 불이다.

이 책도 처음에는 정말 작은 불씨였다. 하지만 얼마 후 불꽃이 커지더니 지금은 작은 불이 되었으나 아직 꺼지지 않고 계속 타고 있는 것 같다. 2년 전에 간행한 단행본 『사전이 된 남자』는 고맙게도 아직 화제가 되고 있다. 봄에 맞는 입학철은 1년 중 국어사전에 대한 관심이 가장 높아지는 시기인데 그 덕분에 그때 이 책을 구입하는 사람도 많은 것 같다.

이 책의 기초가 된 프로그램이 만들어진 것은 지금으로부터 3년 전이다. 지상파 방송이 아니라 BS 방송의 특별 프로그램이었다. 방송 전에도 프로그램 광고를 전혀 하지 않았다. 나날이 방송되는 방대한 수의 프로그램 중에서 텔레비전 난의 한구석에 조용히 놓인 정말 수수하고 눈에 띄지 않는 프로그램이었다. 내가 쓰면서도 한심하지만, 실제로 그때는 그런 취급을 받은 프로그램이었다. 그러므로 프로그램만 제작했다면 진작 잊히고 말아 지금은 아무도 돌아보지 않는 존재가 되었을지도 모른다. 하지만 이렇게 책으로 쓴 '말'은 지금도 형태를 바꾸며, 텔레비전 시청자만큼 많지는 않아도 확실히 독자에게 계속 가 닿고 있다.

그리고 이번에 더욱 많은 사람들이 손에 들기 쉬운 문고판으로 간행하게 되었다. 그래서 지금 이렇게 이 책을 구입해준 독자에게도 가 닿게 되었다. 이를 진심으로 기쁘게 생각한다.

문고판은 분게이슌주의 호 리에(彭理惠) 씨가 애써주었다.
다시 한 번 감사드린다.

2016년 4월 24일

사사키 겐이치

새로운 단어를 찾습니다

첫판 1쇄 펴낸날 2019년 4월 19일
첫판 3쇄 펴낸날 2021년 4월 8일

지은이 | 사사키 겐이치
옮긴이 | 송태욱
펴낸이 | 박남주

종이 | 화인페이퍼
인쇄 · 제본 | 한영문화사

펴낸곳 | (주)뮤진트리
출판등록 | 2007년 11월 28일 제2015-000059호
주소 | 서울시 마포구 토정로 135 (상수동) M빌딩
전화 | (02)2676-7117 팩스 | (02)2676-5261
전자우편 | geist6@hanmail.net
홈페이지 | www.mujintree.com

ISBN 979-11-6111-026-4 03830

* 책값은 뒤표지에 있습니다.